Qui perd gagne

Misha Bell

Mozaika Publications

Dépôt légal © 2025 Misha Bell
www.mishabell.com/fr

Publié par Mozaika Publications, une marque de Mozaika LLC.
www.mozaikallc.com

Couverture par Najla Qamber Designs
www.qamberdesignsmedia.com

Traduction : Annabelle Blangier pour Valentin Translation

e-ISBN : 979-8-89796-041-5
ISBN imprimé : 979-8-89796-042-2

Chapitre 1

Sophia

— Il m'a *tout* légué ?

Je dévisage M. Cohen, l'avocat de mon défunt père, comme s'il s'apprêtait à cracher des écureuils roses par les orbites.

Je croyais que mon père me léguerait des photos, ou la bague de ma grand-mère, ou une poupée flippante qui prend vie la nuit. Pas toutes ses possessions. Qui sont apparemment nombreuses.

— Votre père était orphelin et fils unique, explique M. Cohen.

Il englobe son bureau terne d'un geste, comme si les réponses étaient écrites sur l'un des nombreux diplômes qui ornent les murs beiges.

— Qui pensiez-vous qu'il mettrait dans son testament ?

Je hausse les épaules. Sa nouvelle femme ? Leurs enfants, s'ils en ont eu ? Sûrement pas la fille qui a refusé de le voir toute sa vie durant, jusqu'à il y a un mois. Même alors, on ne s'est vus qu'une fois, lors d'un déjeuner très inconfortable, après quoi il est redevenu un fantôme dans ma vie. Ou c'est ce que je croyais. Il s'avère qu'il était mort... et pour ce que j'en sais, c'est désormais un vrai fantôme, qui nous observe en ce moment même.

OK, c'était de mauvais goût. Ça prouve bien que je ne devrais sûrement pas être dans son testament. Bordel, je ne suis même pas allée à son enterrement, parce que je connaissais à peine ce type et que je ne suis pas douée pour tout ce qui a trait à la mort.

— Je connais Théodore depuis avant votre naissance, dit M. Cohen d'une voix douce. Il tenait vraiment à vous.

— Dans ce cas pourquoi il ne faisait pas partie de ma vie ? demandé-je d'un ton amer.

C'est un sujet autour duquel nous n'avons pas arrêté de tourner durant notre seule et unique rencontre, mais mon père détournait toujours la conversation vers moi et mes études, je n'ai donc jamais obtenu de réponse satisfaisante.

M. Cohen soupire.

— Votre mère a obtenu la garde exclusive et a interdit à Théodore de s'approcher de vous. Elle a même bénéficié d'une ordonnance de protection... ce qui n'était pas du tout nécessaire, me dois-je d'ajouter.

— Quoi ? Non ! C'est impossible.

Il y a tant à dire là-dessus que je ne sais même pas par où commencer.

— Ma mère est une toxicomane, dis-je. Je suis à peu

près sûre qu'elle l'était aussi à l'époque. Comment elle aurait pu obtenir ma garde au lieu d'un père riche ?

M. Cohen hausse les épaules.

— Théodore n'était pas si riche que ça à l'époque, et les juges prennent souvent le parti de la mère. Votre père savait qu'Eleni était une junkie, mais elle a réussi à passer le dépistage de drogues imposé par la cour. Ensuite, elle a déformé son histoire avec votre père pour le faire passer pour un homme autoritaire et abusif. Toutes ses tentatives pour trouver de l'aide ont été transformées en preuves de sa nature de maniaque du contrôle. Elle a prétendu qu'il l'avait dupée lorsqu'il l'a fait venir de Grèce aux États-Unis, et que son but ultime était de la séparer de ses amis et de sa famille pour l'isoler et la garder sous son emprise. Rien de tout ça n'était vrai, bien sûr, mais…

— Elle n'a ni amis ni famille en Grèce, protesté-je, me concentrant sur l'anomalie la plus flagrante.

C'était ce que ma mère m'avait dit, en tout cas, à l'époque où on se parlait encore.

M. Cohen hoche la tête.

— Ça ne me surprend pas. Elle a proféré beaucoup de mensonges durant la procédure judiciaire, des mensonges qui ont fait du mal à votre père, à la fois d'un point de vue personnel et professionnel. Il lui a fallu de nombreuses années pour se remettre des dégâts, à la fois émotionnels et financiers, que votre mère lui avait infligés.

J'ai la tête qui tourne. Des mensonges. Tellement de mensonges. Ma mère m'a dit que mon père était affreux. Qu'il nous avait abandonnées pour son autre famille. Mais de toute évidence, il n'y avait pas d'autre famille ; autrement, je ne serais pas là, seule bénéficiaire de son testament. Et le pire, c'est que je ne suis même pas vraiment surprise d'apprendre tout ça.

Ma mère a toujours été une menteuse manipulatrice. Pourquoi n'ai-je jamais songé à remettre en doute ses allégations au sujet de mon père ?

C'est comme si, à un certain niveau, j'étais en colère contre lui pour ne pas avoir été là pour me protéger d'elle.

— Bref, reprend M. Cohen. Dès que vous avez été assez âgée, votre père a tenté de prendre contact avec vous.

J'ai la gorge nouée quand je pense à toutes les fois où j'ai envoyé promener mon père, et ce à cause des paroles empoisonnées que ma mère avait proférées à son sujet au fil des années. Je ne me doutais pas qu'il ne s'agissait que de mensonges.

— Je suis désolée de ne pas être venue à l'enterrement, marmonné-je.

M. Cohen balaie ces mots de la main.

— Théodore n'était pas croyant. Le connaissant, il répliquerait sûrement qu'il n'était plus de ce monde, alors pourquoi se soucier de qui est venu ou non ? Cette rencontre avec vous à l'occasion de ce déjeuner a vraiment illuminé le reste de sa vie, et je sais qu'il a apprécié ce moment. Il me l'a dit.

J'ai les larmes aux yeux à cause de toute cette fichue poussière dans le bureau.

— Il aurait dû me dire qu'il était malade.

L'avocat me regarde avec compassion.

— Il ne voulait sûrement pas vous accabler avec ça.

Je me mords la lèvre.

— On n'a parlé que de mon diplôme de philosophie. Jamais de lui.

— Je suis sûr que ça lui a fait plaisir d'en apprendre plus sur vos études, me rassure M. Cohen. C'est lui qui les payait, après tout.

Je fronce les sourcils.

— J'ai une bourse.

— Vous parlez de la bourse de la Fondation DIBT ? m'interroge-t-il avec un pâle sourire.

Je le dévisage.

— Non… c'est vrai ?

— J'ai aidé votre père à s'occuper de toute la paperasse. Cette fondation a été créée spécialement pour vous.

La pièce morne autour de moi me paraît soudain surréaliste.

— S'il tenait autant à moi et qu'il avait autant d'argent pourquoi j'ai grandi dans une telle pauvreté ?

Le mot « pauvreté » est un euphémisme. Une fois, j'ai reçu une chaussette d'occasion de la part de la petite souris quand j'ai perdu une dent !

M. Cohen hausse les épaules.

— Il a envoyé des sommes d'argent exorbitantes à votre mère en guise de pension alimentaire.

Ma mère. Bien sûr.

Je grince des dents. Ça explique tellement de

choses. Notamment pourquoi ma mère était si agitée le jour de mon dix-huitième anniversaire. Elle savait que les chèques de mon père cesseraient d'être versés, et qu'elle ne pourrait donc plus se payer ses drogues. Ça devait être aussi pour cette raison qu'elle avait voulu obtenir toutes ces cartes de crédit à mon nom, à l'époque.

Pour la énième fois, je me demande à quoi aurait ressemblé ma vie si j'avais pu sortir du canal génital de quelqu'un d'autre, vingt-quatre ans plus tôt. À ce propos, ma très chère mère était-elle libre de ses choix depuis tout ce temps, et n'avait-elle donc aucune excuse pour son comportement horrible en tant que parent ? À moins que le libre arbitre soit une illusion, auquel cas je peux lui lâcher la bride, je suppose.

— Voulez-vous que je vous lise ses dernières volontés ? propose M. Cohen avec gentillesse.

Hmm. Encore une histoire de volonté.

— D'accord.

Il s'exécute donc, et je l'écoute, avec la tête qui tourne – surtout quand il évoque les dix millions de dollars sur mon fonds de placement.

La première fois qu'on s'est rencontrés, c'est vrai que mon père m'a emmenée dans un restaurant chic et qu'il n'avait pas l'air de manquer d'argent, mais je ne savais pas qu'il était millionnaire, avec une liste de possessions plus longue que ma récente thèse sur Kant. Elle est si longue que je me rends compte que j'ai cessé d'écouter M. Cohen pendant quelques secondes, et qu'il est encore en train de parler – ce qui est dingue.

— Enfin, continue M. Cohen, il voulait s'assurer que vous ayez la garde de sa maison à Westchester, ou plus spécifiquement de ses tortues bien aimées, Donatello et April, qui résident là-bas.

— Des tortues ? répété-je.

Je regarde M. Cohen en clignant des paupières, me demandant si la lecture du testament a provoqué un court-circuit dans mon cerveau.

— Des tortues terrestres, précise-t-il. Même si je ne sais pas exactement ce qui les différencie.

— Moi non plus.

Ce que je sais, c'est que Donatello est le nom de l'une des Tortues Ninja, qui ne sont pas des tortues terrestres, elles. D'un autre côté, April est le nom de la journaliste humaine qui devient amie avec les Tortues Ninja, alors si je suis la même logique, je devrais m'attendre à ce que des orphelins humains débarquent chez moi, et pas des reptiles.

— Quoi qu'il en soit, vous devriez visiter la maison sans tarder et rencontrer vos nouveaux protégés, ainsi que le personnel. Vous devriez peut-être aussi réfléchir aux implications financières de votre nouvelle situation.

Dépassée par les événements, je hoche la tête.

— Appelez-moi si vous avez besoin de quoi que ce soit.

Je hoche à nouveau la tête et me lève, les genoux flageolants.

— Bonne chance pour tout, dit-il.

Dans un brouillard, je me retourne pour partir.

Je devrais être heureuse d'être soudain devenue riche, mais je me sens tout sauf ça.

Maintenant que j'ai la preuve irréfutable que mon père tenait à moi, je m'en veux terriblement d'avoir cru le contraire toute ma vie. Si l'argent pouvait acheter une machine à remonter le temps, je serais prête à dépenser une somme astronomique pour revenir en arrière et assister à l'enterrement de mon père. Mieux encore, j'irais conseiller à la version plus jeune de moi-même d'apprendre à le connaître, parce que je regrette vraiment de ne pas l'avoir fait, mais c'est désormais trop tard.

Et puis l'argent dont je viens d'hériter implique beaucoup de responsabilités pour lesquelles je ne me sens pas prête – et je ne parle pas seulement de Donatello, qui connaît peut-être le ninjutsu, et April, qui est peut-être une femme ressemblant à Megan Fox. Ayant toujours été pauvre, je crains de dilapider mon héritage récent, comme le font certains gagnants de la loterie.

Je devrais peut-être suivre des cours dans le domaine des finances personnelles ? En apprendre plus sur les investissements intelligents ?

Une chose est sûre : pour le meilleur ou pour le pire, ma vie vient de changer pour toujours.

Chapitre 2

Mason

— **P**ourquoi tu n'as pas conclu le marché avec Théodore avant sa mort ? demande Landon.

Merci, M. J'énonce l'Évidence.

— Je m'apprêtais à le faire. Mais sa santé s'est dégradée d'un coup et je n'en ai pas eu l'occasion.

J'aurais dû insister plus, je suppose, mais Théodore avait déjà assez de soucis comme ça, alors je ne l'ai pas fait.

— Et tu crois que sa fille acceptera ?

— C'est pour ça que je suis là.

Je parcours des yeux la salle d'attente du cabinet d'avocats et le regrette aussitôt.

Un type n'arrête pas de boutonner et déboutonner sa chemise.

C'est si dégoûtant. Je déteste les boutons. Ils sont répugnants, constamment touchés par les doigts de tout le monde et avalés par les enfants, avant de réapparaître dans leurs excréments – à moins de rester coincés dans leurs intestins pour toujours, bien sûr.

Je détourne les yeux et prends une inspiration pour me calmer, comme me l'a appris ma thérapeute. Je me remets en tête que les boutons ne sont que des objets inoffensifs. C'est juste ma koumpounophobie qui m'embrouille le cerveau, une affliction rare qui provoque généralement une peur des boutons, mais vu que je n'ai peur de rien, j'éprouve du dégoût à la place.

— Au cabinet d'avocats ? demande Landon, me ramenant à la réalité.

— Oui. J'ai l'intention de lui faire une offre.

Et je devrais prendre garde de rester très poli avec cette femme, malgré la façon dont elle a traité ce pauvre Théodore.

Bordel, pour mon équipe, je serais prêt à passer un pacte avec le diable, s'il le fallait. C'est d'une importance capitale, pour moi.

— Quelle mauvaise idée, dit Landon.

— Pourquoi ?

Agacé, je resserre les doigts autour de mon téléphone, mais m'oblige à me détendre. Ce sont sûrement encore ces foutus boutons qui me poussent à bout, et pas Landon.

Ma main se desserre.

C'est mieux. Comme les crosses de hockey, les téléphones doivent être tenus d'une main ferme, mais pas écrasés – une leçon que j'ai apprise à mes dépens la fois où j'ai détruit un iPhone.

Anecdote intéressante : sans la koumpounophobie, l'iPhone n'existerait peut-être même pas. Steve Jobs souffrait de la même phobie, et je présume que c'est pour cette raison qu'il ne voulait pas de boutons sur ses appareils – d'où l'écran tactile.

Landon soupire.

— Comment tu as su où elle serait et à quelle heure ?

La coque de mon téléphone craque. Je crois que je ne me suis pas encore totalement remis de cette histoire de bouton – soit ça, soit le comportement agaçant de Landon devient de plus en plus difficile à ignorer.

— L'avocat est un énorme fan des Yétis. Sans ça, je n'aurais pas pu connaître le sort de l'équipe.

Tout ce que ça m'a coûté, c'était quelques billets de fin de saison.

Du coin de l'œil, je remarque à nouveau l'homme en train de triturer sa chemise.

Quel connard ! J'aimerais tant qu'il soit socialement acceptable de s'avancer vers un inconnu pour lui arracher ses boutons.

— Et les gens remettent en question *mon* intelligence émotionnelle, maugrée Landon dans sa barbe.

— Je vais bientôt raccrocher.

En détruisant un autre foutu téléphone.

Quand Landon dit que les gens remettent en question son intelligence émotionnelle, il veut sûrement dire qu'on le compare à Patrick Bateman, le tueur en série BCBG vêtu d'un costard-cravate dans *American Psycho.*

— Essaie d'envisager les choses de son point de vue, reprend Landon. Tu te pointes là-bas comme un harceleur bizarre et...

— C'est aussi mon cabinet d'avocats. Un harceleur aurait plutôt attendu cette fille dans son appartement.

Landon soupire.

— Elle vient de perdre son père. Et elle n'a appris qu'aujourd'hui pour le testament. Je doute qu'elle soit d'humeur à parler affaires.

Comme si les paroles de Landon n'étaient pas déjà assez agaçantes, le type aux boutons recommence à jouer avec, plus vigoureusement cette fois.

Comment ça peut être acceptable ?

C'est encore plus dégoûtant que de gratter la saleté dans son nombril en public.

— Oh, je t'en prie, lâché-je, élevant la voix malgré tous mes efforts. Elle l'a rejeté pendant toutes ces années, mais dès qu'il est tombé malade, elle est revenue en courant. Tu crois qu'elle cherchait une réconciliation ? Aucune chance. Elle n'est même pas venue à son enterrement. Tout ce qu'elle voulait, c'était l'argent, comme un vautour croqueur de diamant.

J'entends un hoquet indigné non loin de moi.

Oh, c'est pas vrai.

Avec un mauvais pressentiment, je regarde en direction du son.

Ouais. Tous mes projets sont foutus, parce qu'elle est là – la femme que je suis venu voir.

La femme que je dois charmer pour la convaincre de me vendre mon équipe.

Chapitre 3

Sophia

Une minute plus tôt

Toujours hébétée, je regarde autour de moi.

Deux hommes attendent : un type corpulent à moustache occupé à lire un magazine tout en jouant avec les boutons du col de sa chemise, et un spécimen grand, revêche et aux larges épaules qui serre son téléphone d'une poigne de fer.

Oh bon sang.

Ce poing.

Pas encore.

Et si. Voilà que je deviens moite, chaude et agitée à cette simple vue.

Qu'est-ce qui cloche chez moi ? Après tout ce que je viens de traverser dans ce bureau, on pourrait s'attendre à ce qu'aucune idée coquine ne me traverse l'esprit, mais, apparemment, ce truc ridicule que j'ai pour les poings ne cesse de me faire de l'effet.

Dans les faits, je suis quelqu'un de paisible – une pacifiste, même – et je ne suis pas particulièrement intéressée par les trucs sexy, de ce que je peux en dire. Je ne sais donc absolument pas pourquoi la vue d'un poing masculin me fait le même effet que le Viagra sur les mâles adolescents en rut. Oh, et le fait que ce poing appartienne à un homme sublime ne fait qu'empirer la situation.

Le type a des yeux gris perçants, un nez fort – bien qu'ayant déjà été cassé –, une mâchoire puissante et des cils pour lesquels je pourrais vendre mon âme. Et pour une raison inconnue, il porte un survêtement, ce qui aurait dû le faire ressembler à un rappeur à l'ancienne ou à un gangster. À mes yeux, cependant, il ressemble à un Viking. Peut-être à cause de ses cheveux blonds un peu longs ? Ou de la férocité qui émane de lui ?

Puisqu'on en est à se poser des questions aléatoires, comment fonctionne l'attirance, au juste ? Le fait d'être canon est-il objectif ou subjectif ? Avons-nous tous le choix de qui nous trouvons « sexy », ou n'est-ce qu'une autre façon d'exprimer la question du libre arbitre ?

Peu importe. Je ravale l'excès de salive qui s'est accumulé dans ma bouche, regrettant qu'il n'existe pas d'équivalent à la déglutition au niveau de mon entrejambe. Comme pour les poings, même si je déteste la violence et tout ce que les Vikings représentent d'autre, je les trouve extrêmement fascinants. Et je n'en suis pas fière, mais il m'arrive d'avoir des fantasmes dans lesquels je me roule dans le foin avec l'un d'eux... hurlant le nom d'Odin au moment de l'orgasme.

OK, j'ai peut-être un petit penchant coquin. Ou deux.

— C'est aussi mon cabinet d'avocats, grogne le Viking d'une voix sexy. Un harceleur aurait plutôt attendu cette fille dans son appartement.

Qui est cette fille et pourquoi suis-je jalouse ?

— Oh, je t'en prie, répond le Viking à ce qu'il a entendu à l'autre bout du fil, ses yeux gris étincelant comme de l'acier. Elle l'a rejeté pendant toutes ces années, mais dès qu'il est tombé malade, elle est revenue en courant.

Attendez une seconde. Est-ce ma mauvaise conscience qui parle ou est-ce qu'il...

— Tu crois qu'elle cherchait une réconciliation ? continue-t-il. Aucune chance. Elle n'est même pas venue à son enterrement.

Merde. Cette brute est bel et bien en train de parler de moi. Mais...

— Tout ce qu'elle voulait, c'était l'argent, comme un vautour croqueur de diamant.

Un hoquet s'échappe de mes lèvres et toute trace d'excitation s'évapore, me laissant plus sèche qu'un pruneau dans le désert.

Ce connard de Viking lève les yeux vers moi et des montagnes russes d'émotions passent sur ses traits. Pas une seule ne s'apparente à de la culpabilité pour ce qu'il vient de dire.

Il a surtout l'air déçu de s'être fait surprendre.

De manière purement instinctive, je réduis la distance entre nous, enfonce mon index dans son large torse et siffle :

— Comment osez-vous ?

Chapitre 4

Mason

Quelques secondes plus tôt

Alors c'est elle, la fille de Théodore ? Elle ressemble à toutes les croqueuses de diamants qui ont tenté de me séduire : grande et mince, avec un visage parfaitement symétrique, une forte poitrine, des cheveux châtains abondants, de sublimes yeux marron... et l'attitude d'une belette. La seule incongruité, c'est sa tenue : au lieu de porter de la haute couture, elle porte une simple robe rouge à pois noirs, comme une coccinelle sexy un jour d'Halloween. Par chance, il n'y a aucun bouton en vue. Les croqueuses de diamants ont tendance à porter des tenues qui en sont couvertes. Cette femme a aussi une odeur différente de la plupart des croqueuses de diamants que je connais — qui semblent imprégnées de parfums chics qui piquent le nez. Au lieu de ça, je détecte un arôme de mangue et de pastèque qui me donne l'eau à la bouche, mais c'est peut-être ma soif qui me joue des tours.

Elle plisse les yeux d'un air meurtrier et se précipite vers moi, comme le Numéro Vingt l'a fait l'autre jour – avant de passer le reste du match sur le banc de pénalité.

Elle enfonce son doigt gracile dans ma peau et demande :

— Comment osez-vous ?

J'éprouve une forte envie de lécher ce doigt, ce qui est aussi bête que ma décision de dire du mal d'elle alors qu'elle pouvait m'entendre.

— Landon, je te rappelle.

Je raccroche, puis baisse les yeux sur le doigt et la femme à qui il appartient.

— Si vous étiez un homme, vous auriez perdu cet appendice.

Elle a un mouvement de recul et je me rends compte que je lui lance le regard que je réserve d'habitude aux joueurs de l'équipe adverse, sur la patinoire.

Excellente façon de désamorcer la situation. Quelle est la prochaine étape, lui cracher dessus ? Insulter sa mère ? Lui dire que vingt-cinq pois noirs recouvrent ses seins ?

— Vous êtes un mufle.

Elle retire son doigt et colle sa main le long de son flanc, comme un pistolero mourant d'envie de dégainer son arme.

Je penche la tête.

— C'est la meilleure insulte que vous ayez trouvée ?

Dans mon équipe, c'est le genre de truc qu'on lancerait peut-être à l'arbitre, ou à la grand-mère de quelqu'un.

— Vous êtes un ours enragé, lance-t-elle, l'air tentée de planter à nouveau son doigt dans ma poitrine. Un gorille écervelé.

— Ce ne sont que d'autres exemples d'animaux, ne puis-je m'empêcher de faire remarquer.

Pourquoi est-ce que je continue de la contrarier alors que j'ai besoin d'elle pour acheter mon équipe ? C'est comme cette fois où j'ai demandé à l'arbitre si sa femme savait qu'il nous baisait.

— Vous êtes qui, bordel ? demande-t-elle. Comment vous connaissiez mon père ?

Merde. Elle est à deux doigts de me lancer cette accusation de harcèlement dont on m'a prévenu.

— Théodore est le propriétaire de l'équipe de hockey dans laquelle je joue. Était, je veux dire.

Ce rappel que le vieil homme est mort me provoque un tiraillement dans la poitrine. En ce qui la concerne, elle ne sourcille même pas.

Je serre les dents et continue :

— Je l'appréciais et le respectais.

C'est la vérité, même si je ne le voyais pas comme une figure paternelle, comme certains autres membres de l'équipe. Pour moi, qualifier quelqu'un de figure paternelle est une insulte.

Elle continue de me dévisager, alors je termine par :

— Je le connaissais depuis de nombreuses années.

Je dois faire un gros effort pour me retenir d'ajouter « à l'inverse de vous ».

— Oh, dit-elle en pinçant ses lèvres pulpeuses et brillantes. Je ne savais même pas qu'il possédait une équipe de hockey.

Bien sûr qu'elle ne le savait pas. Elle ne sait rien de lui. Mais je ne le lui fais pas remarquer. Au lieu de ça, je profite de l'occasion.

— C'était le cas, dis-je avec une cordialité que je réserve d'habitude aux journalistes de ESPN. On était sur le point de conclure un accord pour qu'il me vende l'équipe, mais on n'a pas pu terminer la paperasse à temps…

Je lui lance un regard entendu. Avec un peu de chance, sa nature de croqueuse de diamants la rendra plus intéressée par l'argent que par l'éventualité de se venger pour mes paroles précédentes, où je n'ai fait qu'exprimer à voix haute une vérité déplaisante.

Merde. Elle me lance un regard meurtrier qui doit s'apparenter à celui que jettent les coccinelles aux acariens avant de les dévorer tout cru – c'est ce que j'ai appris l'autre jour dans un documentaire sur les insectes, en tout cas.

— Pourquoi vous me dites ça ? demande-t-elle.

— Je pensais que c'était évident, dis-je, décidant simplement de me lancer. Je suis ici pour passer un accord avec vous.

Chapitre 5

Sophia

J e suis une pacifiste.

Je hais la violence.

Gifler un homme est un exemple de violence, ce serait donc mal, à la fois d'un point de vue moral et éthique. Même si j'en ai très envie. Ce serait aussi une mauvaise idée d'un point de vue pratique, compte tenu de sa taille impressionnante et de son air dangereux.

— Laissez-moi résumer, commencé-je, fière de ma capacité à employer des mots au lieu de gifles. Vous êtes venu ici pour racheter une équipe dont je viens d'hériter ?

Il hoche la tête.

— Je ferais en sorte que ça en vaille la peine, croyez-moi.

Je laisse échapper un reniflement sans joie.

— Êtes-vous complètement étranger au concept d'ironie ?

Il contracte la mâchoire.

— Quoi ?

— Il y a une minute, vous avez eu le culot de me traiter de vautour.

Il grimace tandis que je continue :

— L'ironie, c'est que vous êtes là, à débarquer juste après la mort de mon père, pour essayer de « passer un accord ».

Je mime mes guillemets les plus sarcastiques autour des trois derniers mots.

— Je suis ici pour passer un accord, oui.

Il crispe et décrispe les poings, mais ce spectacle ne m'excite pas… ou pas autant que d'habitude.

— Un accord équitable, précise-t-il tandis que j'essaie de reprendre le contrôle de ma respiration. Un qui sera encore meilleur que celui que j'aurais proposé à votre père.

— Eh bien. Sachant que je suis une croqueuse de diamants qui ne s'intéresse qu'à l'argent, je m'apprête à vous surprendre.

Je canalise tous mes fantasmes violents dans un regard cinglant.

— Je ne vous vendrais pas un club de golf même si je mourais de faim et que j'avais besoin d'argent pour du pain. Et au cas où vous vous posiez la question, je ne joue pas au golf.

Comme les insultes, les réparties ne sont pas mon fort, mais celle-ci devra suffire, parce que j'ai assez parlé avec ce connard.

Je me retourne pour partir, mais j'entends un grognement affligé derrière moi.

Je regarde par-dessus mon épaule.

L'homme potelé que j'ai remarqué plus tôt a une main pressée sur la poitrine.

Qu'est-ce qui se passe ?

Il glisse de sa chaise et s'écroule au sol, les yeux fermés.

Je reste paralysée sur place, complètement sous le choc… mais ce n'est pas le cas du connard de Viking.

Il s'élance vers l'homme, lui tapote les épaules des deux mains et s'écrie :

— Vous allez bien ?

Pas de réponse.

— Il est inconscient, dit le Viking en me regardant dans les yeux. Appelez les secours et allez chercher le DAE.

Il a prononcé ces mots d'un ton si autoritaire que je sors aussitôt de la pièce en courant pour obéir, avant de me rendre compte que je n'ai aucune idée de ce qu'est un DAE.

Je reviens en vitesse et vois mon ennemi juré arracher la chemise de l'homme d'un geste puissant, révélant un torse poilu avec des seins masculins. Le Viking place ensuite ses mains l'une sur l'autre et appuie sur la poitrine de l'homme si fort que je m'attends à moitié à entendre ses côtes casser.

Il me voit et lance un regard noir à mes mains vides.

— Où est ce foutu DAE ? L'ambulance est en route ?

— C'est quoi, un DAE ? demandé-je dans un couinement paniqué.

— Bonne à rien, maugrée le Viking entre ses dents.

Il arrête ses compressions pour souffler dans la bouche de l'homme à terre.

Est-ce inapproprié si j'éprouve une pointe de jalousie envers l'homme mourant ?

— DAE signifie défibrillateur automatisé externe, explique M. Cohen en sortant en courant de son bureau. Je vais le chercher. Appelez les secours.

— À supposer que vous en soyez capable, lance le Viking d'un ton sarcastique.

Il reprend ensuite son massage cardiaque, tout en fredonnant ce qui ressemble fort à « Stayin' Alive » des Bee Gees.

Je sors mon téléphone d'un geste affolé, compose le 911 et explique ce qui s'est passé à l'opératrice. Je lui précise où je suis et que quelqu'un est déjà en train de pratiquer les gestes de premiers secours. J'ajoute aussi un certain nombre de détails qui pourraient paraître hors de propos, comme la raison de ma présence ici et ce que j'ai pris pour le petit-déjeuner ce matin. Oh, et en plus de lui donner mon nom, je mentionne M. Cohen et demande le sien au Viking.

— Mason, grommelle-t-il. Mason Tugev, même si je ne vois pas en quoi ça intéresse l'opératrice du 911.

— Vous avez dit Tugev ? lance l'opératrice d'un ton surexcité. Comme le joueur de hockey ?

Vu qu'il a déjà mentionné son équipe, je présume que oui – et je le lui dis.

— Il est merveilleux, n'est-ce pas ? dit-elle d'une voix essoufflée.

— Hmm hmm. L'ambulance est en route ?

Mason me lance un regard interrogateur.

— Oui, répond-elle.

Je lève le pouce en direction de Mason, et il répond par un froncement de sourcils.

— Me parler ne les ralentira pas, assure l'opératrice. Alors s'il vous plaît, dites-moi à quoi ressemble Mason Tugev, en vrai ?

Je lève les yeux au ciel.

— Vous avez vu le film *The Northman* ?

— Celui dans lequel Eric Northman est un Viking ?

Il me faut une seconde pour faire le lien. Eric Northman est un personnage de *True Blood* joué par Alexander Skarsgård, qui joue aussi le berserker de *The Northman*.

— Oui, finis-je par acquiescer. Mason est aussi aimable que le héros de ce film.

En face de moi, Mason se renfrogne, me donnant raison.

— Je n'ai pas vu ce film, répond-elle. Il est bien ?

J'espère vraiment que les ambulanciers ne seront pas retardés à cause de ça.

— Si vous aimez les Vikings, c'est un incontournable.

— Ça raconte l'invention du hockey ? demande-t-elle, l'air perplexe.

Ah. C'est vrai. Une fan de hockey.

— Non. Je doute que les Vikings aient inventé quoi que ce soit mis à part d'horribles manières d'exécuter les gens. Même si c'est vrai qu'ils aimaient faire du patin à glace et skier.

À ces mots, le froncement de sourcils de Mason s'approfondit.

— Je crois qu'on a un peu déraillé par rapport au sujet de mon appel, fais-je remarquer à l'opératrice du 911.

Et quand je dis « déraillé », je sous-entends que le train s'est vu pousser des fusées et s'est envolé pour la lune.

— C'est vrai, admet-elle d'un ton contrit. L'ambulance sera là dans cinq minutes.

Je raccroche juste au moment où M. Cohen revient avec le fameux DAE. Je me rends compte que j'en ai déjà vu, en général à côté des extincteurs. Je n'ai jamais su ce que c'était.

Ouvrez-le, ordonne le Viking... Mason, je veux dire.

M. Cohen recule d'un pas.

— Je ne suis pas à l'aise à l'idée d'utiliser ça sur un client.

— Pourquoi ? demandé-je.

— Je pourrais être poursuivi en justice, répond M. Cohen.

— Je ne suis pas avocat, intervient Mason sans cesser ses compressions, mais même moi, je sais qu'il existe des lois de Bon Samaritain qui protègent ceux qui essaient d'apporter leur aide, dans ce genre de circonstances.

M. Cohen fait un autre pas en arrière.

— Les lois dont vous parlez ne protègent pas autant les gens qu'on le croit. Je me suis vu confier beaucoup d'affaires dans lesquelles quelqu'un avait fait quelque chose d'extrêmement négligent, et ce terme est assez subjectif.

Je me mords la langue. Ce n'est pas le moment d'offrir à tout le monde un discours philosophique sur la question de savoir si l'on est éthiquement obligé d'aider les gens dans le besoin.

Mason me regarde.

— Vous avez plus de cran que ce lâche ?

Je hoche la tête, même si mon cœur cogne dans ma poitrine.

— Qu'est-ce que je dois faire ?

Mason soupire.

— Ouvrez ce truc.

J'ouvre la boîte du DAE et une voix automatisée se met à m'expliquer quoi faire. Je suis les instructions et sors les tampons d'électrodes adhésifs, que je branche. Avant que j'aie pu les plaquer sur le corps de l'homme, Mason lance :

— Vous devez d'abord lui raser la peau. Il doit y avoir un rasoir au fond de la boîte.

Raser cet homme ? Ce sera quoi, ensuite, une manucure-pédicure ?

C'est alors que je comprends. Les poils de torse vont gêner les électrodes. Je fouille dans la boîte et finis par trouver le rasoir.

Je m'attaque aux poils, mais ils sont trop épais et bouclés. Soit ça, soit le rasoir est trop émoussé.

— Sortez les tampons adhésifs de taille enfant, me

conseille Mason en remarquant mes problèmes de rasage.

Je localise les tampons plus petits et les sors.

— Collez-les là où devraient aller ceux de taille normale.

J'obéis.

— Arrachez-les, maintenant.

Je regarde Mason, bouche bée.

— Les arracher ?

— Je suis sûr que vous connaissez l'épilation, répond-il. C'est la même idée.

Oh. Bien sûr. J'arrache le premier tampon, ôtant les poils obstinés et prouvant sans l'ombre d'un doute que l'inconscience de notre patient n'est pas feinte. Puis je recommence de l'autre côté, avant de fixer les deux tampons pour adulte sur les parcelles de peau rouge et nue.

Est-ce que je risque d'être poursuivie en justice pour cette épilation ? Ce n'était pas négligent, mais c'était dégoûtant.

Après ça, le DAE prend le relais, expliquant à tout le monde de garder ses distances lorsqu'il juge nécessaire d'envoyer une décharge au patient. Puis il demande à Mason de reprendre son massage cardiaque.

Je dois bien admettre que cet appareil est très cool. Un peu comme une Alexa avec un diplôme de médecine.

J'entends des sirènes en approche, puis les pas précipités des pompiers et des ambulanciers. D'un geste vif et déterminé, ils soulagent Mason de sa tâche, placent le patient sur un brancard et l'emmènent en vitesse.

Dès qu'ils ont disparu, je me rends compte que j'ai une question, alors je la pose à M. Cohen et Mason.

— Il va s'en sortir ?

— Sûrement, répond Mason. D'un autre côté, il n'y a jamais aucune garantie, dans la vie.

— Quelqu'un va appeler pour nous donner des nouvelles ?

Je regrette de ne pas avoir posé la question plus tôt, quand je parlais à l'opératrice bavarde du 911.

— J'en doute, répond Mason. Ce serait sûrement contraire aux réglementations de l'HIPAA[1], ou un truc comme ça.

— Eh bien, c'est mon client, dit M. Cohen. Je le saurai un jour ou l'autre, s'il s'en sort.

— Vous nous le direz ? m'enquis-je.

— Je devrais d'abord demander la permission à mon client, répond M. Cohen.

Je le regarde en clignant des paupières.

— Comment il pourrait vous donner la permission s'il ne s'en sort pas ?

— Dans ce cas-là, je demanderai à sa famille.

— Ne prenez pas cette peine en ce qui me concerne, grommelle Mason.

Je me tourne vers lui, incrédule.

---

1. Health Insurance Portability and Accountability Act, loi concernant la responsabilité et la portabilité en matière d'assurance maladie.

— Vous n'avez pas envie de savoir ?

— Pas vraiment, répond Mason. Je ne connais pas ce type.

— Mais vous lui avez sauvé la vie, rappelé-je.

Je jette un coup d'œil à M. Cohen dans l'espoir qu'il m'explique cette énigme qu'est Mason.

Ce dernier soupire.

— Je lui ai *peut-être* sauvé la vie. Ou peut-être pas. Tout ce que je voulais, c'était éviter des gros titres de journaux annonçant « Un joueur de hockey formé aux gestes de premiers secours regarde un homme mourir ».

C'est comme s'il était adepte de deux disciplines : le hockey et l'art d'être un connard.

— Très bien, dis-je. C'était… intéressant. Je ferais mieux d'y aller.

Apparemment, j'ai une nouvelle maison à visiter et des tortues avec lesquelles sympathiser.

— Attendez, lance Mason au moment où je me retourne. J'aimerais que vous réfléchissiez à mon offre.

— C'est ça, dis-je. J'y réfléchirai.

Sur ces mots, je pars sans un regard en arrière.

Juste pour m'assurer de ne pas être une menteuse, j'envisage pendant une fraction de seconde de vendre l'équipe – avant de décider que ma réponse est toujours « hors de question ». Même si Mason Tugev n'était pas un crétin fini, j'ai besoin de me faire à l'idée de ma nouvelle richesse avant de passer le moindre marché. Et puis si j'ai autant d'argent que l'a prétendu M. Cohen, je n'ai pas besoin de plus, alors autant garder un portefeuille diversifié en possédant une équipe de hockey.

En parlant de diversification et de l'importance de ne pas dilapider mon héritage, je dois parler à un spécialiste de la finance. Heureusement pour moi, mon amie et colocataire, Abigail, est experte en la matière.

Je saute dans un taxi et demande au chauffeur de me ramener chez moi.

Chapitre 6

Mason

Dès que Coccinelle est partie, je me rends compte que je n'ai aucun moyen de la contacter, même si par miracle elle décidait de conclure un accord.

— Vous auriez pu mieux gérer ça, me fait remarquer Cohen d'un ton prudent.

En réponse, je donne un coup de poing dans le mur, laissant un gros trou dedans.

— Je vais vous facturer ça, prévient Cohen d'un ton étonnamment calme. Oh, et avant que vous posiez la question, je ne parlerai pas de Mlle Papachristodoulopoulou avec vous.

— Papa-quoi? demandé-je en massant les articulations en sang de mes doigts.

— Papa-christo-doulo-poulou. C'est un nom de famille grec répandu.

Bien sûr.

— Merci pour la leçon culturelle.

Il sourit d'un air narquois.

— Quand je vous facturerai pour le mur, j'inclurai une heure de salaire.

— Parce que c'est le temps que ça prend pour prononcer ce nom ?

Il hausse les épaules, souriant de plus belle, et je résiste à l'envie de donner un autre coup de poing dans le mur, décidant de garder ma colère pour l'entraînement.

———

En général, je me sens apaisé après l'entraînement, surtout quand je partage un repas avec l'équipe comme en ce moment. Mais pas aujourd'hui.

— Alors, comment ça s'est passé ? demande Jason en mâchant son sandwich grec.

Tout le monde se tait, même le personnel du restaurant.

Mon houmous de lentilles a soudain un goût de cacahuètes en sachet.

— Elle n'a pas vendu… pas encore.

— Ça craint, répond Jason.

Tous les autres se joignent à sa déception, jurant pour moi en anglais, finlandais, russe, canadien et français.

— J'avais deviné vu ta férocité durant les exercices, remarque Jason. J'ai l'impression que tu vas devoir continuer de manger ta bouffe pour vache encore un petit moment.

Par « bouffe pour vache », il entend mon régime très nutritif, mais composé en grande partie de plantes.

— C'était ce que je comptais faire quoi qu'il arrive, marmonné-je. Je mange bien pour vivre plus longtemps, pas pour continuer de jouer au hockey.

Tous mes coéquipiers me regardent d'un air sceptique. La simple idée que quelque chose puisse ne pas concerner le hockey leur est tout aussi étrangère que celle de manger un donut à la crème de Boston pour moi.

Jason regarde mon houmous en plissant le nez.

— Si je mangeais comme toi, je dépérirais et mourrais.

— Je suis d'accord avec Vendredi, renchérit Parker. Sauf que la chronologie des événements serait plutôt : lâcher un énorme pet, *puis* dépérir et mourir.

Jason donne une tape sur le front de Parker pour avoir encore une fois employé le surnom « Vendredi ». Mais c'est un combat perdu d'avance. Sachant qu'il est né dans une ville du New Jersey appelée Voorhees et qu'il est gardien, les blagues sur *Vendredi 13*, sont aussi inévitables que les attaques au couteau au camp de Crystal Lake.

— Manger des lentilles tout le temps ne fait pas péter, dis-je pour ce qui me semble être la millième fois. Le corps s'adapte.

Certains de mes coéquipiers hochent la tête, mais la plupart font des blagues sur les pets, comme les grands enfants qu'ils sont. Le plus agaçant, c'est que je sais qu'en tant qu'athlètes, ils en savent plus sur la nutrition qu'une personne lambda. J'ai juste pris mon alimentation plus au sérieux que nécessaire pour le hockey, en suivant un régime alimentaire testé en laboratoire par Octothorpe. Combiné à des médicaments sur ordonnance et des compléments alimentaires, mon régime est destiné à ralentir les effets du vieillissement, et à trente-sept ans, j'ai l'impression d'en avoir vingt. Malgré ça, je serai la première personne autour de cette table à prendre ma retraite, et devenir propriétaire de cette équipe serait le meilleur moyen de conserver toutes ces andouilles dans ma vie.

— À quoi ressemblait la nouvelle propriétaire ? demande Jason.

— Pourquoi ? rétorqué-je d'un ton suspicieux.

Il hausse les épaules.

— Si elle n'est pas trop hideuse, tu pourrais peut-être la convaincre de te vendre l'équipe avec tes… charmes.

Le reste de l'équipe émet des sons rappelant une meute de hyènes en rut.

— Elle n'est pas repoussante, admets-je avec réticence. Mais je doute qu'elle veuille avoir quoi que ce soit à voir avec mes charmes, même s'ils étaient les derniers sur Terre.

Et le sentiment est réciproque.

— Pas repoussante ? répète Jason en serrant son sandwich jusqu'à ce que de la sauce tzatziki dégouline sur ses genoux. Je devrais peut-être donner un coup de main à mon frère avec mes « charmes ».

— Putain, non.

Je suis à deux doigts de lui donner un coup de poing en pleine face pour ponctuer ce refus, mais je me retiens juste à temps, parce que qu'est-ce qui me prend ?

Tout le monde cesse de manger et me regarde avec perplexité.

Jason penche la tête.

— Elle te plaît ?

Le reste de l'équipe et lui essaient de me faire tirer un coup depuis un mois, maintenant, mais je pratique l'abstinence.

Est-ce que Coccinelle me plaît ?

Cette idée est absurde.

Plus personne ne m'a plu depuis un bon moment, maintenant, et si je voulais mettre fin à cette tendance, ce ne serait pas avec une croqueuse de diamants désagréable. Et puis elle est beaucoup trop jeune.

— Oh, j'ai compris, lance Jason à tout le monde d'un ton conspirateur. Il ne peut rien faire parce qu'elle est propriétaire de l'équipe. S'il se la tapait et qu'ils rompaient, ça tournerait au vinaigre.

Je n'arrive pas à croire qu'il ait prononcé l'expression « se la taper » de manière non ironique. Et puis de manière inconcevable, cet idiot marque un point – comme une horloge arrêtée donne l'heure juste deux fois par jour. Non pas que j'aie besoin de cette raison pour éviter Coccinelle comme un puceron éviterait son homonyme insecte.

— On peut parler d'autre chose ? demandé-je.

J'insuffle une dose suffisante de menace dans ma question pour que tous comprennent que s'ils insistent, leur visage ressemblera bientôt au mur du cabinet d'avocats.

— Bien sûr, répond Jason avec un sourire espiègle. Tu as vu de nouveaux documentaires animaliers, récemment ?

Je grogne. Je le laisse utiliser mon compte Netflix, et voilà comment il me remercie. Il a dû épier ma liste des programmes regardés récemment, qui sont tous des documentaires animaliers, parce qu'ils m'aident à me détendre.

— Oui, j'en ai vu un sur les coccinelles, dis-je d'un air impassible.

Si je ne leur montre pas que ça m'agace, ils arrêteront de se moquer plus vite. Avec un peu de chance.

— Elles sont carnivores et constituent donc un insecticide naturel, raison pour laquelle elles sont considérées comme porte-bonheur partout dans le monde.

Jason émet des ronflements sonores et laisse aller sa tête vers son assiette, ne s'arrêtant qu'à deux centimètres.

— Merde. C'était si ennuyeux que je me suis endormi.

— Tu devrais répéter ce que tu viens de dire, mais en imitant la voix de David Attenborough, suggère Parker.

— Si tu sais qui est David Attenborough, c'est que tu

as dû voir un paquet de documentaires animalier, toi aussi, fais-je remarquer.

— Non, pas du tout, répond Parker un peu trop vite. Et puis c'est *Sir* David Attenborough[1].

Je souris tandis que les taquineries se reportent sur Parker – tout le monde insiste pour être également appelé « sir », et débite d'autres absurdités du même genre.

Je soupire. Mes coéquipiers sont comme mes frères, pour le meilleur ou pour le pire. Quand ça compte vraiment, on se serre toujours les coudes, et on ne se moquerait jamais d'un truc sérieux, comme mon problème avec les boutons. En fait, personne n'a jamais fait de commentaire là-dessus, mais j'ai remarqué qu'ils s'étaient mis à porter des survêtements sans bouton quand je suis présent, même quand on sort dans des boîtes de nuit chics.

Merde. Si je ne rachète pas l'équipe, je les laisserai tomber. Et si elle effectuait des changements qui nous affectaient de manière négative ? Ou si…

— Quand est-ce que tu vas lui reparler ? demanda Jason, me ramenant au sujet principal.

— Aucune idée, dis-je. D'abord, il me faut un plan d'action.

———

———

1. Rédacteur scientifique, écrivain et naturaliste britannique qui fut le narrateur de nombreux documentaires pour la BBC.

Dès que j'entre dans mon appartement, mon chat, Spike, arrive en courant et m'accueille avec un tel enthousiasme qu'on croirait avoir affaire à un chiot golden retriever.

— Je suis content de te voir aussi, dis-je d'une voix bourrue.

Je me rends ensuite à la cuisine pour lui donner quelques tranches de thon de qualité sashimi.

Puis je prends une bouteille de ma vodka favorite et passe un appel vidéo à Evan, mon pote de Floride. Nous avons passé un accord mutuellement bénéfique nous interdisant de laisser l'autre boire seul.

— Salut, dit Evan, avant de froncer les sourcils en remarquant la bouteille dans ma main. Je suis désolé, j'ai arrêté de boire.

— C'est vrai ?

— J'ai un enfant, maintenant, explique Evan. Je n'ai pas envie de montrer le mauvais exemple.

Ah. Bien sûr.

— Logique.

— Tu devrais arrêter aussi, suggère Evan. Ça ne convient pas à ton truc d'alimentation saine.

— En fait, en Estonie, la vodka est réputée pour soigner toutes sortes de maladies.

Quand j'étais petit, chaque fois que j'étais malade, ma mère trempait mes chaussettes dans de la vodka et me les faisait enfiler, et j'empestais comme un alcoolique quand j'allais à l'école.

Merde. J'ai d'autant plus besoin de ce verre, maintenant. C'est le cas à chaque fois que je pense à ma famille et à la façon dont elle a rompu les liens avec moi.

— Tu n'es pas né aux États-Unis ? s'enquiert Evan.

Je hausse les épaules.

— Mes parents d'origine estonienne ont quand même réussi à me transmettre leurs croyances au sujet de la vodka.

Et leur obsession pour les saunas, que j'ai transmise à toute mon équipe.

— Eh bien, je suis à peu près sûr que ce n'est pas une opinion approuvée par la science, dit Evan. Alors si tu évites les donuts, tu devrais peut-être aussi éviter la vodka.

— Tu sais quoi ? La prochaine fois que je n'aurai pas envie de boire seul, j'irai dans un bar au lieu de t'appeler et de recevoir un sermon.

— Parfait, répond-il. Comme ça, tu rencontreras peut-être enfin une femme qui…

Je raccroche.

Pourquoi tous ceux qui se mettent en couple veulent que je rejoigne leur secte ? C'est pareil avec les gens qui ont des enfants : ils se transforment en campagnes de publicité ambulantes pour la procréation.

Je scrute la vodka et envisage de briser le tabou consistant à boire seul.

Non. Certaines des leçons que je tiens de mes parents doivent être trop difficiles à ignorer.

Très bien.

Je range la vodka et passe un appel vidéo au Coach,

la personne dans ma vie qui me sert à la fois de thérapeute, de prêtre et d'agent de probation.

— Salut, gamin, lance le Coach tout en caressant sa barbe dont la longueur doit battre tous les records. Ou devrais-je t'appeler patron ?

— Je ne suis pas ton boss... pas encore.

— Qu'est-ce qui s'est passé ?

Le Coach tire sur sa barbe d'un geste machinal – ou, comme le dirait Jason, « il cherche un casse-croûte dedans ».

Je lui raconte ce qui s'est passé, et quand j'arrive à la partie de l'histoire impliquant le massage cardiaque, il me complimente sur mes compétences en secourisme. C'est plus ou moins lui-même qu'il félicite, puisque c'est lui qui a suggéré que j'apprenne les gestes de premiers secours.

Il jette sa barbe par-dessus son épaule.

— Tu devrais peut-être réfléchir à mon autre suggestion ?

— Non.

Je n'arrive pas à croire qu'il aborde à nouveau le sujet. Même si sa barbe le fait paraître vieux comme le monde, le Coach n'a que dix ans de plus que moi, et pourtant il s'est mis en tête de prendre sa retraite – à supposer qu'il trouve un remplaçant convenable. Pour une raison inexplicable, il pense que je suis capable de marcher sur ses traces de yéti.

Notre équipe est l'une des rares de la ligue n'ayant pas de capitaine, mais si c'était le cas, je n'assumerais même pas ce rôle. Je n'ai pas ce qu'il faut pour me montrer enthousiaste et inspirant. En fait, on m'a plutôt accusé du contraire.

Les mots « pessimiste » et « cynique » sont souvent employés en ce qui me concerne.

La barbe tressaille d'une manière suggérant que le Coach est en train de pincer ses lèvres jamais visibles.

— Dans ce cas-là, retente le coup avec la nouvelle propriétaire. En essayant d'être un peu plus cordial, la prochaine fois.

— Ouais. Merci. Excellent conseil. Pourquoi n'y ai-je pas pensé ?

Il plisse les yeux.

— Le sarcasme est la forme d'esprit la plus vile.

— Les calembours le sont encore plus. Et les blagues sur les pets.

Ainsi que toutes les autres choses qui sortent de la bouche de Jason.

— Quoi qu'il en soit, mon conseil n'en reste pas moins bon, grogne le Coach. Contiens ton mauvais caractère. Ça te serait bien utile sur la glace si tu devenais coach, et en tant qu'être humain aussi.

Super. Il est de mauvais poil.

— Je serai plus sympa avec elle, la prochaine fois. Promis.

Ce sera un gros défi, mais l'équipe en vaut la peine.

— Excellent.

Il se gratte là où se cache peut-être son menton.

— Je dois y aller, maintenant. Ma femme veut que je lui masse les pieds.

— Trop d'informations, fais-je remarquer.

Je raccroche avec un sourire réticent. Le Coach s'est trouvé une perle rare : un mariage heureux.

Je suis à peu près sûr qu'il est quasiment le seul dans tout New York.

J'arpente mon appartement pendant que Spike slalome entre mes pieds comme un chat de cirque. La question que je me pose, c'est comment retenter ma chance avec Coccinelle ?

Première étape : la trouver. Je doute que Cohen me file encore un coup de pouce, je vais donc devoir me débrouiller tout seul, cette fois.

En parlant de Cohen, grâce à lui, je connais désormais son nom de famille, même si je n'oserais jamais le prononcer à voix haute : Papachristodoulopoulou. J'ai appris son prénom – Sophia – de la bouche de Théodore.

Je me dirige vers mon ordinateur portable et cherche cette combinaison sur Google.

Non. Une skieuse alpine s'appelle Sophia Papamichalopoulou, mais ce n'est pas Coccinelle. J'apprends aussi que son nom de famille signifie « descendant du prêtre et serviteur du Christ ». Hmm. Une autre recherche m'apprend que, contrairement à leurs homologues catholiques romains, les prêtres orthodoxes grecs ont le droit de se marier, ce qui peut mener à de très longs noms de famille pour leurs descendants.

En d'autres termes, je ne trouve rien.

Hmm. Elle semblait avoir la vingtaine, il y a donc fort à parier qu'elle est sur TikTok.

Rien. Bizarre.

Snapchat ?

Toujours rien. Pareil pour Facebook.

Elle n'est sur aucun réseau social ? Je suppose que ça nous fait un point commun.

Très bien. Plan B – qui va me faire encore plus ressembler à un harceleur.

Je compose le numéro de Landon et veille à ne pas utiliser la vidéo pour éviter son expression suffisante sous-entendant « je te l'avais dit », quand il apprendra dans quel pétrin je me suis mis.

— Laisse-moi deviner, lance-t-il en guise de bonjour. C'est elle qui t'a dit « Comment oses-tu ? ».

— Oui. Tu avais raison. On peut passer à autre chose ?

— Hors de question, putain, rétorque-t-il. Explique-moi ce qui s'est passé.

Je m'exécute, en ayant déjà plus qu'assez de cette histoire.

— Elle est sexy ? demande-t-il.

— Quoi ?

Je me suis remis à serrer mon téléphone trop fort.

— Elle avait l'air sexy, dit-il. La voix essoufflée et indignée.

Je serre et desserre ma main libre.

— Son apparence physique n'a aucune importance.

— Tu es sûr ? insiste-t-il.

Super. Encore un. S'il me suggère de la convaincre avec mes « charmes », je vais le présenter à Jason pour qu'ils puissent se tresser les poils pubiens ensemble.

— J'ai besoin de ton aide, articulé-je entre mes dents serrées.

— De toute évidence, répond-il. À tel point que tu vas devoir être plus spécifique.

Ma foutue coque de téléphone se remet à grincer.

— Tu connais un type capable de trouver des infos sur les gens. Je veux qu'il fasse un dossier sur elle.

Silence.

— Tu es là ? grogné-je.

— Ouais, je n'arrive pas à en croire mes oreilles, c'est tout. Il y a deux secondes, tu m'as donné raison quand je t'ai traité de harceleur. Maintenant, au lieu de changer de tactique, tu y mets les bouchées doubles.

— Qu'est-ce que je peux faire d'autre ?

Il soupire.

— Attendre qu'elle vous rencontre, l'équipe et toi ? C'est la nouvelle propriétaire, après tout.

— Hors de question, putain. Si tu ne veux pas m'aider, très bien, mais je…

— Je vais t'envoyer les coordonnées du type par message, m'interrompt-il, et j'arrive à l'entendre lever les yeux au ciel à l'autre bout du fil. Je vais aussi le prévenir de s'attendre à ton appel.

— Merci. Je t'en dois une.

— C'est rien du tout. Tiens-moi simplement au courant de la tournure des événements.

Je lui en fais la promesse avec réticence et raccroche. Puis j'entre en contact avec le type, qui s'appelle Max Stolyar, et paie son tarif exorbitant. Max m'assure que non, il ne facture pas au nombre de syllabes dans le nom de la personne à rechercher, et qu'il aura des infos à me fournir d'ici quelques heures.

Pour passer le temps, j'allume la télé et lance le prochain documentaire animalier sur ma très longue liste.

Celui-là se passe sous l'océan, ce que je trouverais très apaisant en temps normal, sans cette situation en suspens avec Coccinelle qui me tracasse trop pour que j'apprécie quoi que ce soit en ce moment.

Enfin, après ce qui me paraît des mois d'attente, je reçois un message de Max.

Chapitre 7

Sophia

— Chérie, je suis rentrée, lancé-je.

J'entre dans le minuscule studio que je partage avec ma meilleure amie et me cogne sur notre lit superposé.

— Qu'est-ce que c'est que ce raffut ? marmonne Abigail d'un ton grincheux depuis le lit du haut.

Elle s'est vu attribuer cette « position surélevée » en tirant la paille la plus courte, lorsque nous avons emménagé dans cette maison de poupée améliorée.

— Il y en a qui essaient de dormir.

Je regarde l'horloge de notre petit micro-ondes miteux, ou notre « micro-micro-ondes », comme je l'appelle.

— Il est quinze heures quarante-cinq.

— Et alors ? J'ai passé toute la nuit à réviser pour mon examen de calcul financier, rétorque Abigail. Maintenant, j'ai besoin de dormir pour consolider ma mémoire.

— Tu vois ? C'est pour ça que le cursus de philosophie est bien meilleur, dis-je avec un sourire. Il n'y a pas de calcul philosophique, et donc pas besoin de faire des nuits blanches.

— Bien sûr, si par « un cursus bien meilleur », tu parles de la tranquillité d'esprit associée à la certitude de ne jamais trouver aucun boulot.

Elle passe ses longues jambes parfaitement définies hors du lit.

— Et puis il n'y a pas de calcul éthique ? Ou de calcul du bonheur ?

Devrais-je lui assurer que je serai tout à fait capable de me trouver un boulot ? Non. Au lieu de ça, et pas pour la première fois, je m'émerveille de l'intelligence incroyable d'Abigail. Elle vient de m'instruire sur mon propre domaine d'étude, parce que oui, ces types de calculs existent bien. La seule chose, c'est que notre école ne propose pas de cours là-dessus, et si c'était le cas, je les éviterais sûrement comme une carotte fuirait un lapin.

— Laisse-moi te préparer un petit déjeuner, proposé-je.

Je rejoins le mini-frigo, en sors un burrito congelé et le passe au micro-micro-ondes.

— Merci.

Abigail descend du lit et se dirige vers les toilettes – oui, ceux au beau milieu de la pièce.

— Ne te retourne pas, me prévient-elle.

Suivant notre protocole habituel, non seulement j'évite de me retourner, mais je chante aussi « Libérée, délivrée » de *La Reine des neiges,* assez fort pour étouffer les éventuels sons inélégants que pourrait émettre ma colocataire.

— Fini, lance-t-elle, ponctuant le mot d'un coup de chasse d'eau. Oh, et tu vas devoir mettre ton répertoire à jour.

Je l'ignore. Chaque fois que c'est mon tour, elle ne chante que « Ring of Fire » de Johnny Cash, ce qui me fait penser à l'herpès, la chlamydia et le piment chipotle.

Je m'écarte de son chemin pour qu'elle puisse se laver les mains à l'évier/lavabo, qui me sert aussi de douche improvisée quand je n'ai pas le temps de passer par les vestiaires du gymnase de l'école.

Quand le micro-micro-ondes bipe, Abigail se considère comme présentable, et j'approuve. Même sans maquillage et en manque de sommeil, elle est sublime : blonde, grande, athlétique, avec une moue naturelle sur les lèvres et des yeux bleus farouches. En d'autres termes, elle ressemble fortement à Lagertha dans *Vikings.*

— Alors, dit-elle en prenant le burrito et en mordant un grand coup dedans. Comment ça s'est passé ?

Sa question est étouffée par le riz et les haricots à moitié mâchés.

Je fourre un autre burrito dans le micro-micro-ondes. C'est une version sucrée que j'adore, avec du chocolat, du beurre de cacahuètes et de la confiture. Il contient presque assez de sucre pour entraîner un éléphant à faire du monocycle.

— Je crois que je suis riche.

Elle manque de s'étrangler avec sa nourriture, avant d'exiger tous les détails. De manière surprenante, lorsque j'ai fini de lui raconter tous les événements de la journée, elle semble plus intéressée par le Viking que par ma nouvelle richesse. Je mentionne son nom sans faire attention. Elle avale sa nourriture de manière bien audible et hoquette.

— Tu as bien dit Mason Tugev ?

— Ouais.

Je ne savais pas que les connards comme lui étaient aussi connus.

— Le joueur de hockey ?

Je lève les yeux au ciel.

— Ouais. Je viens de te le dire.

— Tu sais qu'il est milliardaire, hein ? couine-t-elle. Et tu l'as envoyé paître.

C'est vrai ?

— Je croyais que les athlètes professionnels gagnaient des millions, pas des milliards.

— Ah, mais celui-là a utilisé l'argent de son contrat pour investir dans Octothorpe. Très tôt.

Elle sort son téléphone et tapote plusieurs fois sur l'écran.

— Je viens de t'envoyer un article de WSJ.

WSJ ? C'est pour Wannabes Sournois en Jonchée ? Plus important encore :

— Octothorpe, ce n'est pas l'endroit où tu meurs d'envie de bosser ?

Elle hoche la tête avec un tel enthousiasme qu'elle manque de planter son nez dans le burrito.

— Tout ce que touche cette entreprise se transforme en or. Oh, et ils remettent encore des stock-options à leurs employés.

— Le pouvoir de tout transformer en or n'a pas si bien tourné que ça pour Midas, lui rappelé-je.

Elle hoche la tête avec sagesse.

— Tu parles de ses difficultés à se branler ?

Je ricane.

— Ouais. Je crois que c'est aussi l'origine du personnage de Goldmember dans *Austin Powers*.

Le micro-micro-ondes bipe.

— Lis l'article, dit-elle tandis que je récupère mon burrito.

Je sors mon téléphone et tout en mâchant, je découvre que a) WSJ est l'acronyme de *Wall Street Journal* et b) Mason Tugev est le meilleur joueur de la DHL, la Diamond Hockey League, qui n'a aucun rapport avec l'entreprise de livraison du même nom. Mason est devenu célèbre quand il a refusé de quitter son équipe, même quand une autre plus réputée a tenté de le débaucher. Sa célébrité n'a fait que grandir quand il a continué de jouer au hockey même après avoir gagné une quantité indécente d'argent, ce qui me mène au très important point c) il est effectivement milliardaire, grâce à des « investissements avisés ».

Hmm.

Je relève les yeux de mon téléphone.

— Tu crois qu'il veut l'équipe de hockey parce qu'il sait que sa valeur s'apprête à décoller ?

Abigail secoue la tête.

— Les équipes sportives gagnent en valeur sur le long terme. Il veut peut-être le prestige de posséder une équipe. Ou bien il cherche des avantages fiscaux.

Je mâche mon burrito tout en réfléchissant à tous les aliments délicieux que je vais désormais pouvoir m'offrir. Du caviar ? Des truffes ? Du chocolat Godiva ?

— Donc, reprend Abigail tandis que mon estomac se met à gargouiller. Passons au plus important : il ressemble à quoi ?

Je ne sais pas du tout pourquoi, mais je rougis comme une nonne de l'ère médiévale face à un Viking à moitié nu.

Elle sourit.

— Il est si sexy que ça, hein ?

— Il était malpoli et exécrable.

Elle balaie ces mots de la main.

— Il a des tatouages ?

C'est à mon tour de sourire. En matière d'hommes, les tatouages sont le tendon d'Achille d'Abigail… en kryptonite. Elle serait prête à sortir avec n'importe quel minable ayant une belle illustration sur la peau, même un télévendeur qui appelle les gens tôt le matin pour leur vendre des hand spinners. Et quand je dis « sortir avec », j'emploie le terme de manière très large.

— Pas de tatouages, dis-je. Aucun de visible, en tout cas.

Mais bon sang, à cause d'elle, je me demande à quoi il ressemble sous ce survêtement, maintenant.

— Tant mieux s'il n'en a pas, dit-elle. Vu qu'il est pour toi, je n'ai pas envie d'être tentée.

— On peut parler sérieusement une seconde ? m'agacé-je, mon burrito ayant soudain perdu toute saveur.

Elle penche la tête.

Je sors les documents répertoriant tout ce dont j'ai hérité.

— Comment m'assurer de ne pas gaspiller tout cet argent ?

Abigail me prend les papiers des mains et commence à les lire avec attention, le front plissé.

Elle siffle plusieurs fois, ce qui doit être bon signe.

Au bout de quelques minutes, elle me rend les documents, les yeux brillants.

— Tu es super-riche. À tel point que ça représenterait un vrai défi de tout dilapider.

Je soupire.

— Je n'ai pas envie de relever ce défi. C'est tout l'opposé, même.

Elle opine du chef.

— Je pense pouvoir te donner quelques conseils. Laisse-moi y réfléchir.

— Tu es la meilleure, dis-je en lui souriant. Demain à la cafétéria, c'est moi qui paie le déjeuner.

Abigail fait claquer sa langue, feignant la désapprobation.

— Tu commences déjà à gaspiller ton argent pour du superflu, hein ?

— Ouais. Je vais aussi prendre un taxi pour aller voir ma nouvelle maison… et mes nouvelles tortues.

————

Ma nouvelle maison n'est pas une maison.

C'est un manoir, et je n'emploie pas ce mot à la légère. C'est un peu comme si la résidence de Downton Abbey avait mis la Maison-Blanche enceinte, avant de donner bien trop à manger au bébé. Le manoir est entouré d'innombrables hectares de jardins entretenus à la perfection, et dont une grosse parcelle est recouverte d'un dôme transparent – ce qui en fait la plus grande verrière que j'ai jamais vue.

— Vous êtes attendue ? demande le chauffeur lorsque nous approchons du haut portail ouvragé.

— C'est chez moi, dis-je avec incertitude. Mais… je ne sais pas.

L'air perplexe, il s'arrête devant l'interphone situé juste à côté du portail et baisse la vitre. J'appuie sur le bouton.

— Bonjour, dit une voix de femme snob à l'accent britannique. En quoi puis-je vous aider ?

— Bonjour. Je suis Sophia Papa…

— Ah, Maîtresse Papachristodoulopoulou, m'interrompt la femme. Entrez, je vous en prie.

Je regarde l'interphone, bouche bée. C'est le plus proche que quiconque s'est jamais approché de prononcer mon nom de famille correctement, et la première fois que quelqu'un m'appelle « maîtresse ».

— Vous voulez sortir ici ? demande le chauffeur.

Il plaisante ? L'allée fait plus d'un kilomètre.

— Conduisez-moi jusqu'à la porte, s'il vous plaît.

Il s'exécute, et au moment où je le paie, une femme approchant de la trentaine accourt vers le taxi pour m'ouvrir la portière.

Je sors et m'efforce de ne pas la regarder trop fixement. Elle porte beaucoup de cuir noir, a plus de piercings qu'un coussin à épingles et arbore tant de tatouages que si ça avait été un homme, elle aurait eu droit à un laissez-passer automatique pour le vagin d'Abigail.

— Merci, lui dis-je avant d'examiner le manoir, qui a l'air encore plus grand de près.

— Aucun problème, Maîtresse Papachristodoulopoulou, répond la fille tatouée avec le même accent britannique que j'ai entendu devant le portail. Bienvenue.

— Merci, dis-je. Je vous en prie, appelez-moi Sophia.

— Oh, bien sûr... Maîtresse Sophia, dit-elle.

— Juste Sophia, précisé-je.

Je n'ajoute pas que de nous deux, elle est celle qui ressemble le plus à une maîtresse... du genre BDSM.

— Très bien.

Elle plisse le nez si fort que son piercing à la narine claque contre son bull ring.

— Dans ce cas-là, appelez-moi Euphemia.

— Euphemia.

Devrais-je lui faire savoir que ça signifie « éloquente », en grec ?

— Ou Effie, reprend-elle en plissant à nouveau le nez avec un claquement plus fort. Si vous préférez.

— Ravie de vous rencontrer… Effie. Quel est votre rôle ici ?

Son dos devient raide comme un piquet.

— Je suis la majordome… Maîtresse.

— Appelez-moi Sophia.

Elle a bien dit majordome ?

— Pardonnez-moi, dit-elle. On m'a entré dans le crâne à l'école de majordome que je devais toujours m'adresser à mon employeur de manière respectueuse.

Elle est donc vraiment majordome.

— Le mot « maîtresse » est respectueux ?

Moi, ça me fait penser à des coups de fouet, des chaînes et des briseuses de ménage.

— Bien sûr que oui, répond-elle. C'est la forme féminine de « monsieur », après tout.

Logique, je suppose.

— Mon père aimait être aussi formel ?

Elle secoue la tête.

— Il m'encourageait à l'appeler Théo, la pomme n'est donc pas tombée bien loin de l'arbre.

Pourquoi cela me réchauffe-t-il le cœur ?

— Qu'est-ce que vous faites, en tant que majordome ?

Ma seule expérience avec sa profession, c'est Alfred, la figure paternelle de Batman.

— Je prépare les chambres, j'accueille les invités, je fais le ménage, je commande à manger pour toute la maison, je passe des coups de fil pour...

Elle continue comme ça pendant un petit moment et ça ressemble de plus en plus à un entretien d'embauche, ou une justification d'emploi. A-t-elle peur que j'amène mon propre majordome ? Ou bien – et ce serait totalement dingue, je sais – que je puisse me débrouiller sans majordome ?

— Bref, termine-t-elle, je pourrais vous donner un descriptif plus détaillé de mes devoirs à votre convenance. En attendant, j'imagine que vous aimeriez être présentée au reste du personnel, et visiter les lieux.

— Une visite serait sympa, admets-je.

J'aimerais aussi savoir combien de gens travaillent ici. Mais je ne pose pas la question, parce que j'ai l'impression que je devrais déjà le savoir.

Pendant que nous traversons le domaine spacieux, un motif certain commence à émerger : celui des tortues. Il y a des peintures de tortues, des statues de tortues, des fresques représentant des tortues, des assiettes en céramique avec des tortues dessus, ainsi que des photogrammes réalistes de tous les types de tortues connus par l'homme. Lorsque nous arrivons dans la « salle multimédia », qui est plus ou moins un cinéma privé, un film sur les tortues passe en boucle sur l'écran géant.

— C'est cohérent, au moins, marmonné-je entre mes dents.

Effie sourit, mais juste avec ses yeux, ce qui doit être un truc de majordome.

— Dans la bibliothèque, quatre-vingt-dix pour cent des livres concernent les tortues terrestres.

Je souris.

— Bien sûr. Je parie que de la musique sur le thème des tortues résonne quelque part dans la maison à l'heure où on parle.

Effie trahit sa profession parce qu'elle esquisse un sourire sincère sur ses lèvres percées.

— Si ça n'avait tenu qu'à Théo, les hindous anciens auraient raison et la Terre serait plate, posée sur le dos d'une énorme tortue.

Mon sourire s'élargit.

— Une tortue debout sur une autre tortue encore plus grande, qui se tient sur une autre encore plus grande… et ce sans fin.

On a discuté de cette idée dans l'un de mes cours, en guise d'exemple de régression infinie.

Effie hoche la tête.

— Si cet endroit avait une devise, ce serait « des tortues sans fin ».

Je me demande si mon père était déjà aussi fan des tortues quand il a rencontré ma mère. Elle n'en a jamais parlé, et j'ai l'impression que c'est le genre de truc qu'on a envie de mentionner. Les tortues étaient peut-être sa façon d'affronter ce qu'elle lui a fait subir ? Aucune idée, et ça revient un peu à se demander ce qui est venu en premier entre l'œuf et la tortue.

— Le personnel est dans la salle de lecture, dit Effie avec un geste vers la porte, son sourire disparaissant.

Je la suis et rencontre trois dames âgées – de manière surprenante, elles ne ressemblent en rien à des tortues. J'apprends qu'elles s'occupent de la cuisine, du ménage, du jardinage et d'autres responsabilités avec Effie.

La visite continue dans le même esprit, et lorsque nous entrons dans le garage, je ne peux m'empêcher de siffler.

Les voitures que m'a léguées mon père coûtent une fortune. Il y a des représentantes des marques Bugatti, Ferrari, Bentley et – au cas où je me demandais si mon père avait fait une crise de la quarantaine – une Porsche. Bien sûr, aucune collection de voitures ne serait complète sans une Coccinelle Volkswagen conçue pour ressembler à une tortue géante.

— Voici Richard, dit Effie.

Une voiture-tortue nommée Richard ? Non, elle m'indique un homme de petite taille qui semble être en train de réparer la voiture-tortue, ou la nourrir.

— Bonjour, Mademoiselle Papa-qu'est-ce-qui-pousse-lou, me lance Richard avec un large sourire. Vous êtes le portrait craché de défunt Théo.

Effie fronce les sourcils.

— Je te l'ai dit. C'est Papachristodoulopoulou.

— Désolé, répond-il. Papa-quand-tu-dors-Christ-double-transmission-Paula-lou.

Effie me lance un regard d'excuse.

— J'ai fait s'entraîner tout le monde. Je le jure.

Je souris.

— J'ai déjà entendu pire, assuré-je avant de me tourner vers Richard. Je vous en prie, appelez-moi Sophia.

Il est rare de voir un adulte sautiller sur place de joie, mais c'est ce que fait Richard.

— Ravi de vous rencontrer, Sophia. Appelez-moi Dick[1].

Hmm.

— OK… Dick.

— Ou Dickie, propose-t-il.

Je suis vraiment obligée ?

— Non, appelez-le Richard, intervient Effie.

Elle a les sourcils tellement froncés que ses piercings aux sourcils en sont dangereusement proches. Il soupire.

— Ouais. Tout le monde m'appelle Richard, à la maison.

Pourquoi cela le dérange-t-il ? Si le diminutif de mon prénom était Vagin et que le diminutif de ce dernier était Vagi, je me ferais appeler par mon nom complet, toujours. D'un autre côté, comme l'a dit Shakespeare, « une rose sous un autre nom sentirait aussi bon », alors même si le diminutif de mon prénom était Vagin, je sentirais quand même…

— Continuons la visite, propose Effie en tournant ses talons aiguille.

— Attendez, dit Richard en me fourrant une carte

____

1. En argot américain, « dick » signifie « queue » ou « bite ».

de visite dans la main. Si vous avez besoin d'être déposée quelque part, appelez-moi.

Waouh. J'ai un chauffeur privé ? Et dire que j'ai eu l'impression de faire des folies quand j'ai pris un taxi jusqu'ici.

— Je serai le meilleur chauffeur que vous ayez jamais eu, lance Richard dans mon dos tandis que nous nous dirigeons vers la sortie. Vous verrez !

Ouais, bien sûr, tout comme ce manoir est le plus beau que j'aie jamais possédé.

— Merci ! dis-je.

Je me retourne pour faire un signe de la main à Richard avant de quitter le garage.

— On va où, maintenant ? demandé-je à Effie lorsque nous traversons un large couloir.

— J'ai gardé le meilleur pour la fin, répond-elle.

— Ah oui ?

Elle ouvre une baie vitrée qui mène dans l'énorme verrière que j'ai remarquée plus tôt.

— Il est grand-temps que vous rencontriez Donatello, April et le Dr Kelpcon.

Une seconde, il y a trois tortues, maintenant ? Et pourquoi nommer la troisième Dr Kelpcon ? Ça ne ressemble pas à un nom de personnage des Tortues Ninjas. À moins qu'il se soit agi de l'un des méchants secondaires ? À vrai dire, ça fait plus penser au nom d'un congrès qui réunit les amateurs de kelp.

Mes réflexions sont interrompues par un drôle de bruit s'élevant de derrière les hauts buissons non loin de là. Ça ressemble à des gémissements et des coups sourds rythmiques. Les gémissements semblent douloureux, comme quand je me réveille avec la gueule de bois, surtout si ça coïncide avec mes règles. J'entends aussi le bruit de quelque chose de lourd et dur frottant contre autre chose, de tout aussi lourd et dur, comme deux tanks qui se feraient des câlins.

Effie doit entendre la même chose, parce qu'elle fronce les sourcils.

— Je devrais peut-être vous montrer une autre partie du domaine. Les tortues ont l'air occupées, pour l'instant.

Non. J'éprouve une curiosité morbide, maintenant, alors j'accélère le pas jusqu'à ce que j'aie dépassé les buissons et découvert la source du bruit… ce qui me fait regretter un peu de ne pas avoir accepté l'offre d'Effie.

Une tortue géante est en train de monter une autre tortue géante par-derrière, et c'est aussi hilarant qu'intimidant. Il – je présume – utilise un appendice ressemblant plus à un tentacule d'animé pornographique qu'à un pénis. Il est plus long que son cou déjà très long, et entièrement dévoué à l'acte, allant et venant bien plus vite qu'on s'y attendrait de la part d'une créature réputée pour sa lenteur. Et il doit adorer ça, parce que sa bouche reptilienne est grande ouverte et que de la bave coule sur la carapace de la femelle – encore une fois, je ne fais que supposer le genre.

Je les regarde, sans voix, et pas seulement parce que je suis témoin de la signification littérale de l'expression « baver d'envie ».

— Oui ! Comme ça, s'écrie une femme en blouse blanche que je ne remarque que maintenant. Tu fais un excellent boulot, Don ! Tu y es presque. Continue de tout lui donner. Fort.

OK, je ne m'étais pas trompée sur les pronoms.

Don – ce doit être le diminutif de Donatello – a l'air encouragé, parce que ses gémissements gagnent en volume et que sa bave devient plus abondante.

Effie se racle la gorge avec colère. La femme en blouse blanche fusille la majordome du regard.

— Chut, siffle-t-elle. Don s'apprête à éjaculer dans April.

OK, je ne suis pas du genre à me moquer des perversions des autres, mais…

À cet instant, Don atteint l'orgasme – je suppose, encore une fois – avec un son qui me hantera toute ma vie. Lorsqu'il descend lentement d'April, je ne peux m'empêcher de craindre qu'elle n'ait pas apprécié l'expérience. Contrairement à Don, elle est restée plutôt zen pendant l'acte. Et puis je me demande si les tortues – ou n'importe quel autre animal – peuvent tomber amoureuses, et si on peut dire qu'elles ont « fait l'amour ». D'ailleurs, peuvent-elles consentir à un acte sexuel, comme les humains ? Si…

— Beau boulot, dit la femme en blouse blanche avec entrain, interrompant mes réflexions philosophiques.

Elle se tourne vers Effie.

— Tu peux parler, maintenant.

— Je suis venue te présenter à Maîtresse

Papachristodoulopoulou, dit Effie d'un ton sévère. Tu sais, la personne qui paie désormais pour tout ça.

Elle englobe tout l'habitat d'un geste. L'autre femme remarque ma présence pour la première fois.

— Vous êtes la fille de Théo ?

Je hoche la tête.

— Vous devez être le Dr Kelpcon.

— Appelez-moi Acadia, répond-elle en tendant sa main protégée par un gant de caoutchouc.

— Je suis Sophia.

Je lui serre la main avec prudence, en priant pour qu'elle ne s'en soit pas servie pour aider les tortues à s'accoupler, de quelque manière que ce soit.

— C'est un plaisir de vous rencontrer, dit Acadia. Et si vous êtes libre en ce moment, j'aimerais vous énoncer toutes les raisons pour lesquelles vous devriez poursuivre le programme de reproduction.

Je penche la tête.

— Le programme de reproduction ?

Je vous en supplie, faites que ça concerne les tortues, et rien d'autre. Acadia me regarde en clignant des paupières.

— Vous n'êtes pas au courant pour le programme ?

— Tout le monde ne consacre pas sa vie aux tortues terrestres, lâche Effie d'un ton dur.

— C'est vrai, admet Acadia.

Elle a clairement envie d'ajouter « mais elle devrait ». Elle reporte son attention sur moi.

— Votre père s'est donné pour objectif personnel de

préserver cette espèce rare de tortues terrestres au bord de l'extinction.

Elle lance un regard aimant à Roméo – Donatello, je veux dire – qui est désormais en train de brouter l'herbe d'un air heureux.

— Don a personnellement engendré deux cent soixante-dix progénitures.

— Ça paraît beaucoup, dis-je.

— C'est un début, répond Acadia. La population doit atteindre plus de mille cinq cents.

— Ça doit faire beaucoup de tortues faisant la bête à deux dos, dis-je avec un sourire. Et deux carapaces.

— Des tortues terrestres, précise Acadia d'un ton professionnel.

Oh.

— Quelle est la différence ?

— Les tortues marines vivent dans l'océan, les tortues terrestres ne vivent que sur la terre. En général, les tortues marines sont omnivores, tandis que les tortues terrestres sont principalement herbivores. Les carapaces des…

Je cesse de l'écouter, comme j'ai tendance à le faire avec d'autres détails ces derniers temps, parce que je crains qu'un trop-plein d'informations éjecte de mon cerveau l'un des termes de philosophie que j'ai appris avant les examens de fin de semestre. Tout ce que je sais, c'est que les Tortues Ninjas doivent être des tortues marines, car sachant qu'elles mangent de la pizza au poulet et au pepperoni, elles sont donc à cent pour cent omnivores.

À un moment donné de l'exposé, Effie intervient pour dire que des affaires importantes nous attendent au manoir.

— Ah, dit Acadia. Je vous parlerai des caractéristiques fondamentales des testudines une autre fois, alors.

Les testudines ? Les caractéristiques fondamentales ? J'ai l'impression qu'avec tout ce qu'elle m'a déjà dit jusqu'ici, je pourrais écrire une thèse de biologie.

À notre retour au manoir, je demande à Effie quelles sont ces affaires importantes.

— Oh, je voulais juste nous épargner un cours magistral d'une journée.

— Merci, dis-je. Si ça ne vous dérange pas, j'aimerais me balader un peu.

Elle s'incline.

— Vous êtes chez vous.

En effet, c'est pourquoi j'examine le moindre petit recoin et chacune des représentations de tortues, et plus le temps passe, plus je me sens dépassée.

Avant de venir ici, je ne savais pas vraiment quoi faire de ma richesse, mais maintenant, je ne sais pas non plus quoi faire de ce manoir. Des gens dépendent de moi pour leur salaire, et si je gère mal mon argent, ils perdront leur gagne-pain. Oh, et cerise sur le gâteau de culpabilité, une espèce disparaîtra et Donatello deviendra une tortue très triste, sans toutes ces séances de crac-crac.

Mon téléphone bipe. C'est un message d'Abigail :

Déjeuner à 14 h ?

Je réponds par l'affirmative et espère qu'elle est prête à me lancer sur le droit chemin financièrement parlant.

Je retourne dans le garage et illumine la journée de Richard en lui demandant de me déposer à l'école.

———

— Du sexe entre tortues ? répète Abigail, manquant de s'étrangler avec son California roll.

— Entre tortues *terrestres,* précisé-je avec un sourire narquois. Il y a une énorme différence.

— C'est sûr, une qui est plus longue que son cou.

— Ne parlons pas des queues de tortues, s'il te plaît.

Je jette un morceau de mon California roll dans ma bouche et résiste à l'envie de grimacer. Je ne suis pas snob s'agissant de nourriture, mais les sushis du resto U sont aux vrais sushis ce que les barres de céréales sont aux biscuits Oreo frits.

— Compris. Pas de queues de tortues *terrestres,* répond Abigail. Tu as eu des nouvelles de Mason ?

— Non. Comment j'aurais pu ?

Elle hausse les épaules.

— Il m'a l'air d'un homme plein de ressources.

Je plisse les yeux.

— En parlant d'être plein de ressources, tu as songé à mon dilemme ?

— Tu changes de sujet ? demande Abigail en levant les yeux au ciel. Très bien, voilà ce que tu peux faire avec tout l'argent qui dort dans une banque : investis-en quarante pour cent dans les fonds fiduciaires, puis vingt pour cent...

Ce qui s'ensuit est bien plus ennuyeux que les discours sur les tortues terrestres ou marines de tout à l'heure, et ça inclut des mathématiques tant redoutées, mais je m'oblige à écouter et à poser ce que j'espère passer pour des questions intelligentes.

Lorsqu'Abigail a terminé, je demande :

— Tu crois que je pourrais me permettre de m'amuser un peu ?

Elle sourit.

— Tu peux te permettre de t'amuser jusqu'à en mourir.

Dans ce cas, je vais faire une croisière sur le Royal Ruskovien, annoncé-je.

J'ai envie de tester depuis que ma meilleure ennemie au collège en a fait une avant de tout me raconter dans les moindres détails.

— Tu as les moyens de louer un bateau privé, remarque Abigail.

— Non, je veux profiter de l'expérience dans son intégralité. Je veux qu'on m'installe à une table pour dîner avec des inconnus venus de l'Iowa. Je veux une foule immense au spectacle de magie nocturne. Je veux...

— Attraper le norovirus ? La grippe ? Le covid ?

— Je me laverai les mains, dis-je d'un ton déterminé. Je suppose que tu ne veux pas m'accompagner ?

Elle secoue la tête.

— J'ai déjà des projets pour les vacances.

J'ouvre la bouche pour lui demander lesquels, mais quelqu'un se racle la gorge.

Une gorge masculine.

Je me tourne vers le son et manque de m'étrangler avec mon sushi.

C'est lui.

Le Viking.

Mason Tugev.

Le joueur de hockey milliardaire dont j'ai fait de gros efforts pour oublier le physique, mais maintenant que je l'ai en face de moi, je ne peux m'empêcher de reluquer sa beauté féroce.

Et puis je réalise soudain quelque chose.

Je suis à la fac.

Il n'est pas étudiant.

Je fronce les sourcils et demande :

— Qu'est-ce que vous fichez ici ?

Chapitre 8

Mason

Une heure plus tôt

—Je suivrai votre cours le plus facile, dis-je à la gamine perplexe derrière le bureau de l'intendance. Une introduction à l'astronomie, une initiation à la musique, un cours de russe pour débutants. Je ne suis pas difficile.

Après un bref échange, je me retrouve inscrit à une « introduction à l'éducation physique et sportive » – un cours que je pourrais sûrement enseigner mieux que le professeur. La raison de mon intérêt soudain pour l'éducation pour adulte est simple : la sécurité est assez stricte, à l'université, c'est donc la manière la plus facile d'obtenir une carte d'étudiant valide et d'accéder à tous les bâtiments.

Une fois sur le campus, je vais au resto U, ne pouvant m'empêcher de me demander comment Max a découvert à quelle heure Sophia et son amie déjeunaient tous les jours. Sophia n'a pas l'air d'être sur les réseaux sociaux, alors à moins qu'il l'ait appris sur ceux de son amie, il a dû accéder aux caméras de l'école, ou un truc comme ça.

Lorsque j'approche de Coccinelle, je remarque qu'elle est en pleine conversation avec une amie blonde.

Bordel. L'amie en question porte ce qui pourrait aussi bien être un costume d'Halloween répugnant : une chemise avec d'énormes boutons roses.

Je prends une inspiration pour me calmer. Je suis là, maintenant. Autant en finir au plus vite.

Dès que je me sens un tout petit peu moins dégoûté, j'ouvre la bouche pour me racler la gorge, mais avant que j'en aie eu l'occasion, Coccinelle lance :

— Dans ce cas, je vais faire une croisière sur le Royal Ruskovien.

C'est quoi ces conneries ? Pourquoi ? Théodore avait un yacht, qui lui appartient, désormais.

— Tu as les moyens de louer un bateau privé, répond la blonde.

Ou d'opter pour une meilleure compagnie de croisière, ou...

— Non, je veux profiter de l'expérience dans son intégralité, répond Coccinelle. Je veux qu'on m'installe à une table pour dîner avec des inconnus venus de l'Iowa. Je veux une foule immense au spectacle de magie nocturne. Je veux...

— Attraper le norovirus ? rétorque la blonde. La grippe ? Le covid ?

Sans oublier les idiots crasseux qui la dragueront sans interruption, une idée qui me déplaît fortement.

Je n'ai pas le temps de me racler la gorge avant que Sophia réponde :

— Je me laverai les mains. Je suppose que tu ne veux pas m'accompagner ?

La blonde secoue la tête.

— J'ai déjà des projets pour les vacances.

Avant que Coccinelle ait pu continuer cette conversation démente, je me racle enfin la gorge.

Une seconde. Était-ce malpoli ? Coccinelle se retourne et m'observe en fronçant les sourcils, comme le faisait le principal de mon école chaque fois que j'envoyais un palet à travers la fenêtre du gymnase.

— Qu'est-ce que vous fichez ici ? s'exclame-t-elle.

Je prends une grande inspiration.

— Bonjour. Désolé de vous avoir interrompues.

Voilà, je sais être aimable… quand je fais un effort.

— Une seconde, intervient la blonde.

Ses yeux pétillent de manière espiègle et son regard passe de moi à Coccinelle, avant de se poser à nouveau sur moi.

— Vous êtes Mason, c'est ça ?

— Ne lui parle pas, siffle Coccinelle à son amie avant de se retourner pour me fusiller du regard. Il s'apprêtait à partir.

— Oui, je suis Mason, dis-je à la blonde. Et vous êtes ?

— Abigail, se présente la blonde. Je suis la meilleure amie de Sophia et elle m'a tout dit de vous.

— Ah oui ?

Était-ce une diatribe furieuse ?

— Si vous ne voulez pas partir, alors c'est moi qui m'en vais, lâche Coccinelle en bondissant sur ses pieds.

J'ai l'impression que le temps des politesses est passé.

— Vous m'avez dit que vous réfléchiriez à la possibilité de me vendre l'équipe.

Elle pince les lèvres.

— Et je l'ai fait.

Elle se redresse et annonce :

— Je ne vendrai pas.

— Vous ne voulez pas connaître mon offre ?

Je crispe les poings avant d'avoir pu m'en empêcher, et Sophia s'en rend compte. En fait, elle les regarde tour à tour avec une drôle d'expression – sûrement de la terreur.

Je décrispe les poings. La dernière chose dont j'ai envie, c'est qu'une femme craigne que je sois violent avec elle. Je considère les hommes qui font du mal aux femmes comme les formes de vie les plus viles de cette planète. En fait, ils ont bien de la chance que je ne sois pas aux commandes de ce monde, parce que si c'était le cas, ils cesseraient d'exister.

— Je me moque du prix que vous proposez, répond Sophia. Je ne vendrai pas.

Elle n'ajoute pas « à vous », mais je suis certain que c'est ce qu'elle veut dire.

— C'est débile, lâché-je avant d'avoir pu me retenir.

— Ah, oui, rétorque-t-elle d'une voix pleine de

venin. Me traiter de débile va me donner très envie de faire affaire avec vous.

— Ce n'est pas *vous* que j'ai traité de débile.

Si quelqu'un l'est ici, c'est moi, pour avoir prononcé ce mot devant une femme.

— C'est votre stratégie consistant à refuser de vendre l'équipe sans savoir combien vous pourriez en retirer que je trouve débile. Et si mon prix était vingt fois supérieur à la valeur de l'équipe ? Ou trente ? Ou cinquante ?

— Vous devriez peut-être respirer un peu, tous les deux, suggère Abigail. Et discuter de tout ça… autour d'un dîner.

Un dîner qui permettra à Coccinelle d'empoisonner ma nourriture ?

— Reste en dehors de ça, répond Coccinelle à son amie d'un ton sec.

— Très bien, capitule Abigail en levant les mains.

Je prends une inspiration pour me calmer, comme elle vient de le suggérer.

— Écoutez, Sophia, si vous ne la vendez pas, que comptez-vous faire avec l'équipe ?

— Ça ne vous regarde pas, grogne Coccinelle.

Contrairement à moi, elle semble avoir fait l'opposé de prendre une inspiration pour se calmer.

Mes dents se serrent d'elles-mêmes.

— Je fais partie de cette foutue équipe. Ce qui veut dire que ça me regarde.

Elle se rassied.

— Je vais réfléchir à la marche à suivre. Vous ne serez pas consulté. Au revoir.

— Vous n'y connaissez rien au sport ni à la gestion d'une équipe, articulé-je entre mes dents. Ni aux affaires en général.

Ses narines se dilatent.

— J'apprendrai. Je suis sûre que si un homme des cavernes dans votre genre pense pouvoir le faire, je n'aurai aucune difficulté à y arriver.

— C'était une bonne répartie… c'est rare, chez toi, murmure Abigail à Sophia d'un air approbateur.

Elle me lance un regard défiant.

— Je peux l'aider pour ce qui est des affaires, de toute façon. Inutile de vous tracasser votre jolie tête pour ça.

Sur ces mots, les deux femmes reprennent leur conversation, qui tourne désormais autour des crampes et des tampons, pour une raison inconnue. Au cas où elles décideraient de parler de boutons, je prends ça comme un signe qu'il est temps de partir.

Elles ont peut-être remporté cette période – et je parle en termes de hockey –, mais je remporterai le match.

Chapitre 9

Sophia

— Et pour les flux vraiment abondants, dis-je en conservant un visage impassible, tu sais, ceux qui ressemblent à une scène de *Massacre à la tronçonneuse*, j'utilise Tampax Pearl…

Abigail émet un petit rire.

— Il est parti.

— Enfin, lâché-je avec un sourire de méchante diabolique. C'est typique des mecs.

Rupert, mon ex auquel je fais de mon mieux pour ne pas penser, avait des haut-le-cœur à la moindre mention de « cette période du mois », même si c'était un truc anodin, comme une discussion sur les serviettes ou les tampons.

— À la décharge de Mason, il a tenu plus longtemps que je m'y serais attendue, remarque Abigail en agitant les sourcils. En parlant de ça, tu devrais aussi tester son endurance… au lit.

— Quoi ?

Elle lève les yeux au ciel et attrape le dernier sushi avec ses baguettes.

— Tu devrais le laisser t'inviter à sortir... pour parler affaires, bien sûr, et ensuite, tu pourras l'inviter à... regarder Netflix.

— On n'a pas de télé.

— Tout à fait, acquiesce-t-elle. Même si compte tenu de l'ambiance entre vous deux, tu devrais peut-être te montrer moins timide et l'inviter à une baise furieuse.

Ouais, non. Je ne suis pas du genre à pouvoir inviter quelqu'un chez moi comme ça, et même si c'était le cas, cette personne ne serait *pas* cet homme. En grande partie grâce à Rupert, je ne veux plus rien avoir à faire avec les hommes, que ce soit pour une relation, une baise furieuse, ni même pour lui demander de visser une ampoule.

— Je vois bien que tu réfléchis trop, dit Abigail avec un soupir.

Je contrecarre avec un autre soupir.

— On peut parler d'autre chose ? Par exemple, comment se passent tes recherches d'emploi ? Tu as envoyé ta candidature à Octothorpe ?

L'expression angoissée sur le visage d'Abigail me fait regretter d'avoir posé la question.

— J'ai envoyé ma candidature, mais je n'ai pas été recontactée. Par contre, j'ai plusieurs entretiens de prévus avec d'autres entreprises après les examens finaux. Et toi ?

— Pas de boulot à l'horizon, dis-je. Mais il s'avère

que je n'ai désormais plus impérativement besoin d'argent.

J'éprouve une pointe de culpabilité dès que les mots ont quitté ma bouche. C'est presque comme si mon père était mort à temps pour m'éviter d'avoir à chercher une remplaçante à Abigail en tant que colocataire. Merde. En parlant de ça.

— Ça te dirait de faire une soirée pyjama dans mon nouveau manoir ?

Abigail saute sur ses pieds avec enthousiasme.

— Je croyais que tu ne me le proposerais jamais.

———

Pendant que Richard conduit, Abigail m'explique tout ce qu'elle a appris à propos de la gestion d'une équipe de hockey.

Il s'avère que les coûts de l'équipe incluent le stade, les joueurs et le personnel.

— Je possède un stade ?

Elle hoche la tête.

— Ouais. À Brooklyn. Tu es aussi la propriétaire de Mason… d'une certaine façon.

— En quoi tout ça peut me rapporter de l'argent ? demandé-je en ignorant ce détail au sujet de Mason.

— Grâce aux billets, aux ventes de produits de merchandising, aux sponsors et aux contrats avec la télé, répond Abigail. Il y a peut-être d'autres trucs dans lesquels je ne me suis pas encore plongée.

Les sushis dans mon estomac se retransforment en poissons froids et moites.

— Je me sens déjà dépassée par ma nouvelle richesse. Cette équipe m'a tout l'air d'une énorme prise de tête.

— Tu n'as même pas idée, répond-elle. Tu vas devoir accroître les recettes ou réduire les coûts. Les médias et les fans auront beaucoup de questions à te poser. Les…

— Je devrais peut-être vendre, finalement ? songé-je à voix haute. Pas à ce connard, mais à quelqu'un d'autre ?

— Fais ce que tu veux, répond Abigail. Comme je lui ai dit, je peux t'aider à démêler tout ça.

J'ouvre la bouche pour répondre, mais remarque l'expression émerveillée sur le visage de mon amie.

Ah.

C'est vrai.

Nous sommes arrivées devant ma demeure pas si humble.

— Ouais, dis-je en l'admirant une fois de plus. C'est énorme.

Elle sourit.

— C'est ce que tu diras à Mason, un de ces jours.

Avant que j'aie pu trouver quoi répondre, Effie passe la porte d'entrée en courant et s'incline comme une authentique majordome.

Les yeux d'Abigail pétillent lorsqu'elle remarque les tatouages sur la peau d'Effie.

— Abigail, je te présente Effie, la majordome, dis-je.

— Vous avez un frère ? lance Abigail.

Sérieux ? Même si c'était le cas, c'est pas comme si les tatouages étaient génétiques.

— Je suis fille unique, répond Effie, l'air perplexe. Pourquoi ?

Parce que mon amie a envie de coucher avec votre frère inexistant – et peut-être aussi avec vous, au moins un peu.

— Sans raison particulière, répond Abigail en rougissant. Vous avez juste l'air du genre à en avoir un.

Du genre à avoir un frère ? Est-ce qu'une sœur développe une certaine apathie dans le regard après avoir enduré un nombre incalculable de farces idiotes ?

— Vous voulez une autre visite ? demande Effie, changeant de sujet.

Joli sauvetage.

— Oui, s'il vous plaît, dis-je. Je ne connais pas assez bien les lieux pour leur rendre justice.

C'est comme ça que j'ai droit à une deuxième visite, et Abigail à sa première. Je dois donner un coup de coude à mon amie plusieurs fois, parce que dès qu'elle repère une représentation de tortue, elle se met à glousser de manière hystérique, ce qui la fait ressembler à Floki dans *Vikings*.

— Prêtes à voir les jardins ? demande Effie.

Abigail hoche la tête.

Nous nous rendons sur le domaine de Donatello et April pour les trouver en train de faire exactement la même chose que la dernière fois que je suis venue ici : baiser comme des lapins, même si je crois que je vais modifier cette expression en « baiser comme des tortues », à partir de maintenant.

— Waouh, murmure Abigail. C'est un big bang.

Je lui souris.

— Ne t'arrête pas, entendons-nous soudain Acadia hurler à Donatello.

De toute évidence, le docteur n'a pas remarqué notre approche, ou si c'est le cas, elle s'en moque.

— Continue. C'est ça. Oui. Oui. Oui !

Effie et moi échangeons un regard troublé tandis qu'Abigail murmure :

— Règle 34.

Je crois que la règle 34 stipule un truc du genre « quoi que ça puisse être, c'est forcément du porno pour quelqu'un ». Si c'est le cas, mon amie a raison. Le bon docteur est peut-être un petit peu fétichiste des gros reptiles en pleine action, mais qui suis-je pour me moquer, sachant que je mouille à la vue d'un poing ?

— Tu veux voir le garage ? murmuré-je à Abigail.

Elle hoche la tête et nous nous y rendons. Abigail pouffe de rire en voyant la Coccinelle aux allures de tortue.

— Qu'est-ce qu'on peut visiter ensuite ? demandé-je à Effie.

La majordome hausse les épaules.

— À vous de me le dire. Vous avez vu toute la maison, maintenant.

Je me gratte la tête.

— Pourquoi pas la cuisine ?

Effie remue d'un pied sur l'autre.

— Vous avez vu la salle à manger.

Je fronce les sourcils.

— Oui, mais où est-ce que je vais si j'ai faim ?

— Eh bien, c'est logique, répond Abigail. Tu vas dans la salle à manger et tu dis ce que tu veux à ta merveilleuse majordome.

Vu le regard reconnaissant qu'Effie lance à mon amie, je parie que si elle avait un frère majordome couvert de tatouages, elle le lui aurait offert en guise de remerciement.

Je me tourne vers Effie.

— Je ne peux pas piller le frigo ?

Effie plisse le nez, faisant claquer ses piercings.

— Contentez-vous de me dire ce qui vous ferait plaisir, et j'irai le chercher.

— Et si c'est au beau milieu de la nuit ?

Non pas que j'aie décidé de dormir ici de manière régulière, mais ce sera le cas ce soir.

— Il lui arrive d'avoir des envies de sucre aux moments les plus bizarres, murmure Abigail à Effie d'un ton de conspiratrice. Ça me réveille à chaque fois qu'elle ouvre ce foutu frigo.

— Vous pourrez toujours m'appeler, répond Effie, mais elle semble moins sûre d'elle.

— Je m'en voudrais de faire ça, dis-je.

— Ce qui veut dire qu'elle continuera d'avoir faim, intervient Abigail. Elle sera donc de mauvaise humeur la prochaine fois que vous la verrez.

Effie semble horrifiée à l'idée que sa « maîtresse » soit de mauvaise humeur.

— La cuisine est par là, mais s'il vous plaît, n'y allez qu'en cas d'urgence.

Nous visitons donc la cuisine et expliquons à la cuisinière – une femme âgée rencontrée plus tôt – qu'elle ne deviendra pas superflue et que je n'entrerais dans cette pièce que lorsque j'aurais des envies de donuts en pleine nuit.

— OK, répond la cuisinière. Quel genre de donut vous préférez ?

Je lui réponds et elle promet d'en préparer quelques-uns pour en remplir le frigo la nuit.

Waouh. Celui qui a dit que l'argent n'achetait pas le bonheur a oublié d'inclure les donuts faits maison dans ses variables.

— Vous pouvez nous préparer à dîner ? demandé-je à la cuisinière. Avec du pop-corn en guise d'amuse-bouche ?

Abigail me lance un regard interrogateur et je lui explique que j'ai envie de regarder un film avec elle dans la « salle multimédia » avant de dîner.

— Oui ! s'exclame Abigail en levant le poing en l'air. Ce sera la meilleure soirée pyjama au monde.

———

— Donc, dis-je à Abigail le lendemain matin pendant que Richard nous ramène à notre minuscule appartement. Ça te dirait d'emménager dans mon manoir avec moi ?

Elle fronce ses sourcils parfaits.

— Le trajet jusqu'à l'école va prendre une éternité.

Je fais un geste vers Richard.

— Mais on fera ça avec style.

Abigail pose une main sur son ventre.

— Je vais prendre cent kilos.

Elle marque un point. Le dîner d'hier soir et le petit déjeuner de ce matin étaient de la qualité d'un restaurant chic, mais avec une quantité de fast-food. Et je ne compte même pas le donut que j'ai mangé à minuit, dont je me demande encore si c'était un rêve érotique.

— Il y a une salle de sport, lui rappelé-je. On pourra éliminer nos repas.

Elle incline la tête.

— Si je refuse, tu me laisseras toute seule ?

— Non. Mais j'aimerais nous louer un meilleur appartement.

Elle secoue la tête.

— Je n'ai pas les moyens de payer la moitié de quelque chose de plus cher. Pas à moins de me trouver un boulot.

— T'inquiète pas pour ça, dis-je.

— Bien sûr que si, insiste-t-elle en coinçant une mèche de cheveux blonds derrière son oreille. Squatter ton manoir est une chose, mais un appartement, c'est une tout autre histoire. Je ne peux pas te laisser…

— Si, tu peux. Tu m'aides avec cette histoire d'équipe gratuitement, tu as oublié ?

— Et si on se contentait de faire d'autres soirées pyjama au manoir ? suggère-t-elle d'un ton laissant entendre que sa décision était prise. On en reparlera ensuite.

Traduction : après les soirées pyjama en question, elle me dira ce qu'elle a décidé – et ça me va très bien.

— Vous avez une place de stationnement ? s'enquiert Richard.

Je me rends compte qu'on est arrivés dans notre rue.

— Une place de stationnement ? répète Abigail avec un sourire. Bien sûr, elle est à côté des écuries.

— Vous pouvez nous déposer et chercher un parking payant ? suggéré-je.

Ça va coûter un bras de se garer ici, mais je dois me mettre à penser comme une personne riche.

Richard hoche la tête, mais vu qu'un gros camion est arrêté devant l'entrée du bâtiment, il nous dépose au bout de la rue.

Tandis que nous longeons la rue, je remarque un homme en train de se promener avec un drôle de chien tacheté, et quelque chose, dans ce large dos, me semble familier.

— Hé, lance Abigail en suivant mon regard. Ce n'est pas…

Ouais. L'inconnu se retourne, et c'est Mason, dans toute sa gloire virile.

— Vous m'espionnez ? demandé-je en m'avançant vers lui.

Mason hausse un sourcil.

— Je promène juste mon chat.

J'interromps mon regard noir pour examiner le

drôle de chien que j'ai remarqué plus tôt, qui s'avère en fait être un gros chat. Un chat adorable, aux oreilles pointues et au pelage de léopard.

Je regarde Mason en plissant les yeux.

— Comment vous avez su que j'aimais les chats ?

Parce que c'est le cas, et j'ai toujours rêvé d'en avoir un, sauf que ça n'a jamais été possible. Avant que les règles de mon propriétaire m'en empêchent, c'était l'allergie aux chats de ma mère, sans oublier son incapacité à nourrir correctement l'unique être humain sous sa responsabilité, à savoir moi.

Mason hausse ses sourcils sombres encore plus haut.

— Comment j'aurais pu savoir que vous aimiez les chats ?

— De la même façon que vous avez découvert où je vis, rétorqué-je avec un geste vers mon immeuble. Et où j'étudie.

Mason resserre la main autour de la laisse du chat, un geste qui fait un peu trop ressembler sa main à un poing, au goût de ma culotte.

— Spike et moi sommes ensemble depuis quatre ans. Je viens tout juste de vous rencontrer. Je ne suis pas aussi bon que ça pour planifier ce genre de choses.

— C'est quelle race de chat ? roucoule Abigail, les yeux baissés sur Spike.

— Un savannah, répond Mason avec fierté. Avant que vous posiez la question, je l'ai récupéré dans un refuge, et je sais que cette espèce n'est pas autorisée dans cette ville, raison pour laquelle j'ai un permis spécial.

— Il est super mignon, dit-elle.

— C'est vrai, admets-je avec réticence.

Je n'ai aucune idée du coût de ce type de permis, ni comment on l'obtient, mais une femme propriétaire de tortues géantes qui baisent sans interruption ne devrait pas jeter la première pierre.

— Merci.

Pour la première fois depuis qu'on s'est rencontrés, Mason sourit, et j'aurais préféré qu'il s'abstienne, parce que ça rend son visage déjà attirant encore plus séduisant, au point d'affecter mes parties intimes de la même façon que le ferait un poing de premier choix.

Je fais mon possible pour balayer ces sensations.

— Sérieusement, qu'est-ce que vous faites ici ? demandé-je d'un ton sévère.

— Je suis venu pour m'excuser, répond-il en plongeant la main dans la poche de son jogging. Et pour vous donner ça, à toutes les deux.

Il me tend deux morceaux de papier.

— Des billets ? s'exclame Abigail. C'est pour…

— Le match de fin de saison, dit-il. Au centre de la patinoire, juste devant la vitre.

Ce doit être de bonnes places, parce qu'Abigail écarquille les yeux comme dans un dessin animé. Je suis en train d'ouvrir la bouche pour rejeter son offre douteuse lorsqu'elle se met à sautiller sur place comme une ado sur le point d'aller au concert de son boys band préféré.

— Merci! Merci! Merci! s'exclame-t-elle. Je mourais d'envie d'y aller!

Je fusille Mason du regard. Il me rend la pareille et dit :

— Vous allez vraiment priver votre meilleure amie de cette occasion ?

— OK, lâché-je en lui arrachant les billets des mains.

Une énorme erreur, parce que mes doigts effleurent les siens et j'ai l'impression que le pouvoir électrique du puissant marteau de Thor parcourt tout mon corps.

— Merci, grommelé-je en m'empressant d'écarter ma main.

Mason regarde les doigts qui tenaient les billets d'un air songeur.

— Pas... de problème.

— Bon, marmonné-je. On doit aller quelque part.

— Prenons un café ensemble, lance-t-il.

Il a prononcé ces mots comme une fatalité inéluctable.

Merde. Suis-je vraiment tentée ?

Comme s'il avait senti ma faiblesse, Spike se frotte contre ma jambe, tout en ronronnant comme un vibromasseur hyperactif.

Waouh. A-t-il entraîné son chat pour qu'il me fasse céder ?

Et peut-être pas juste le chat. À mes côtés, Abigail hoche la tête si vite qu'elle ressemble à une marionnette.

— Je suis désolée, mais non, dis-je, m'adressant plus à Spike et Abigail qu'à Mason.

Avant que la mignonnerie de ce félin soit encore plus utilisée pour me faire craquer, je me précipite vers l'entrée de notre immeuble.

———

Ce n'est que lorsque nous sommes toutes les deux en sécurité dans l'appartement que je prends conscience de quelque chose auquel j'aurais dû songer plus tôt : je suis la propriétaire de l'équipe et du stade, je n'ai donc pas besoin de billets pour assister aux matchs. Tout comme je n'aurais pas besoin d'invitation pour venir à ma propre fête.

Grr. Et dire que l'espace d'une seconde, je me suis sentie reconnaissante envers cet homme.

— Pourquoi avoir refusé de boire un café avec lui ? s'enquiert Abigail.

Je suis encore en train de digérer la façon dont il vient de me rouler. Je serre les dents.

— Parce que c'est un connard et que c'était juste une excuse pour essayer de me convaincre de vendre l'équipe.

Tout en parlant, je me tourne vers l'objet le plus luxueux de notre appartement : la minuscule machine à cappuccino.

Abigail me regarde d'un air exaspéré.

— Regarde ce que tu fais. Tu as envie d'un café. Tu aurais dû accepter.

Si avoir envie de quelque chose était une raison suffisante pour accepter, j'en aurais deux.

— J'ai juste besoin de caféine pour mon cours sur l'idéalisme platonicien.

Abigail renifle.

— Tu pourras me faire la leçon aussi longtemps que tu voudras, je ne considérerai jamais le fait de conserver une relation platonique avec Mason comme un idéal.

Ne sachant trop si elle plaisante ou pas, je ne peux m'empêcher d'expliquer :

— Selon Platon…

— Tu parles de ton sein droit ou de ce type de la Grèce antique ? m'interrompt-elle.

Je soupire. C'était une erreur de lui révéler les surnoms secrets que je donne à mes seins : Platon (à droite) et Socrate (à gauche). Je les ai nommés ainsi parce que mes atouts mammaires sont énormes, et en philosophie, il n'y a pas plus éminent que Platon et Socrate.

— Je parlais de Platon le Grec, grommelé-je. Il pensait que le monde physique n'était pas aussi réel que celui des idées, ou des formes.

— Ce mec devait être sous l'influence de substances, répond Abigail. Ou il a dû regarder *Matrix* une fois de trop.

Je sais qu'elle a lancé cette remarque pour me pousser à me lancer dans un discours de geek au sujet de la philosophie de *Matrix*, alors je l'ignore.

— Le monde réel n'est qu'une imitation des formes

idéales. Par exemple, expliqué-je avec un geste vers le micro-micro-ondes, la forme platonicienne idéale d'un micro-ondes existe quelque part... ne me demande pas où... et le nôtre n'est qu'une piètre imitation de cet idéal.

— On peut dire la même chose d'un micro-ondes dans la matrice, fait remarquer Abigail d'un ton triomphant.

Je hausse les épaules.

— C'est peut-être ce que j'apprendrai durant ce cours, mais je ne le saurai jamais si je ne suis pas réveillée. Ce n'est pas pour rien si tout le monde surnomme notre professeur Ambien[1].

Enfin, elle laisse tomber cette histoire de café avec Mason et nous prenons un petit déjeuner et un café avant que je me précipite à mon cours.

Je suis assise devant une patinoire, les yeux écarquillés à la vue des joueurs : ils sont tous aussi nus que des rats-taupes, mais en beaucoup plus sexy.

C'est alors que je remarque Mason, et il est encore plus canon que tous ses coéquipiers combinés. Et c'est avant que je remarque son poing serré autour de sa crosse de hockey, pendant que l'autre caresse son sexe dur.

---

1. Marque de somnifère.

Tout le monde applaudit autour de moi, comme pour encourager Mason à jouir.

Mason me regarde dans les yeux, se donne une caresse experte, et d'un geste adroit, envoie le palet dans le but de l'équipe adverse.

Difficile de savoir laquelle de ses deux crosses il a utilisée pour ça, mais ça m'excite de manière insoutenable.

Je ne me serais jamais prise pour une exhibitionniste, mais j'ignore toutes les personnes autour de moi et ma main se faufile dans ma culotte pour dessiner des cercles sur mon clitoris. Une fois. Deux fois.

— Sophia ! s'écrie Mason en intensifiant ses caresses. Je jouis pour toi, Sophia. Sophia !

— Sophia ?

La voix du professeur Ambien me fait l'effet d'un aiguillon à bétail dans les fesses.

Bordel. Malgré mon cappuccino préventif, j'ai quand même fini par m'assoupir et j'ai bavé partout sur mon bureau.

— Voulez-vous bien nous dire quand la théorie des formes a été introduite pour la première fois ? demande Ambien d'un ton mauvais.

Je frotte mes yeux croûtés.

— *Phédon* ?

Ambien a l'air déçu.

— Vous devriez remercier Zeus pour cette habitude que vous avez d'étudier en avance. La participation en cours constitue vingt pour cent de votre note finale, et vous avez failli perdre des points.

Ne devrait-il pas plutôt invoquer Morphée en tant que dieu grec de prédilection, sachant qu'il s'agit de la divinité du rêve ?

— Quoi qu'il en soit, continue Ambien d'une voix morne, dans *La République*, Platon…

Mes paupières redeviennent lourdes aussitôt, et je me mords la langue pour rester éveillée.

La dernière chose dont j'ai envie, c'est de retourner dans ce rêve où j'ai vu Mason tout nu.

Chapitre 10

Sophia

— Ces billets sont extra, s'exclame Abigail lorsque nous nous installons le jour du match.

Mes joues deviennent brûlantes. Ma présence ici me rappelle trop les rêves érotiques récurrents que je fais depuis deux semaines, mais il est hors de question que j'en parle à Abigail – ni à qui que ce soit d'autre. À moins que… je doive peut-être en discuter avec un thérapeute ? Je peux m'en payer un, maintenant, et déballer mon enfance traumatisante serait sûrement une manière amusante de passer le temps.

— Regarde, dit Abigail en pointant du doigt la patinoire. Le numéro quarante-deux.

Je ne peux m'empêcher de regarder, et Mason est là, vêtu d'un maillot de hockey qui ne le fait pas paraître volumineux, à l'inverse des autres joueurs. Au lieu de ça, cette tenue me nargue avec la promesse qu'il l'enlève.

Une seconde, quoi ? Il ne va pas l'enlever. Pas à moins que je sois encore en train de rêver.

Hmm. Suis-je en train de rêver ? Les joueurs ne sont pas nus, mais l'agilité et le talent qu'ils démontrent sur la glace sont époustouflants, surtout dans le cas de Mason.

Exemple : il s'élance en avant, laissant ses coéquipiers derrière lui, puis trébuche sur la crosse de hockey tendue par l'un des membres de l'équipe adverse – le numéro trente. Si ça avait été moi, je me serais réveillée à l'hôpital avec un traumatisme crânien, mais Mason tombe juste sur un genou (comme s'il faisait une demande en mariage) avant de lancer le palet dans cette position. Et… il marque !

— Tu as vu ça ? s'écrie Abigail. Il l'a fait passer entre les jambes du gardien !

J'ignore mon amie et me mets à regarder le match avec intérêt. Je suis fascinée lorsque Mason marque un autre but.

— C'était incroyable, lance un fan tout proche à un autre. Il est resté avec le palet, a effectué une pirouette, est entré dans le D, avant de marquer entre les jambes du gardien.

Ouais. C'était assez incroyable, et je commence à comprendre que Mason est très doué pour marquer des buts – ainsi que pour passer entre les jambes des gens.

Le match continue, mais c'est alors que le numéro trente heurte Mason de plein fouet, juste à côté de nous.

Eh ! C'est légal, ça, putain ? Mason a beau être un connard, je n'apprécie pas de le voir se faire malmener comme ça… ni de voir qui que ce soit d'autre être malmené, d'ailleurs.

Par chance, Mason va bien, ou je suppose, vu qu'au lieu de s'écrouler de douleur, il donne un coup de poing au numéro trente. La foule s'enflamme en réaction.

Je hoquette et porte une main à ma bouche. Au début, je ne pense qu'à une chose : j'ai aperçu un véritable poing. Puis je reste tétanisée, parce que le numéro trente assène un coup de poing à Mason en retour.

Ou il essaie, en tout cas. Avec la grâce d'un tigre faisant du patinage artistique, Mason esquive le poing avant de porter un autre coup, en plein dans l'œil de ce connard. Tout le monde se déchaîne autour de moi dans une explosion d'acclamations pour Mason et d'obscénités pour son adversaire.

Une seconde. Pourquoi suis-je en colère contre le numéro trente, d'un seul coup ? Pourquoi ai-je envie de le voir souffrir ? Est-ce là le genre de furie sanguinaire qui motivait les Vikings ?

C'est la faute de la pensée de groupe. Les fans ont clairement envie que Mason l'emporte.

L'arbitre à la tenue rayée arrive sur les lieux et je m'attends à ce qu'il expulse Mason et/ou le numéro trente du match, ou au moins qu'il leur colle une sévère pénalité.

Non. De toute évidence, j'ai sous-estimé le niveau

de violence considéré comme acceptable au hockey. L'arbitre ne fait aucune remontrance aux deux hommes et les autorise à reprendre le match comme si ces coups de poing n'étaient qu'un échange de paroles acerbes.

— Meuf, lance Abigail en s'éventant. Si tu ne couches pas avec lui, quelqu'un d'autre risque de le faire.

Elle marque peut-être un point. À notre droite, un groupe de blondes est en train de baver et d'ovuler, leur regard vorace rivé sur Mason.

Grr. Maintenant, non seulement je peux comprendre les Vikings ordinaires, mais aussi les berserkers. La jalousie me donne envie de hurler comme une bête sauvage, d'avoir l'écume aux lèvres et de collectionner les scalps de blondes.

Une seconde, ce dernier détail n'est peut-être pas un truc de Viking.

Mason embrase un peu plus mon courroux en regardant en direction des blondes – ou c'est ce que je pense au départ. Abigail me donne un coup de coude dans le rein, prouvant que la violence engendre la violence.

— Il te cherche.

C'est inconcevable, mais c'est la vérité. Mason rive son regard au mien et fait un clin d'œil.

Un clin d'œil !

Avant même que j'aie pu prendre conscience de l'effet papillon dans mon ventre, un coéquipier passe le palet à Mason.

Zoum. Mason se transforme en torpille humaine et

fonce vers le gardien, se glissant au milieu de la défense ennemie comme un sexe bien lubrifié dans un...

— But ! hurle le même fan trop enthousiaste près de moi.

La foule se déchaîne une fois de plus. OK. C'est officiel. Si le hockey est toujours comme ça, il est possible que ça me plaise, même si ça va à l'encontre de ma nature pacifiste.

Un peu comme les Vikings.

Le match continue dans la même veine, et Mason en est la star tout du long. À la fin, les Yétis l'emportent et le stade rugit de jubilation.

— Tu veux qu'on aille aux vestiaires ? me hurle Abigail à l'oreille par-dessus le raffut.

Je secoue la tête avec véhémence.

— Ils risqueraient de me poser des questions du genre : « Qu'est-ce que vous avez prévu ? » Sans oublier que Mason va à nouveau tenter de me mettre la pression.

Abigail soupire d'un air résigné.

— On peut aller boire un verre, au moins ?

Je hoche la tête et nous sortons du stade à la recherche d'un bar.

———

— Encore un milk-shake au Baileys et aux biscuits ? demande Abigail d'un air désapprobateur lorsque le barman dépose la boisson appétissante devant moi.

Je hausse les épaules.

— C'est ce qui se rapproche le plus d'un dessert, dans ce bar.

Elle lève les yeux au ciel.

— *C'est* un dessert.

En réponse, je bois une grosse gorgée de ma boisson/dessert et me retiens de grimacer – le barman a eu la main lourde avec l'alcool.

— Alors, dit Abigail après avoir englouti sa bière faible en calorie, ou que sais-je. Tu as réservé ta croisière ?

Je hoche la tête.

— C'est dans une semaine. Juste après les examens.

Elle fronce les sourcils.

— Tu ne comptais pas emménager dans le manoir à cette période ?

J'éprouve une pointe de culpabilité à ce rappel. Après réflexion, j'ai décidé de m'installer au manoir, mais Abigail a insisté pour rester dans l'appartement qu'on partage depuis tout ce temps. On s'est pas mal disputées à ce sujet, mais j'ai au moins réussi à la convaincre de me laisser prépayer ma moitié du loyer pour le reste de notre bail.

— Richard m'a dit qu'il s'occuperait de tout, dis-je. Je vais juste mettre mes affaires dans des cartons après avoir fait mes valises pour la croisière.

Abigail prend une moue boudeuse.

— Ça va me manquer, de ne plus t'avoir dans le coin.

— Pareil. Mais vois le bon côté des choses… tu vas

pouvoir dormir sur le lit du bas, ou bien, le plus incroyable des luxes, t'acheter un lit une place normal.

Bien sûr, elle pourrait aussi se trouver une autre colocataire pour le lit superposé, mais bizarrement, cette idée me rend jalouse, ce qui est idiot sachant que j'avais la possibilité de rester dans ce minuscule appartement avec Abigail… au moins le temps qu'elle trouve du boulot, ce qui ne devrait pas prendre très longtemps.

— Attends une seconde, dit-elle, interrompant mes pensées. Ce n'est pas… ?

Je suis son regard et manque de m'étrangler avec mon dessert – mon breuvage alcoolisé, je veux dire.

Mason vient d'entrer dans le bar, accompagné d'un groupe de mecs dont je reconnais les visages pour les avoir vus au match.

C'est l'équipe des Yétis au complet, sans doute venue ici pour célébrer sa victoire – et ils ne sont pas seuls.

Les blondes que j'ai vues tout à l'heure sont avec eux, et même si ça ne devrait avoir aucune importance, bizarrement, ça me met encore plus en rogne qu'un diable de Tasmanie auquel on viendrait de voler sa succulente charogne.

Je pose mon verre d'un geste brusque, bondis sur mes pieds et me dirige droit vers Mason.

Chapitre 11

Mason

Dès qu'on entre dans le bar, mes yeux se rivent sur Coccinelle, et mon sexe devient plus dur qu'un palet de hockey – et il faut savoir que ces trucs-là peuvent vous briser les os de la main.

C'est la faute de cette robe qu'elle porte. Elle est décolletée et expose sa poitrine parfaite, dans toute sa gloire d'ivoire. Pour ne rien arranger, j'ai toujours été un aficionado des seins, même quand ces derniers sont attachés à une personne avec laquelle je ne devrais rien vouloir avoir affaire.

Bordel. C'est déjà assez grave que j'aie songé à cette femme à chaque fois que je me suis masturbé, ces deux dernières semaines. Maintenant, elle me donne une érection même en étant tout habillée ? Si mes coéquipiers n'aimaient pas autant ce bar, j'aurais enfoncé mon poing dans le mur, mais après le dernier incident de ce genre, le propriétaire nous a prévenus qu'il nous interdirait l'entrée si nous brisions ne serait-ce que l'ongle de quelqu'un.

Je regarde si mes coéquipiers sont en train de reluquer Sophia, prêt à briser des os au lieu des murs, si c'est le cas.

Non. Ils sont trop accaparés par la horde de blondes amatrices de joueurs de hockey qui nous a accostés dehors.

Je serre les dents et mets tout ça sur le compte des émotions intenses et des endorphines causées par notre victoire. Mes coéquipiers et moi avons fait tout notre possible pour éliminer toute cette énergie démente apportée par notre victoire, en se prenant le chou (une tradition de célébration, dans notre sport) ou en se faisant des embrassades. Ce passage au bar était censé être un moyen de continuer à fêter ça, mais tout est désormais gâché, pour moi, en tout cas.

Non. Une seconde. Je pourrais peut-être la faire boire avant de lui redemander de vendre ?

Ou peut-être pas.

Dès que Coccinelle me remarque, elle étrécit les yeux en deux minuscules fentes ambrées.

De jolies fentes, mais quand même.

Elle s'avance vers moi d'un pas furieux.

Ça ne sent pas bon.

— Ne me suivez pas, aboyé-je à mes coéquipiers turbulents avant de m'empresser de la rejoindre hors de portée de voix.

À ma grande surprise, pas un seul de ces fouineurs

ne me suit – ils sont sûrement trop occupés avec les blondes.

Coccinelle et moi nous retrouvons face à face à peu près au milieu du bar et elle manque de me rentrer dedans. Sa poitrine généreuse se soulève, rendant mon sexe dingue.

— Vous m'espionnez encore ? demande-t-elle.

Je retrousse la lèvre.

— Ouais. Je ramène toujours toute mon équipe quand je suis à l'affût.

— Vous voulez dire *mon* équipe ?

Même la façon dont ses narines se dilatent est jolie. Avec un effort de volonté qui devrait me valoir un prix Nobel de la paix, je lève les mains, paumes vers elle.

— Je jure sur notre prochain match que je ne savais pas que vous seriez là.

Elle semble se radoucir un peu, alors je continue :

— Et si je vous payais un verre ? Je promets de ne pas vous casser les pieds au sujet de la vente de l'équipe.

Ce sera l'une des choses les plus difficiles que j'aie jamais faites, juste après mes efforts pour ne pas regarder ses seins, mais si je parviens à enterrer la hache de guerre une bonne fois pour toutes, peut-être qu'alors…

— Très bien, dit-elle, à ma grande stupéfaction. Un verre.

— Deux.

Je ne sais pas du tout pourquoi j'ai dit ça. Plus on boira, plus j'aurais de risques de faire un faux pas social – qui impliquera sans doute ses seins.

— Marché conclu.

Elle me guide vers son amie – Abigail, me semble-t-il. L'expression de cette dernière me rappelle celle de Spike lorsqu'il a acculé une malheureuse araignée pour « jouer avec elle ».

— Je viens de me rendre compte que je devais partir, lance-t-elle en feignant très mal le regret.

— Pourquoi ? demande Sophia.

— C'est lié à ma recherche d'emploi, explique Abigail. L'ami d'un ami m'a dit qu'il connaissait quelqu'un à Octothorpe. Je veux lui parler le plus vite possible.

Une conversation urgente à propos d'une recherche d'emploi ? Le soir ? Elle n'aurait pas pu trouver mieux ?

À ma grande surprise, Sophia semble y croire, parce qu'elle répond :

— Tu peux au moins rester pour un dernier verre ?

— D'accord, accepte Abigail.

Je fais un geste vers le barman.

— Un autre verre de ce que ces dames buvaient et une vodka pour moi.

Je me tourne à nouveau vers Abigail et dis :

— Vous savez, un bon ami à moi bosse à Octothorpe. Si votre contact de ce soir ne mène à rien, je pourrai vous le présenter.

Sachant que son contact de ce soir est imaginaire, je ne vois pas comment il pourrait mener à quelque chose.

— Ce serait merveilleux.

Les yeux d'Abigail se mettent à pétiller

d'enthousiasme, confirmant le mensonge que je soupçonnais.

Pour la première fois, Sophia me regarde presque sans aucune hostilité.

— Pourquoi vous feriez ça ?

Je hausse les épaules.

— Si Abigail obtenait ce boulot, Landon, mon ami, recevrait un généreux bonus de recrutement de la part d'Octothorpe, et me serait donc redevable.

— Ah, bien sûr, acquiesce Sophia en soulevant un énorme verre blanc du bar. J'aurais dû me douter que ça vous bénéficierait aussi.

Je reste bouche bée devant la monstruosité dans ses mains.

— C'est quoi, ça ?

Abigail pouffe de rire et Sophia lui lance le genre de regard qui m'est habituellement réservé.

— C'est un milk-shake au Baileys et aux biscuits.

Je plisse les yeux devant le contenu atroce de ce verre – il éclipse tout le reste autour de lui, y compris la poitrine généreuse de Sophia.

— Ce sont des Oreo écrasés ?

— Oui, répond Sophia en levant les yeux au ciel. Il y a le mot « biscuits » dans le nom de la boisson.

— Et des morceaux de caramel ?

Je ne suis pas adepte des boissons sucrées, mais une image apparaît soudain dans ma tête. Je me vois étaler du caramel partout sur la peau pâle, lisse et ferme de ses…

— C'est utilisé comme nappage, explique Sophia. C'est délicieux.

Je rajuste discrètement mon sexe.

— Ce truc doit contenir le quart de mon apport calorique quotidien.

Une seconde. Je n'aurais pas dû dire ça. C'est sûrement parce que trop de sang a migré de mon cerveau pour descendre plus bas.

Ses yeux redeviennent des fentes.

— Vous me traitez de grosse ? siffle Sophia.

Abigail recule d'un pas, comme si elle craignait que son amie explose.

— Vous avez un corps parfait, à vrai dire, dis-je en toute franchise.

Mon sexe se tend contre mon caleçon comme pour le confirmer.

Une rougeur se répand sur son visage et jusqu'à ses seins. Ça me donne envie de la jeter sur mon épaule comme un homme des cavernes.

— La vodka ne contient pas une tonne de calories ? s'enquiert Sophia avec un geste vers mon verre.

— Touché, dis-je. Un seul shot contient environ cent calories, raison pour laquelle je ne me fais ce petit plaisir qu'en de rares occasions.

Et puis je n'ai pas envie de devenir accro, comme mon grand-père – celui qui est prétendument mort d'un coma éthylique avant ma naissance.

Bien. Penser à ma famille a légèrement calmé ma libido… jusqu'à ce que Sophia prenne une autre inspiration, du moins, faisant se soulever et retomber ses seins.

Abigail pose son verre vide sur le bar avec un bruit sourd.

— Je déteste devoir interrompre ce petit flirt à base de débats sur les régimes, mais je dois partir.

— Bonne chance, dit Sophia.

— Merci, répond Abigail avant de partir en vitesse.

Sophia se tourne à nouveau vers moi et boit une longue gorgée de sa prétendue boisson.

— Vous croyez qu'elle avait vraiment un rendez-vous pour le boulot, ou qu'elle essayait juste de nous laisser seuls ?

Elle n'est donc pas aussi crédule que je le croyais.

— La deuxième option, j'en suis sûr.

Elle penche la tête – et même ce geste est sensuel, ce qui est dingue.

— Vous pourriez *vraiment* l'aider à obtenir un job à Octothorpe ?

— Bien sûr, assuré-je en sortant mon iPhone. Échangeons nos numéros de téléphone pour que vous puissiez me transmettre son CV.

— Comme c'est machiavélique, remarque-t-elle en sortant son téléphone. Vous voulez juste mon numéro.

Je hausse les épaules.

Elle vide le reste de son dessert, puis m'envoie un message, avant de s'assurer que je lui en envoie un en retour.

— Laissez-moi vous offrir un autre verre, proposé-je en scrutant son verre vide avec méfiance. Vous voulez la même chose ?

J'espère qu'elle dira non, parce que si elle ingère un autre de ces trucs, elle risque de devenir diabétique et de tomber dans le coma par ma faute.

Elle examine les bouteilles derrière le bar.

— Vous voulez boire des shots de tequila avec moi ?

Je grimace.

— Je ne tolère pas bien la tequila.

Autrement dit, ma tolérance à l'alcool que je tiens de mes gènes estoniens est réduite à néant quand je bois de la tequila sachant que la plupart des marques de tequila contiennent plus d'alcool par volume que la plupart des vodkas.

Le sourire diabolique et sexy de Sophia me fait regretter cet aveu.

— C'est soit la tequila, soit un autre milk-shake. À vous de choisir.

Je fais un signe au barman.

— Deux shots de votre meilleure tequila.

— Je n'arrive pas à le croire, dit Jason en arrivant avec Parker au moment où les shots sont déposés sur le bar.

Il a la voix pâteuse.

— Tu as dit que tu ne boirais plus jamais de « pisse de ver ».

Merde. J'avais oublié que l'équipe était là, et ces deux guignols viennent de nous surprendre.

— Jason, Parker, je vous présente Sophia, dis-je d'un ton appuyé. La nouvelle propriétaire de l'équipe.

— Oh, lâche bêtement Jason.

— On va y aller, dit Parker.

Il a l'air bien plus sobre que Jason, même si ce n'est pas très compliqué.

— Avant que vous partiez, lance Sophia après avoir vidé son shot comme si c'était de l'eau. Ce n'est pas un ver qu'on voit à l'intérieur des bouteilles de mezcal. C'est une larve de papillon.

Pourquoi la mention de vers ou de larves de papillon ne m'aide-t-elle pas à dissiper ma foutue érection ? Est-ce que l'un de mes enfants – coéquipiers, je veux dire – a glissé du Viagra dans mon verre ?

Jason donne un coup de coude à Parker.

— Même les femmes qu'il aime parlent comme des docus animaliers.

Je les fusille tous les deux du regard. Parker comprend vite le message et entraîne Jason vers la piste de danse, où ils commencent aussitôt à se frotter contre les blondes.

— Jason fait partie de l'équipe ? s'enquiert Sophia. Je ne me souviens pas l'avoir vu sur la glace.

— Il est gardien, sa tronche est donc couverte sous un masque durant les matchs, fort heureusement. Ça épargne cette horreur à nos fans.

— C'est une blague ? demande Sophia en penchant la tête. Je trouve son visage plutôt séduisant, en vérité.

Il le sera moins, quand j'aurai collé mon poing dans ledit visage, même si je ne sais pas du tout pourquoi j'en ai soudain envie.

— Vous voulez que je fasse les présentations ?

Quand il aura dessaoulé, bien sûr, et qu'il sera sorti de l'hôpital où je l'aurai envoyé.

Elle secoue la tête.

— Je ne sors pas avec les brutes. Je ne les trouve même pas attirantes.

Elle n'ajoute pas « ça vous inclut aussi », mais je sens qu'elle en a envie.

Je serre les dents et bois mon shot, avant de grimacer.

Qu'il s'agisse d'un ver ou d'une larve de papillon, ça n'en reste pas moins de la pisse d'insecte.

Sophia semble savourer mon expression.

— Un autre shot ?

— C'est un défi ?

En réponse, elle commande quatre autres shots de tequila, « la moins chère ».

Bordel. Je n'ai jamais essayé la version bon marché, mais j'ai entendu dire que le goût était encore pire, même si c'est difficile à croire que ce soit possible.

— Santé, lance Sophia avant d'engloutir le premier shot, le visage allègre plutôt que dégoûté.

Ça ne doit pas être si terrible, hein ?

Je bois le shot et hoquette. C'est comme si quelqu'un avait extrait les aiguilles du cactus dont est tirée cette boisson, avant de les tremper dans l'eau des égouts et de les enfoncer dans ma gorge.

Et pourtant, de manière miraculeuse, je suis toujours excité.

— Un autre ? propose Sophia avec un hoquet.

Je la fusille du regard.

— Allez.

Qu'est-ce que je fabrique ? Elle a vingt-quatre ans et a l'excuse d'avoir des lobes frontaux encore en développement. J'ai plus d'une décennie de différence et suis censé être plus avisé, je devrais donc mettre un terme à tout ça… mais je prends le shot, ferme les yeux et endure à nouveau ce goût horrible.

— Vous admettez la défaite ? demande-t-elle avec un geste vers les deux autres shots.

Ne comprend-elle pas ce qu'est un athlète de *compétition* ? Non seulement je bois le shot qui m'était réservé, mais j'engloutis aussi le sien – et étonnamment, le dernier ne me paraît pas aussi affreux que les autres.

— Abandonnez, dis-je quand j'ai repris mon souffle. Vous ferez un coma éthylique bien avant moi.

— Ouais, je ne crois pas.

Elle commande quatre autres shots et en bois deux pour me rattraper, avant de faire un signe de tête vers le prochain.

— Vous voulez capituler ?

— Non, mais si c'est ce qu'il faut pour vous épargner un lavage d'estomac ce soir, qu'il en soit ainsi, dis-je en repoussant la tequila.

Elle me regarde en clignant de ses cils touffus.

— Vous vous souciez à ce point de mon bien-être ?

— Non, mens-je. Je me dis juste que si vous passiez

l'arme à gauche, celui qui hériterait de l'équipe après vous risquerait d'être encore plus casse-pied.

— Ah, répond-elle avec un hoquet. Mieux vaut un mal connu qu'un bien qui reste à connaître, c'est ça ?

— Exactement, acquiescé-je.

Je me rends compte que je parle à ses seins au lieu de son visage et lève les yeux.

— Ça ressemble surtout à des excuses, répond-elle avec un sourire diabolique.

Avec un peu de chance, ça signifie qu'elle n'a pas remarqué où je regardais.

— Petit joueur !

Je suis l'adulte, ici – ou c'est ce que je n'arrête pas de me rappeler.

— Et si on mettait notre concours de beuverie en pause pendant quelques minutes et qu'on se lançait plutôt dans une compétition de danse ? suggéré-je.

Sachant tout ce qu'elle a bu, elle aura déjà du mal à se lever de sa chaise, sans parler d'effectuer un pas de danse.

À ma stupéfaction, elle se lève en ne titubant que légèrement, bien que ce soit peut-être ma vision floue qui me joue des tours.

Hmm. Ces derniers verres n'ont peut-être pas encore atteint son foie ?

Je me lève du tabouret à mon tour et le monde tourne un peu autour de moi, comme si j'étais de retour sur la glace, mais sans mes patins.

Sophia remarque mon inconfort et hausse un sourcil.

— Prêt pour cette compétition de danse ?

Prêt ou pas, je lui tends la main et lorsqu'elle la prend, la sensation de sa peau douce dans ma paume calleuse pousse mon sexe dur depuis bien trop longtemps à hurler des obscénités en estonien.

Pendant que Sophia ne regarde pas, je me rajuste pour pouvoir marcher malgré mon érection monstrueuse.

Nous arrivons à rejoindre la piste de danse, je ne sais comment.

Mes coéquipiers forment un large cercle autour de nous, mais leurs partenaires – les blondes – semblent mécontentes, si j'en crois les regards mauvais qu'elles lancent à Sophia.

Cette dernière se penche et ses lèvres savoureuses effleurent mon oreille, rendant mon sexe vert de jalousie et mes testicules bleus de…

— Au lieu d'une compétition, murmure-t-elle, vous voulez qu'on fasse une danse plus coopérative ?

Je m'écarte pour la regarder bêtement.

— Pourquoi ?

— Parce que j'abandonnerai le concours de tequila si vous acceptez, répond-elle.

— Non, je voulais dire, pourquoi une danse « coopérative » ? Ça ne revient pas à juste « danser ensemble » ?

Elle hausse les épaules.

— J'ai envie de rendre votre petit fan-club de blondes jaloux.

— Bordel, oui.

Une seconde, j'ai dit ça à voix haute ? Bref, peu importe. Je l'attire si près de moi que je peux presque goûter son parfum à la mangue et à la pastèque.

— Dansons, putain.

Chapitre 12

Sophia

La piste de danse tournoie, mais Mason me maintient droite – ou plus précisément, c'est son entrejambe qui le fait, tandis que je frotte mon dos contre lui dans un genre de twerk. En fait, pour être vraiment précise, c'est son *sexe dur* qui me maintient en équilibre – en tout cas, je suppose que c'est ce que je sens saillir contre mes fesses, et pas sa crosse de hockey, par exemple.

Mon plan de rendre les blondes jalouses se passe peut-être un peu trop bien. Elles ont toutes l'air prêtes à m'éviscérer, avant de faire frire mes entrailles et de les déguster avec un verre de mon sang.

Et puis j'ai bien peur que les blondes n'aient été qu'une excuse. La triste vérité, c'est que j'avais envie de danser avec Mason.

Non. C'est la tequila qui parle.

Mason n'est pas…

Un slow commence et des bras forts me retournent.

— Besoin d'une pause ? demande Mason d'une voix rauque.

Je secoue la tête, n'osant pas ouvrir la bouche, parce que ce sexe dur risquerait de se retrouver dedans je ne sais comment.

Il me prend la main et place son autre paume au creux de mon dos, puis nous commençons à osciller en rythme avec la musique, comme si nous étions à un bal de promo.

Que quelqu'un m'abatte. Mason a exactement l'odeur que j'imaginais chez un Viking : un mélange équilibré de bouleau, de glace et de testostérone. Sa proximité rend les tétons de Platon et Socrate aussi durs que le sexe désormais appuyé contre mon ventre.

— Tu penses qu'elles sont assez jalouses, là ? murmure Mason dans mon oreille, la voix pâteuse.

— Qui ?

Platon et Socrate ? Ils sont un peu jaloux du creux de mon dos et de ma main, où Mason me touche.

Mason sourit d'un air narquois.

— Tu as oublié pourquoi on dansait de manière « coopérative » ?

Je fronce les sourcils. Oh. Merde. Il parle des blondes. Dans mon état d'hyperexcitation, j'avais complètement oublié leur existence – mais le sentiment n'est pas mutuel, vu qu'elles me lancent encore des regards emplis de haine.

— Je n'ai pas oublié, mens-je. Mais maintenant que tu en parles, on pourrait faire autre chose qui les ferait vraiment bouillir.

Je m'humecte les lèvres et lui lance mon regard le plus aguicheur sous mes cils.

Une étincelle sauvage apparaît dans ses yeux, et c'est aussi effrayant qu'excitant.

— Je crois savoir de quoi tu parles, répond-il dans un grognement grave.

Il penche la tête.

Sans le vouloir, je me penche vers lui, me mettant sur la pointe des pieds.

Ses lèvres s'écrasent sur les miennes et il avale mon hoquet.

Mason embrasse avec autant de férocité qu'il joue sur la glace, et j'adore chaque milliseconde de ce moment. En fait, c'est si bon que le bar et le reste du monde ne deviennent qu'un distant souvenir. Je ne sens plus que ses lèvres rugueuses, sa langue exploratrice et son érection qui n'arrête pas de grandir contre mon ventre doux.

Oh, et ne vient-il pas de peloter Socrate? Je crois bien que oui, et ça me plaît beaucoup, tout comme j'aime son autre main sur mes fesses, qui me rapproche de plus en plus et…

Le monde réapparaît, sous la forme de l'équipe des Yétis en train d'acclamer et de siffler comme un groupe de hiboux vérolés.

Mason s'écarte de moi avec réticence et grogne quelque chose de meurtrier à ses coéquipiers.

Le bar tourne autour de moi et je me raccroche à lui pour garder l'équilibre.

— Tu veux qu'on parte d'ici ? marmonné-je lorsqu'il reporte son attention sur moi.

Les yeux étincelants de manière fiévreuse, il me prend la main et nous sortons en courant – comme si les blondes allaient nous pourchasser avec leurs faux ongles limés en griffes, prêtes à nous étrangler avec leurs extensions de cheveux.

Je cligne des paupières avec hébétude dans la rue floue et illuminée par un lampadaire.

— Où est-ce…, commencé-je avant d'avoir un hoquet. Où est-ce qu'on va, maintenant ?

Il indique l'autre côté de la rue d'un geste.

— Chez moi ?

— Tu vis dans le stade ?

C'est légal, ça ? Et puis cet endroit m'appartient, non, et donc…

— Non, répond-il.

Il me prend le menton et me tourne légèrement la tête sur la droite, ce contact me donnant la chair de poule sur tout le corps.

— Dans cet immeuble juste à côté.

Si je n'étais pas encore sûre qu'aller chez lui était une mauvaise idée, ce dernier détail scelle mon destin.

— Allons-y.

Je lui prends la main, et j'ai dû m'évanouir à cause de la décharge qui en résulte, parce qu'avant d'avoir compris ce qui s'est passé, je me retrouve dans un ascenseur, nos langues dansant comme les mains de Mercredi dans la chanson « Bloody Mary » de Lady

Gaga. Ou quelle qu'ait été la chanson originale dans la série.

La porte de l'ascenseur s'ouvre sur un appartement avec un ding et nous commençons à nous déshabiller tout en nous embrassant et en traversant un très long couloir. C'est alors que quelque chose – j'espère que c'est juste Spike, le chat – nous feule dessus.

— Désolé, souffle Mason en s'écartant brièvement. Je crois que j'ai marché sur sa queue.

Je n'ai aucune idée de pourquoi, mais la réponse qui sort de ma bouche est :

— La seule chatte sur laquelle tu devrais te concentrer, c'est la mienne.

De toute évidence, mes paroles touchent une corde sensible. Mason grogne comme un berserker, me soulève du sol et me porte jusqu'à sa chambre, où il me dépose comme un sacrifice sur l'autel d'Odin.

Ma robe suffocante est retirée sans tarder, tout comme mon soutien-gorge. Socrate et Platon sont libérés, leurs tétons si durs qu'ils en sont presque douloureux.

— Sublime, grommelle Mason avant de m'arracher ma culotte comme si elle était en papier de soie.

Ai-je mentionné qu'il avait serré le poing au passage ? Eh bien, c'est le cas, et c'est officiel : je n'ai jamais autant mouillé de ma vie.

Haletante, je le regarde se déshabiller à son tour, jusqu'à ne plus porter qu'un caleçon.

— Ça aussi, dis-je en montrant le sous-vêtement qui a formé une bosse sur le devant d'un doigt tremblant.

Il retire son caleçon, libérant le sexe que j'ai senti contre moi toute la soirée.

Waouh. Juste waouh. Il est épais, soyeux et si parfait qu'il s'agit peut-être bien de l'idéal platonicien d'un pénis, qui fait ressembler tous les autres à de pâles imitations, en comparaison. Je ne peux m'empêcher de songer à Nietzsche et son *Übermensch*, ou surhomme. Et puis pour paraphraser un peu ce philosophe, si vous regardez assez longtemps ce sexe, il se retrouvera en vous.

Ouais, par la présente, je baptise ce sexe Uber.

— Je le veux en moi, lâché-je.

Les narines de Mason se dilatent.

— Pas avant que j'aie goûté à cette chatte.

— Oh. Eh bien, je suppose que je peux me montrer patiente.

Avec un sourire narquois, il se penche et dépose un baiser aussi léger qu'une plume sur mon sexe.

Tout mon corps frissonne.

Mason recouvre Platon et Socrate avec ses mains calleuses, et ses doigts puissants pincent leurs tétons avec tout juste assez de pression – comme s'il avait eu des années pour apprendre ce que j'aime.

Son prochain baiser cible mon clitoris, et il est encore plus ferme et merveilleux que le précédent.

Je me laisse aller en arrière et ferme les yeux, submergée par toutes ces sensations.

Il lèche mes replis, me faisant gémir de plaisir. Puis il dépose un autre baiser à cet endroit. Et un autre. Il lèche mon clitoris et dessine des cercles autour de lui avec sa langue, avant de l'embrasser à nouveau.

Mes gémissements deviennent plus frénétiques et désespérés tandis que la pression s'accumule aux tréfonds de moi.

Il relâche Platon et Socrate – et ses caresses leur manquent aussitôt. Mais ses paumes se glissent alors sous mes fesses et il m'attire vers lui, sa langue me pénétrant comme pour me donner un prélude de ce qu'Uber va faire.

Lorsque mon orgasme est à deux doigts d'exploser, il plaque sa langue sur mon clitoris, la rendant plate et souple – puis il attire mes fesses vers lui une fois de plus et je jouis avec un cri.

— C'est bien, murmure-t-il d'une voix rauque. Jouis sur mes doigts, maintenant.

L'une de ses mains lâche mes fesses et il glisse un doigt en moi, puis un autre, pendant que ses lèvres et sa langue s'affairent tour à tour sur mon clitoris hypersensible.

La sensation est intense, et il faut seulement quelques secondes avant que l'orgasme finisse de se former et me heurte de plein fouet. Cette fois, je jouis encore plus fort, et lorsque j'ai repris mon souffle, il m'a mise à quatre pattes, les fesses et le sexe exposés par-derrière pour son plaisir visuel.

— Si. Sexy. Putain, articule-t-il dans un grognement bas et grave.

Il arrache un emballage de préservatif et habille Uber.

— Tu es prête pour moi ?

— Oh oui, hoqueté-je. Mais… tu veux bien faire quelque chose pour moi ?

— Tout ce que tu voudras.

Comme pour confirmer, Uber tressaute.

— Tu peux refermer le poing dans mes cheveux ? demandé-je en détachant ma queue de cheval. Puis les tenir de manière à ce que je puisse le voir ?

J'ai toujours voulu qu'un homme fasse ça pendant qu'il me baise, mais je n'ai jamais osé demander.

Il contracte la mâchoire.

— Comme je l'ai dit, tu es putain de sexy.

Il m'attrape par les hanches et me pénètre, d'abord de manière peu profonde, avant de s'enfoncer de plus en plus, jusqu'à ce que je sois délicieusement étirée – il tend ensuite la main, attrape une poignée de mes cheveux et les maintient dans son poing serré et nervuré, aux articulations blanches. Tout ça dans mon champ de vision.

Putain ! Je n'aurais pas dû demander ça. Le flot d'excitation est si extrême que des points blancs apparaissent devant mes yeux. J'ai tellement envie qu'il me baise que ça a quelque chose d'animal. De désespéré.

— Plus vite, haleté-je en regardant le poing sans ciller. Plus fort. S'il te plaît !

Avec un grognement de plaisir, Mason accélère le rythme, me pilonnant à la même vitesse effrénée que lorsqu'il a patiné vers le but ennemi.

J'ai l'impression que tout mon corps n'est plus qu'une vague pulsante de sensations.

— Mason ! Oh, putain, Mason…

Il prend mes mots comme une invitation à y aller plus vite et plus fort. Sa main libre se resserre sur mes fesses pendant que l'autre continue d'agripper mes cheveux dans ce merveilleux poing.

— Jouis pour moi, grogne-t-il.

Il me pilonne avec des coups de reins puissants, me faisant basculer.

Avec un cri étranglé, je jouis, tressaillant autour de lui.

— Putain, grogne-t-il.

Je le sens durcir, puis il se frotte contre moi, jouissant à son tour, m'offrant une dernière onde de plaisir qui me laisse totalement vidée.

— C'est bon, hoqueté-je en me laissant retomber sur le lit lorsqu'il se retire. Je vais m'endormir comme un bébé, maintenant.

— Pas de problème, Coccinelle, murmure-t-il en enroulant son corps torride (dans tous les sens du terme) autour de moi. Fais de beaux rêves.

Coccinelle ? Peu importe. Après le plaisir qu'il vient de me procurer, je le laisserais me qualifier de scorpion. Peut-être même de cafard ou de mouche à merde.

Je ferme les yeux avec satisfaction et tombe dans les bras de morphée comme annoncé.

Chapitre 13

Mason

Je me réveille avec une migraine atroce. Elle est encore plus intense que la fois où j'ai reçu un palet lancé à cent à l'heure. La texture de la douleur est aussi plus nauséeuse que la fois où j'ai reçu un coup de crosse de hockey sur le crâne.

Quelqu'un m'a peut-être cogné la tête contre la glace, cette fois ? Ou bien il est en train de le faire en ce moment même ?

Non. Le goût infect de la tequila dans mon haleine fait remonter à la surface une partie de mes souvenirs de la veille au soir.

Sophia m'a défié à un concours de beuverie.

Une seconde. Sophia.

J'ouvre les yeux en clignant des paupières, ignorant le martèlement infernal entre mes tempes. Elle est là, entortillée autour de moi comme la plus merveilleuse couverture de toute l'histoire des couvertures.

Oh, merde. Tout me revient, maintenant, y compris

le moment où je l'ai baisée... et à quel point c'était époustouflant !

À moins que j'aie rêvé cette partie-là ?

Je l'écarte de moi avec délicatesse et jette un coup d'œil sous les couvertures.

Ouais. On a bien baisé pour de vrai. J'ai dû m'endormir avant de songer à me débarrasser du préservatif, parce qu'il est là, toujours sur le lit.

Je l'attrape et le retire avec prudence de sous les couvertures. Dès que mes pieds nus touchent le sol, je titube jusqu'à la salle de bain et vide la moitié d'un flacon de bain de bouche pour tenter de me débarrasser du goût de tequila.

Ça ne sert à rien. Me brosser les dents non plus. J'abandonne et me rends à la cuisine pour avaler ma boisson sur mesure riche en électrolytes, composée de lait de coco, de thé vert et de jus de chou kale fraîchement pressé.

La boisson semble m'aider un peu. Maintenant, au lieu d'avoir l'impression qu'on m'assassine, c'est juste comme si je me faisais torturer.

C'est alors que je prends conscience de quelque chose. Je viens de boire toute la boisson. Quand Sophia se réveillera, elle aura besoin d'électrolytes tout autant que moi, peut-être même encore plus.

Alors malgré ma migraine, je m'oblige à en préparer une autre. J'ajoute même du jus de carotte pour la rendre plus sucrée – Coccinelle a l'air d'aimer le sucré.

Une fois la boisson prête, je décide de nous préparer aussi un petit déjeuner. Ça fait du bien de manger quand on a la gueule de bois, même si, souvent, c'est la dernière chose qu'on a envie de faire.

Tout en découpant les légumes, je m'autorise à digérer le désastre de la nuit dernière.

J'ai couché avec la propriétaire de mon équipe.

Non. Pire encore.

Je l'ai saoulée et *ensuite* j'ai couché avec elle – le fait que j'étais ivre, moi aussi, n'est pas une excuse. Cette femme me déteste quand elle est sobre, elle n'a donc couché avec moi qu'à cause de la tequila. Pire encore, j'avais envie d'elle avant même qu'on commence à boire. C'est la faute de ses gros seins. Et de cet éclat malicieux dans ses yeux ambrés. Sans oublier…

J'entends un bruit sourd dans la chambre.

Merde ! Elle a dû tomber.

Je me précipite à toute vitesse, me maudissant de l'avoir laissée seule.

À mon grand soulagement, ce n'est pas le corps de Coccinelle que je trouve par terre. C'est mon matelas.

— Sophia ?

Je regarde autour de moi, avant de jeter un coup d'œil sous le lit.

C'est comme si elle s'était volatilisée.

Puis j'entends l'eau couler dans la salle de bain.

Je m'approche à grands pas et frappe.

Pas de réponse.

— Sophia, tu vas bien ? demandé-je en élevant la voix.

— À merveille, répond-elle par-dessus le bruit de l'eau qui coule. Le matelas a juste glissé.

Ouais, c'est ça. Elle doit encore être ivre.

J'attends qu'elle ait terminé, faisant les cent pas dans le couloir.

Quand j'approche de l'étagère, l'un des trophées exposés tout en haut dégringole vers ma tête.

Grâce à mes réflexes affûtés par le hockey, je le rattrape et lance un regard noir au-dessus de moi.

Comme je m'y attendais, c'est le chat.

— Ce n'est pas drôle, grogné-je.

Il n'a pas l'air d'accord. Je soupire. J'ai eu beau le réprimander un nombre incalculable de fois pour ce genre de petites farces, il a toujours l'air de trouver ça drôle de faire tomber des objets sur ma tête. Ainsi que de lâcher les insectes qu'il tue dans ma nourriture.

Spike me répond d'un regard qui semble dire « J'aurais pu te réveiller à nouveau au beau milieu de la nuit, mais je me suis montré charitable ».

D'un autre côté, il a peut-être essayé de me réveiller. J'étais si saoul que je ne m'en serais pas rendu compte.

— Si tu recommences, tu n'auras plus de saumon pendant un mois, le menacé-je.

Je prends mon visage le plus sévère pour qu'il ne se rende pas compte que je bluffe. Lui interdire le saumon reviendrait à m'empêcher d'aller sur la glace – une forme de punition cruelle et exceptionnelle, que je ne lui infligerais jamais plus d'un jour ou deux.

Spike remue la queue, saute de l'étagère et se frotte contre ma jambe.

Ouais. Je préfère ça. Dommage que cette menace ne fonctionne que pendant une période très brève.

Une fois qu'il a fini de me lécher les bottes, Spike se dirige vers le coin de la pièce, où il prend un malin plaisir à déchiqueter un bout de tissu en dentelles avec ses griffes.

Attendez une seconde.

— Méchant chat, lui dis-je d'un ton sévère. C'était la culotte de Sophia.

En parlant de Sophia, l'eau a cessé de couler dans la salle de bain. Je reviens en courant et attends qu'elle ouvre la porte – une attente qui semble durer encore des heures.

Enfin, la porte s'ouvre, laissant échapper une bouffée de buée. Je l'ignore et examine Sophia à la recherche du moindre signe de blessure. Je n'en trouve aucun, Dieu merci. À ma grande déception, elle est tout habillée. Je remarque aussi avec envie qu'elle semble beaucoup moins souffrir de la gueule de bois que moi.

— Tu m'espionnes devant la salle de bain, maintenant ? demande-t-elle d'un ton sec.

— Quoi ?

Ma migraine s'intensifie comme si ce trophée m'était vraiment tombé sur la tête.

— Oublie ça, répond-elle.

Elle prend une grande inspiration, faisant se soulever et retomber sa poitrine. Mon sexe tressaille.

— Je ferais mieux de partir.

— Attends, dis-je avec un geste vers le matelas tombé. Tu es sûre que ça va ?

Je me souviens aussi qu'elle ne porte pas de culotte,

et le tressaillement de mon sexe se transforme en érection monstrueuse.

Elle plisse les yeux.

— Bien sûr que ça ne va *pas*. Je n'aurais jamais dû coucher avec toi, pour commencer. Je n'aurais pas dû non plus te laisser me convaincre de boire toute cette tequila.

Je recule en titubant.

— C'est moi qui t'ai convaincue ?

— Peu importe.

Elle passe si près de moi que je sens son parfum familier de mangue et de pastèque.

— Je m'en vais. Ne t'avise pas de me suivre.

Avant que j'aie pu lancer une autre protestation – ou lui proposer la boisson riche en électrolytes – elle sort de mon appartement d'un pas précipité.

J'échange un regard perplexe avec Spike, qui semble dire : « Puis-je te suggérer de te faire castrer ? Ça te faciliterait vraiment la vie. »

Chapitre 14

Sophia

Quelques minutes plus tôt

Je me réveille dans un sursaut, malade comme un chien empoisonné par un chat diabolique.

Où est-ce que je suis, bordel ? Pourquoi j'ai autant la gueule de bois, tout en ayant l'impression d'être ivre ?

Dès que je regarde autour de moi et repère mes vêtements éparpillés à gauche et à droite, tout me revient d'un coup : le bar, le poing de Mason se refermant sur une touffe de mes cheveux et – dans le même ordre d'idées – tous les orgasmes.

En parlant de ça… où est Mason ? M'a-t-il laissée toute seule dans son appartement ? Ce serait assez bizarre.

D'un autre côté, je devrais être soulagée qu'il ne soit pas là. Ce serait beaucoup plus gênant s'il l'était.

Je devrais peut-être profiter de son absence pour me tirer d'ici ?

Oui, je devrais.

La détermination et l'adrénaline m'éclaircissent assez les idées pour me permettre de me lever du lit. OK. Je localise mon soutien-gorge et l'enfile, ignorant le suçon sur le côté de Socrate.

Où est ma culotte ? Je cherche partout, mais ne la trouve pas. Très bien, peu importe. J'enfile tout le reste avant de me concentrer à nouveau sur le mystère de la culotte disparue. Je fouille avec plus de minutie, sans la trouver nulle part.

Je devrais peut-être l'abandonner ici ? Non, ce serait bizarre. Il aurait un souvenir de la nuit que je préférerais qu'on oublie tous les deux. Et puis je me sens un peu trop vulnérable, sans elle.

Je fouille à nouveau les environs.

Où est-ce qu'elle a bien pu passer ? Mason l'a-t-il mangée hier soir ? Les culottes comestibles, ça existe, et nous étions vraiment saouls.

Non.

Je pense que je m'en souviendrais s'il s'était comporté comme une foutue chèvre.

Je me creuse la tête et me rappelle vaguement qu'il a arraché ma culotte, à un moment donné. Hélas, ça me donne juste la sensation que si je l'avais portée à cet instant, elle aurait fondu.

Je ratisse la pièce une fois de plus. Même si la culotte a été endommagée par la brutalité de Mason, elle devrait être quelque part, non ? Ce type est fort, mais pas assez pour réduire une culotte à l'état d'atomes et les disperser dans l'air.

Je m'agenouille et regarde sous le lit.

Non.

J'écarte la table de chevet du mur et regarde derrière.

Pas de culotte.

A-t-elle pu se retrouver sous le matelas ? La situation est devenue plutôt endiablée, alors c'est possible, en théorie. Avec effort, je soulève le matelas autant que je peux, mais tout ce que j'arrive à accomplir, c'est de le faire glisser du lit. Il heurte le sol dans un bruit fracassant.

Bordel. Si Mason n'a pas quitté l'appartement, il sera là dans une seconde, et je ne suis pas prête à l'affronter – ni à expliquer pourquoi je fouillais sous le matelas comme une voleuse de l'époque où le système bancaire n'existait pas.

J'attrape mes chaussures, fonce dans la salle de bain et me rends présentable tout en me demandant comment j'ai pu commettre une erreur aussi monumentale.

C'est la faute de l'alcool, évidemment, et de son esprit de compétition... sans parler du mien. J'essaie de ne pas me dire que j'ai vraiment apprécié ce qui s'est passé, parce que c'était aussi un effet de l'alcool, n'est-ce pas ? Avec assez de tequila, même un épouvantail commence à avoir l'air baisable, alors je ne vous parle même pas de l'armoire à glace sur patins qu'est cet homme.

Je suis au milieu de mes ablutions dans la salle de bain quand on frappe à la porte.

Et merde.

— Sophia, tu vas bien ? demande une voix grave, sexy et indésirable.

— À merveille, dis-je d'une voix forte. Le matelas a juste glissé.

Quelles sont les chances pour qu'il accepte cette explication et s'en aille ?

Apparemment aucune, parce que lorsque j'ai terminé et que j'ouvre furtivement la porte, il est là, si sexy et appétissant que je suis tentée de me lancer dans une deuxième manche.

Une seconde, je suis dingue ou quoi ?

— Tu m'espionnes devant la salle de bain, maintenant ? lancé-je, autant en colère contre moi-même que contre lui.

— Quoi ? demande-t-il en fronçant les sourcils, avant de grimacer.

Je devrais être contente qu'il souffre aussi, mais c'est tout l'opposé.

— Oublie ça.

Je prends une inspiration pour m'éclaircir les idées.

— Je ferais mieux de partir.

Avant de me retrouver à nouveau dans son lit, ou sur ce matelas par terre. Ou sur le tapis. Ou à même le sol.

La tentation est étonnamment grande.

— Attends, dit-il avec un geste vers ledit matelas. Tu es sûre que ça va ?

Il se moque de moi ?

— Bien sûr que ça ne va *pas*, articulé-je entre mes dents. Je n'aurais jamais dû coucher avec toi, pour commencer.

C'est l'euphémisme du siècle.

— Je n'aurais pas dû non plus te laisser me convaincre de boire toute cette tequila.

Il me regarde à deux fois.

— C'est moi qui t'ai convaincue ?

— Peu importe.

Pour être honnête, j'ai peut-être joué un plus grand rôle dans la débâcle de la tequila que je suis prête à l'admettre – et pire encore, j'ai peut-être pris ça comme excuse pour me retrouver dans la situation exacte où on est.

— Je m'en vais. Ne t'avise pas de me suivre.

Voilà. Je sors à grands pas, mais une partie de moi OK, la partie qui a envie d'autres orgasmes – espère qu'il ne m'écoutera pas et me pourchassera.

Il ne le fait pas.

Ce qui est tant mieux.

N'est-ce pas ?

Une fois dehors, je sors mon téléphone et vois que j'ai reçu un million de messages de Richard.

Merde. Une bévue de plus : lorsqu'il nous a déposées au stade, j'ai demandé à Richard de nous attendre, avant d'aller me saouler et de l'oublier totalement.

Je lis les messages, me sentant coupable. Au début,

ils sont juste poliment inquisiteurs, avant de devenir de plus en plus paniqués.

Je l'appelle aussitôt et passe un bon quart d'heure à le rassurer. Non, je ne suis pas morte dans un fossé quelque part, et j'aurais besoin qu'on vienne me chercher.

— J'arrive dans une minute, répond-il, l'air encore soulagé que je ne sois pas morte.

— Une minute ? m'étonné-je.

— Ouais, répond-il. Je suis toujours près du stade.

Je suis affreuse.

— Vous avez dormi dans la voiture ?

— Oui, mais ce n'est pas un problème, assure-t-il. Contentez-vous de me dire que vous allez bien, la prochaine fois.

La prochaine fois ? Il y a les marches de la honte, mais aussi les trajets en voiture de la honte, apparemment.

— Je suis vraiment désolée, dis-je en toute sincérité.

— Je suis juste soulagé que vous alliez bien, répète-t-il avant de raccrocher.

Il n'y aura pas de prochaine fois. S'il y a la moindre probabilité pour que je sorte me saouler, je prendrai un Uber.

Une seconde.

J'ai *bien* monté quelque chose hier soir que j'ai baptisé Uber.

Une rougeur se répand sur tout mon corps à ce souvenir.

Je devais vraiment être captivée par le sexe de Mason, pour oublier que le mot Uber était déjà utilisé.

Eh bien, je prendrai des Lyft[1] à partir de maintenant, ou Richard. Je doute de pouvoir à nouveau « prendre un Uber » un jour. Pas sans mouiller.

C'est alors que je songe à quelque chose. C'est peut-être la faute de Richard si j'ai appelé Uber « Uber ». Richard veut que tout le monde l'appelle Dick, et c'est mon service de transport, alors peut-être qu'inconsciemment, je me suis mise à associer les pénis avec des trajets en voiture ?

Comme souvent lorsque je songe au subconscient, la philosophe en moi commence à se poser des questions telles que : « Peut-on prouver que les autres personnes, à part nous, sont conscientes ? » Une autre encore plus intéressante serait : « Les animaux sont-ils conscients ? » Si oui, qu'en est-il des vers plats ? Certains se déchirent en deux quand ils veulent se reproduire, puis ces moitiés font repousser leurs parties du corps absentes pour devenir deux vers plats, aux souvenirs apparemment intacts. Qu'arrive-t-il à la conscience du ver plat, durant un tel processus ? S'il la conserve, ça veut dire que des parties du corps peuvent avoir une conscience, et si c'est le cas, je me demande si Platon, Socrate et Uber sont conscients.

Un coup de klaxon me tire de mes rêveries

____

1. Entreprise américaine concurrente de l'entreprise de transport Uber.

philosophiques, je grimpe donc avec réticence dans la voiture de Richard et passe tout le trajet à m'excuser.

———

— Raconte-moi exactement ce qui s'est passé, exige Abigail durant le déjeuner sur le campus le lendemain. N'omets aucun détail.

Ouais. C'est ça. Elle peut toujours rêver pour ce qui est de sa dernière demande, mais je lui offre une version tout public des événements, en évitant d'évoquer tout le plaisir que j'ai pris. Malgré mon autocensure, Abigail m'écoute avec une expression inquiétante sur le visage, comme si son cerveau était sur le point d'exploser ou alors qu'elle allait avoir un orgasme par procuration.

— Qu'est-ce qui va se passer ensuite, pour vous deux ? demande-t-elle lorsque j'ai terminé.

— Rien.

Je ne lui vendrai pas l'équipe et je ne monterai plus dans un Uber.

Elle balaie ma réponse de la main comme si c'était une mouche agaçante.

— Il t'a appelée ?

— Oui.

Et j'ai ignoré ses appels incessants, ainsi que ses messages, et même un e-mail – ce dernier est bizarre, d'ailleurs, parce que je ne crois pas lui avoir donné mon adresse électronique.

Le visage d'Abigail se décompose.

— Tu ne lui as pas répondu, hein ?

— Et je ne le ferai pas. N'essaie même pas de me persuader du contraire.

Elle regarde quelque chose par-dessus mon épaule et esquisse un sourire qui doit ressembler à l'expression de Spike s'il avait mangé un canari.

— Et si tu lui parlais en face à face ?

Je suis son regard.

Merde.

Mason arrive dans notre direction, et il tient un plateau-repas dans ses grandes mains qui ressemblent trop à des poings à mon goût.

— Je viens de me souvenir que j'ai une dissertation à corriger, lancé-je.

Je bondis sur mes pieds et sors de la cafétéria d'un pas pressé, comme si j'étais le canari susmentionné et que Mason était Spike.

Je suis si accablée par cette quasi-collision que je reste bien réveillée pendant le cours du professeur Ambien, ce qui est très grave. Ambien est un si mauvais professeur qu'il me ferait presque détester la philosophie. Son cours me rappelle une scène d'*Orange Mécanique* où les yeux de l'antihéros sont maintenus ouverts avec des pinces pour une thérapie par l'aversion.

Pendant que Richard me ramène à la maison après les cours, je regarde mon téléphone et trouve quelques messages supplémentaires de Mason, mon préféré étant :

Tu t'enfuis en courant ? Comme c'est mature.

Il marque un point. Je devrais l'affronter et lui expliquer calmement que je n'ai pas envie de le voir, mais je n'arrive pas à m'y résoudre, et pas seulement parce que ce serait un mensonge éhonté. Je crois qu'une partie de moi craint de finir par avoir un autre orgasme.

— Vous devriez manger votre dîner, dit Richard en croisant mon regard dans le rétroviseur.

Ah. C'est vrai. Il y a un panier-repas à côté de moi et, lorsque je l'ouvre, je découvre le dernier chef-d'œuvre de la cheffe cuisinière : des crêpes au Nutella avec des fruits rouges, ainsi qu'un peu d'œuf, de jambon et de fromage.

Tout en mangeant, je me rends compte que je commence à m'habituer à ma nouvelle richesse – et pas juste d'un point de vue gastronomique. Ces deux dernières semaines, j'ai appris à connaître le personnel et j'ai trouvé une manière efficace de gérer mon logis. Grâce à Abigail, j'ai une bonne maîtrise de certains de mes investissements – à l'exception de l'équipe de hockey, qui semble néanmoins autosuffisante pour l'instant.

Lorsque nous nous engageons devant le portail de mon manoir, je remarque quelqu'un en train de rôder dans le coin. Je la reconnais aussitôt et suis très tentée de faire semblant de ne pas être dans cette voiture.

— Qui est-ce ? demande Richard.

— Ma mère, dis-je dans un soupir.

Chapitre 15

Sophia

Richard se gare et je ne l'en empêche pas, même si je devrais.

Au lieu de ça, je sors et la scrute de la tête aux pieds, mon cœur se serrant douloureusement.

Ma mère a l'air si pitoyable qu'on pourrait utiliser ses photos « avant » et « après » pour une campagne antidrogue.

— *Agápi mou,* dit-elle, me serrant encore plus le cœur.

— Bonjour, Eleni, dis-je.

Elle émet un petit rire amer.

— Plus de « maman », hein ?

— Comment tu m'as trouvée ?

Elle est l'une des deux raisons pour lesquelles je ne suis pas sur les réseaux sociaux, l'autre étant Rupert.

Lorsqu'elle fronce les sourcils, je me rends compte que la plupart de ses rides sont localisées sur le front, et que presque aucune n'indique qu'un sourire n'a jamais étiré ses traits.

— Comment je t'ai trouvée ? répète-t-elle en reniflant. Tu dis ça comme si tu ne voulais pas être trouvée par ta propre mère.

Par où commencer ?

— Je suis au courant pour papa. Je sais qu'il ne m'a pas vraiment abandonnée. Que tu as tout inventé !

Elle étrécit les yeux et, comme avec le froncement de sourcils, je devine que c'est quelque chose qu'elle a fait assez souvent pour que ça laisse des sillons permanents sur son visage.

— Je suis Eleni et il est « papa », d'un seul coup ? Ce *malákas* était un maniaque du contrôle autoritaire, et je suis bien contente qu'il soit mort !

Je pousse un soupir exaspéré. Après tout, qu'est-ce que je m'attendais comme réponse de sa part ? Je me sens obligée d'essayer malgré tout.

— Maniaque du contrôle ? C'est parce qu'il t'a demandé de faire une cure de désintox ?

Elle pince les lèvres.

— Il m'a aussi dit quoi porter et comment parler.

Traduction : il lui a sûrement demandé de ne pas s'habiller comme une prostituée et d'arrêter de jurer comme un charretier.

Je pousse un profond soupir.

— Qu'est-ce que tu fais là ?

— Je voulais te voir.

Je pivote sur place.

— Voilà. Tu m'as vue. Au revoir.

Elle se hérisse.

— Tu ne vas pas m'inviter dans ton nouveau manoir ?

— Je ne peux pas, dis-je avec douceur. Tu le sais. Je ne peux plus être ta fournisseuse.

Son menton tremble exactement de la même manière que celui de Claire Danes.

— Alors tu vas me laisser mourir de faim dans la rue ?

— Eleni… maman…

Je prends une inspiration.

— Et si tu faisais une autre cure de désintox ? Je paierai. Choisis la meilleure. Ce sera comme des vacances dans une station balnéaire. On subviendra à tous tes besoins.

Elle laisse échapper tous les jurons grecs que j'ai jamais entendus, et même certains que je ne connaissais pas, terminant par un très français « petite garce ingrate ».

Je dois mobiliser toute ma volonté pour garder mon calme.

— C'est ma meilleure offre, et la dernière, dis-je sur un ton neutre lorsqu'elle a terminé. Quand tu seras prête à l'accepter, fais-le-moi savoir.

Sur ces mots, je remonte dans la voiture et demande à Richard de me ramener à la maison, tout en refoulant mes larmes.

Même six-cents ans avant J.-C., les Grecs anciens avaient remarqué que l'humeur des patients s'améliorait lorsqu'il y avait des chevaux dans les environs. C'est comme ça qu'a été inventé le concept de thérapie par les animaux, mais je doute que quiconque ait utilisé des tortues géantes à cette fin avant moi. À moins que ça ait été le cas de papa ? Quoi qu'il en soit, ce jour est l'un des rares moments où je ne surprends pas Donatello, April et le Dr Kelpcon en plein coït, et je me rends compte que les regarder brouter de l'herbe – les tortues, pas le Dr Kelpcon – a quelque chose de très apaisant, ce qui est exactement ce dont j'avais besoin après mon altercation avec ma mère.

Au bout d'un moment, je me sens assez calme pour aller réviser pour mes examens finaux, et je termine même quelques dissertations.

Une fois que j'ai fini d'étudier, je me récompense en jouant à un jeu vidéo sur le grand écran de mon cinéma privé. Le jeu en question est *Assassin's Creed Valhalla*. Dedans, je joue un Viking qui pille des villes et tue des tas de gens sans vergogne, étendant peu à peu son influence sur la Grande-Bretagne antique.

C'est exactement le genre de jeu auquel une pacifiste comme moi devrait jouer.

Je viens de rencontrer Ivarr (l'un des fils de Ragnar les plus assoiffés de sang) quand Effie entre dans la pièce avec mon dîner, m'adressant cette révérence qu'on a dû lui enseigner à l'école de majordomes de Poudlard.

— Ah, dit-elle. Vous vous apprêtez à aller chercher le roi Burgred.

— Eh, on ne spoile pas, protesté-je d'un ton sévère.

Je prends l'assiette qu'elle me tend et m'absorbe à nouveau dans le jeu jusqu'à être si fatiguée que je commence à m'endormir au milieu d'un combat. Je rejoins donc mon lit luxueux et pas du tout superposé.

Sauf que, maintenant que je suis là, le sommeil me fuit. Comme d'habitude, c'est parce que je pense à Mason. Ou, pour être vraiment honnête, parce que je suis excitée.

Grr. J'espérais qu'après cette longue séance de jeu, j'arriverais enfin à m'endormir sans avoir recours à la masturbation, mais ce n'est pas le cas.

Je prends mon vibromasseur et me donne à fond entre mes jambes, en faisant mon possible pour ne pas songer au poing de Mason... ce qui, sans surprise, est un échec.

Chapitre 16

Mason

— **A**llez, Costard, une dernière série, encourage Jason.

Landon grogne et soulève l'équivalent de deux fois son poids.

Ça ne risque pas d'arranger son égo déjà démesuré si je le lui fais remarquer, mais c'est assez impressionnant. Encore plus quand on se souvient que, contrairement à mes coéquipiers, Landon n'est pas un athlète professionnel et n'a pas besoin d'être en excellente forme physique pour son travail de bureau.

— Il fait du hockey ? me murmure Parker à l'oreille pendant que Landon effectue une autre série, des veines gonflant sur son cou.

Je secoue la tête. Encore un truc que je ne dirais pas à Landon, mais la question de Parker est un énorme compliment : ça revient un peu à dire « ce type a l'air assez costaud pour être un joueur de hockey ».

— Alors, Mason, lance Landon une fois qu'il s'est

levé du banc de musculation. L'équipe t'appartient, ou pas encore ?

J'ignore sa question, parce qu'il sait très bien que la réponse est non. Il essaie juste de me provoquer, ce qui me donne envie de lui frapper la tête avec un haltère.

— Tu y travailles, au moins ? demande Jason avec inquiétude.

Est-ce que coucher avec Sophia compte comme « y travailler » ? Qu'en est-il de toutes mes tentatives pathétiques pour communiquer avec elle, sans même être sûr que ça ait un rapport avec l'acquisition de l'équipe ?

— J'ai un plan, dis-je à Landon.

Je lui lance un regard noir qui laisse entendre : « Je pourrais t'étrangler avec cette barre d'haltères, et tout le monde penserait que je n'ai simplement pas réussi à la relever à temps. »

Mon regard sinistre n'a clairement pas l'effet escompté, parce que Landon dit :

— Si par « plan », tu sous-entends « la pire technique de harceleur que j'aie jamais vue ».

Tous mes coéquipiers présents tendent l'oreille, et Jason parle pour eux tous lorsqu'il demande :

— C'est quoi, le plan ?

Je les fusille du regard.

— J'ai juré le secret, répond Landon.

— Avoir juré le secret, ça veut aussi dire ne pas faire une allusion au secret en question, articulé-je entre mes dents.

Puis je me tourne vers Jason.

— C'est classé confidentiel, et tu n'as pas besoin de savoir.

Mes coéquipiers sont de vraies commères, et je n'ai pas envie que Sophia ait vent de mes plans, vu que ça foutrait tout en l'air.

— OK, sujet suivant, dit Jason.

Il prend des haltères et se couche sur le banc pour s'exercer.

— Qu'est-ce que vous faites tous pour les vacances ?

Ils répondent tour à tour, mais je reste en dehors de la conversation. Tous les ans, je fais semblant de passer du temps en famille, parce que je ne peux pas me résoudre à avouer la vérité à Landon ou mes coéquipiers : mes parents n'ont pas envie de me voir, ni même d'entendre parler de moi, encore moins durant les vacances, et d'autant plus si ces vacances sont de nature religieuse.

Mais ce n'est pas grave. Spike est comme une famille pour moi, et nous pouvons passer un très bon Noël entre nous.

———

Les muscles agréablement endoloris par l'exercice, je marche sur mon tapis roulant de bureau tout en consultant mes investissements. Comme d'habitude ces derniers temps, je suis distrait par des pensées à propos de Sophia, mais je me reconcentre et achète quelques actions que Landon m'a suggérées plus tôt. Sachant que c'est grâce aux suggestions de Landon que j'ai acheté

Octothorpe au bon moment, je traite ses conseils d'investissement avec beaucoup de respect.

Quand j'ai terminé de m'occuper de mes actions, je tente à nouveau de contacter Sophia.

En vain.

Je ne m'attends plus vraiment à ce qu'elle réponde, mais je suppose que j'ai encore un peu d'espoir, même s'il fond à vue d'œil. Il est de plus en plus probable que je doive avoir recours à ce que Landon a appelé ma pire technique de harceleur.

En fait, oui, c'est décidé.

Si Sophia n'a pas répondu comme par miracle à mon dernier message d'ici à ce que j'aie fini de promener Spike, je déclencherai mon plan.

———

Le gros problème quand on promène son chat, ce sont les chiens. Dans le cas de Spike, c'est encore plus épineux, parce que, s'agissant de la plupart des chiens qu'on rencontre, il représente un plus grand danger pour eux que l'inverse. Il pourrait gravement blesser les chiens de race les plus féroces, s'ils lui forçaient les griffes – même si ces chiens devraient d'abord me passer sur le corps. De manière intéressante, Spike aime les chiens et s'est même fait quelques amis parmi eux – ceux qui ne se sont pas comportés comme des crétins lorsqu'ils l'ont rencontré à l'époque où il n'était qu'un chaton.

C'est pour ça qu'il a l'air excité quand il repère l'un

de ses amis en question – un chien papillon nommé Sir Francis.

— Bonjour, dit Jack, l'une des personnes qui promènent régulièrement Sir Francis.

— Salut, dis-je.

C'est le mauvais côté des chiens amicaux ; il faut socialiser avec leur maître. Mais bon, ça vaut la peine d'écouter Jack bavasser, parce que Spike semble passer un excellent moment – il se laisse même faire quand Sir Francis lui renifle le derrière et tente de le monter.

Je suppose que c'est le compliment ultime, pour un chien ? Si oui, Spike le lui rend en léchant les énormes oreilles touffues de Sir Francis.

Je ne sais pas pourquoi, mais regarder ces petits jeux bucoliques me fait envisager de fonder une famille un jour, composée d'humains, mais peut-être aussi avec un chien qui s'entendrait bien avec Spike. Le plus bizarre, c'est que le visage de Sophia – et ses seins – me viennent à l'esprit à ce moment précis. Mais c'est de la folie.

En parlant de folie, quand Spike et moi rentrons à la maison, je n'ai reçu aucune réponse de Sophia.

Vais-je vraiment faire ça ?

Pour m'assurer que ma décision n'est pas uniquement motivée par mon sexe, je me masturbe – en pensant à Sophia.

Une fois que j'ai les idées claires, je réanalyse mes options. Non, je ne vois toujours aucune alternative. Avec un soupir – et pas mal d'excitation contenue – je me replace devant l'ordinateur et mets mon plan en action.

OK, c'est fait – je me sens comme après avoir exécuté une passe audacieuse sur la glace.

Sophia ne le sait pas encore, mais comme beaucoup de gardiens de but, elle s'apprête à me trouver très difficile à ignorer.

Chapitre 17

Sophia

— **A**ux vacances d'hiver ! m'exclamé-je.

Je lève mon imitation de Fanta confectionnée par le resto U pour porter un toast et regarde autour de moi.

Abigail prend un air boudeur.

— J'ai encore un dernier examen à passer.

— Je n'aimerais pas être toi.

Je lui tire la langue tout en gardant un œil sur les environs. On ne sait jamais quand un joueur de hockey indésirable peut débarquer.

— C'est ma dernière occasion de te saluer avant de partir pour Port Canaveral. Richard m'attend dehors pour m'emmener à l'aéroport et, une fois sur le bateau, je serais injoignable.

Elle soupire.

— Tu sais que tu as les moyens de payer pour le Wi-Fi à bord, hein ?

Je ricane.

— Je me fiche d'être riche, je ne paierai pas une telle somme pour du Wi-Fi, surtout sachant qu'il sera bien plus lent que ce à quoi je suis habituée à la maison. Dans tous les cas, l'absence de connexion internet fait partie du charme. Une désintox numérique. Je vais même laisser mon téléphone en mode avion pour toute la durée du séjour.

— En mode avion ? répète-t-elle, l'air épouvantée.

Je hausse les épaules, avant de regarder une dernière fois autour de moi.

— Les Vikings naviguaient sans les réseaux sociaux et ils adoraient ça.

— Tu comptes te lancer dans beaucoup de meurtres et de pillages ? s'enquiert-elle.

— Je vais juste faire du shopping et prendre des bains de soleil quand on aura accosté, et tant qu'on sera en mer, je regarderai l'horizon de manière méditative.

— Tu vas prendre des bains de soleil en hiver ? dit-elle en plissant le nez.

— C'est toujours mieux que de crapahuter dans la neige.

Cette fois, je regarde derrière moi, juste au cas où. Quand je me retourne, Abigail arbore un air satisfait.

— Tu espères qu'il va venir ?

— Non.

Peut-être. C'est ridicule, je sais, mais j'ai envie de l'apercevoir avant de partir. Hélas – heureusement, je veux dire – il a cessé de me harceler physiquement il y a deux semaines. Ces derniers jours, il a même arrêté d'envoyer des messages et d'appeler.

— Tu pourrais le rappeler, suggère-t-elle.

— Et l'encourager à recommencer à me harceler ?

Elle lève les yeux au ciel.

— Ce n'est pas du harcèlement s'il étudie vraiment dans cette école. Je connais la fille du bureau de l'intendance qui l'a inscrit.

Des questions telles que « quelle fille ? » et « elle est mignonne ? » me viennent aux lèvres, mais je n'ai pas envie de donner plus de munitions à Abigail.

Cette dernière prend un air sérieux.

— Pourquoi es-tu si peu disposée à lui laisser une chance ? Tout le monde pense que vous êtes ensemble, de toute façon.

Elle parle d'un journal à scandale peu scrupuleux qui a pris des photos de Mason et moi quand on est sortis du bar, le Jour B. À les écouter, Mason et moi sommes à quelques minutes de nous tatouer nos prénoms respectifs sur les parties génitales.

— Il n'a pas envie que je lui laisse une chance, si c'est ce que tu sous-entends, assuré-je. Il veut sa précieuse équipe, et je ne représente qu'un moyen d'arriver à ses fins.

Et au moins, il ne cache pas qu'il attend quelque chose de moi – contrairement à Rupert, qui m'a baisée au sens propre avant de recommencer au sens figuré.

— Il n'avait pas l'air de vouloir l'équipe, l'autre jour, répond-elle. Il avait l'air de te vouloir, *toi.*

Je secoue la tête.

— Tu te trompes, mais ça n'a pas d'importance. Même si je décidais de me mettre à sortir avec quelqu'un, ce ne serait pas avec un type comme Mason.

Un type dont je pourrais tomber amoureuse bien trop aisément – une manière infaillible de me faire déchiqueter le cœur une fois de plus.

— Qui a parlé de sortir avec lui ? rétorque-t-elle en remuant les sourcils. On peut beaucoup s'amuser sans avoir à en arriver à des mesures aussi drastiques.

— Ouais, non merci.

Plus j'aurais d'orgasmes, plus j'approcherais du point de non-retour et Mason m'en a déjà donné autant que Rupert durant notre premier mois en couple.

Abigail soupire.

— Tu rencontreras peut-être quelqu'un pendant la croisière ?

— Peut-être.

Mais j'en doute fort.

Après ça, nous parlons de tout et de rien jusqu'à avoir terminé notre déjeuner, après quoi j'envoie un message à Richard pour lui faire savoir que je suis prête à prendre la route.

Tout en traversant le campus en direction de la voiture, je me surprends à regarder autour de moi à la recherche de Mason – sans succès. Mais juste au moment où ma voiture apparaît, je sens une main se poser sur mon épaule. Une main masculine.

Étrangement euphorique, je me retourne, m'attendant à voir le visage ciselé de Viking de Mason… pour poser les yeux sur son total opposé.

— Salut, bébé, dit Rupert avec un sourire aussi faux que la Rolex de contrefaçon à son poignet osseux. Ça faisait longtemps.

Chapitre 18

Sophia

J'ai beau regarder mon ex avec intensité, je n'arrive pas à comprendre comment j'ai pu le trouver attirant, sans parler de me croire amoureuse de lui.

— Qu'est-ce que tu fais ici ? demandé-je même si j'ai ma petite idée.

— Pourquoi tu es aussi hostile ? s'enquiert Rupert d'une voix timide. Tu me manquais, alors je me baladais ici dans l'espoir de tomber sur toi.

— « Ici » où j'ai failli ne jamais pouvoir aller à cause de toi, répliqué-je entre mes dents.

— Comment ça ?

Ses yeux marron brillent d'une telle innocence qu'une femme moins désabusée que moi serait peut-être tombée dans le panneau – comme je l'ai fait par le passé.

— L'appartement, lui rappelé-je. L'acompte que je

t'ai versé avant que tu disparaisses ? Ça te dit quelque chose ?

La façon dont il m'a escroqué cet argent s'est avérée n'être que la partie émergée de l'iceberg. Entre autres choses, il a aussi négligé de payer le prêt pour la voiture que nous avions achetée ensemble, portant un coup fatal à ma cote de crédit.

— S'il te plaît...

Il balaie mes mots de la main comme s'il s'agissait d'un insecte et je regrette de ne pas être une Viking – parce que si c'était le cas, pacifiste ou pas, je lui casserais le bras.

— Je peux tout expliquer.

— Aucune explication n'est nécessaire. Tu es accro au jeu, peut-être aussi à la drogue, et j'ai été stupide... mais plus maintenant.

Son masque d'amabilité glisse en une fraction de seconde et je vois ce que j'aurais toujours dû voir : un horrible sac à merde.

— C'est à cause de ton petit ami joueur de hockey ? Il va te tromper avec l'une de ses millions de groupies... on le sait tous les deux.

Je fais un pas en arrière.

— Quoi ?

— Tu n'as qu'à lire la presse à scandale, réplique-t-il. Tout y est.

Bordel. Bien sûr que quelqu'un d'aussi sournois que lui a pris les mots d'un journal à scandale tout aussi sournois pour argent comptant.

— Les gens avec qui je sors, et ceux avec qui ils

sortent, ne regardent personne, surtout pas toi. Venons-en au fait. Je sais que tu es là parce que tu as reniflé l'argent et que tu espères réussir à m'en escroquer encore un peu, mais ça n'arrivera pas.

J'aurais dû m'y attendre. Ce que m'a fait Rupert était très similaire à ce que ma mère a fait avant lui, et puisqu'elle est venue fureter autour de moi, ce n'était qu'une question de temps avant qu'il fasse pareil.

Rupert place une main sur son cœur – disons plutôt là où *serait* le cœur d'un être humain normal.

— Tu dois me laisser t'expliquer ce qui s'est vraiment passé. C'était un énorme malentendu. Je m'apprêtais à…

Quelqu'un se racle la gorge avec colère.

L'espace d'un instant, un fantasme se joue dans ma tête, dans lequel Mason débarque et fait subir la même chose à Rupert qu'au numéro trente, lors de ce match. Il pourrait peut-être même pratiquer une sorte de rituel d'exécution à la Viking.

Sauf que ce n'est pas Mason. C'est Richard, même s'il est presque méconnaissable avec une expression aussi féroce dans les yeux.

— Ce type vous importune ? demande Richard en se plaçant entre Rupert et moi.

Rupert lève les mains de manière conciliante.

— On était juste en train de discuter, assure-t-il.

Il examine ensuite mon chauffeur de petite stature et ajoute d'un ton plus rude :

— Restez en dehors de ça.

— Je ne crois pas, rétorque Richard en ouvrant sa veste.

À ma grande surprise, il révèle un énorme pistolet dans un gros holster.

— Dans deux secondes, tu seras soit parti, soit en train de saigner, menace Richard comme l'aurait fait Clint Eastwood dans le rôle d'Ivarr.

Waouh. J'aimerais bien avoir mon téléphone à la main pour prendre le visage de Rupert en photo. En bref, son visage ressemble de près à un slip kangourou dans lequel on aurait chié.

Rupert tourne les talons et s'éloigne d'un pas précipité.

Je me tourne vers Richard.

— Vous êtes armé ?

— Eh bien, oui. Je ne suis pas que votre chauffeur. Je suis également votre garde du corps.

— Depuis quand ?

— Depuis toujours, répond-il. Pourquoi croyez-vous que vous me payez autant ?

Je croyais que c'était le tarif en vigueur pour les chauffeurs, mais c'est vrai que c'est plus logique… si on oublie la petite taille de Richard.

— Vous avez fait l'armée ? m'enquis-je.

— J'étais dans les Rangers de l'armée pour être précis, répond Richard avec fierté avant d'avancer pour m'ouvrir la portière.

Ce n'est pas une unité des forces spéciales ? Rupert a eu de la chance de repartir avec sa queue bien en sécurité entre ses jambes.

Pendant qu'on roule vers l'aéroport, j'esquive les questions de Richard au sujet de mon ex et reporte la conversation sur l'entraînement rigoureux qu'il a suivi parmi les Rangers de l'armée. Et ce n'est qu'en partie parce que je suis sincèrement intéressée. La vérité, c'est que j'ai tellement honte de parler de Rupert que même Abigail, ma meilleure amie, ne connaît pas toute l'histoire de notre relation. J'ai été si naïve et stupide de me laisser duper comme ça.

Par chance, Richard est assez professionnel pour laisser tomber le sujet, et nous bavardons de mes projets durant la croisière pendant qu'il m'aide à faire passer mes bagages par le portillon de sécurité.

Après un vol sans incident jusqu'à l'aéroport de Melbourne, je rejoins Port Canaveral en Lyft pour des raisons évidentes. Je sors du taxi et pose les yeux sur la *Merveille des Océans,* dont le nom est très approprié.

Je reste plantée là à admirer le bateau pendant une minute, émerveillée par sa taille. Si je me souviens bien de ma brochure publicitaire, ce navire peut transporter dix mille personnes, dispose d'un terrain de basket de taille réelle, d'une énorme machine de simulation de surf, d'un « Central Park » qui paraît aussi grand que son homonyme de Manhattan, et au cas où ça ne suffirait pas, il y a aussi une patinoire.

Super. Ma bonne humeur s'est un peu ternie maintenant, parce que ce dernier détail me rappelle Mason.

Plus j'approche de la *Merveille des Océans,* cependant, plus mon humeur s'améliore – à tel point que si j'étais une Viking, j'aurais sûrement un orgasme rien qu'à sa vue.

À ma grande surprise, la foule de passagers n'est pas aussi grande que je m'y attendais. Suis-je en avance ? Eh bien, quoi qu'il en soit, puisque j'ai dépensé une fortune pour louer une suite face à l'océan, j'ai droit à un embarquement VIP qui contourne la plèbe.

Quand j'arrive dans ma suite, un gloussement très inélégant s'échappe de mes lèvres.

Cet endroit est immense, et la vue depuis le balcon est tout ce dont je rêvais : un océan bleu qui s'étend à l'infini.

Après avoir pris un tas de photos, je me laisse tomber sur une chaise et prends plusieurs inspirations pour me détendre.

Incroyable. J'ai déjà l'impression d'être en vacances, et on n'a même pas encore levé les voiles – ou démarré le moteur, quelle que soit la façon dont le navire avance.

— Ici votre capitaine qui vous parle, dit une voix à l'accent russe venue du ciel… ou d'un interphone.

La voix informe tout le monde qu'elle s'appelle Ivan Vorobey et qu'on va procéder à un rassemblement d'exercice… ou qu'on va former une assemblée, ou peut-être manger du raisin ensemble.

Une fois son laïus terminé, j'enfile un gilet de sauvetage jaune et me dirige vers l'endroit indiqué.

Encore une fois, j'ai l'impression qu'il n'y a pas autant de monde que je m'y attendais – ce qui pourrait s'avérer être une très bonne chose, s'agissant de participer aux attractions telles que la tyrolienne ou le simulateur de surf.

Le raisin s'avère être un briefing de sécurité. Sur le chemin du retour vers ma cabine, j'entre dans l'ascenseur, où je sens un parfum de glace et de bouleau.

Mon cœur accélère. Soudain, je pense à des yeux gris, des épaules larges et Uber.

Bordel. C'est donc ce que ça fait de se languir de quelqu'un ? Si oui, je déteste ça, surtout sachant que ça concerne une personne qui ne me convient pas du tout.

Je m'échappe de l'ascenseur et fais mon possible pour me détendre, une tâche facilitée par le balcon avec vue sur l'océan. Puis je m'empresse de m'habiller pour mon premier dîner à bord. Comme j'ai réservé une suite, j'ai accès au restaurant VIP où je pourrais m'asseoir à ma propre table. Cependant, je préfère de loin être assise avec des gens venus du monde entier, c'est la quintessence de l'expérience d'une croisière.

Quand j'arrive dans la salle à manger, les odeurs délicieuses font gargouiller mon estomac.

La serveuse courtoise me montre ma table. Étrangement, elle est déserte.

Hmm. Il y a un tas de gens à certaines des autres tables – surtout celles les plus éloignées.

Bizarre.

Quelqu'un se racle la gorge derrière moi.

Je ne sais pas comment, mais même à ce son indéfinissable, je reconnais qui c'est.

Mon pouls bondit vers la stratosphère tandis que je me retourne.

Eh oui.

Il est là.

Mason Tugev tire une chaise à côté de moi et s'y installe comme un roi sur son trône.

— Salut, Coccinelle, dit-il d'une voix traînante, le sex-appeal émanant de lui par tous les pores. Qu'est-ce qu'il y a pour le dîner ?

Chapitre 19

Mason

Qu'est-ce qu'il y a pour le dîner ? Après tout ce temps sans se voir, j'aurais dû dire un truc moins con. Répéter un discours, peut-être. Au lieu de ça, je n'arrêtais pas d'imaginer la fureur indignée qui se peindrait sur son beau visage, quand elle comprendrait ce que j'ai fait. Et je ne me suis pas trompé du tout à ce sujet, parce que l'expression est bien là, bien que plus sexy que je ne m'y attendais.

— Qu'est-ce que tu fais ici ? demande-t-elle une fois qu'elle a cessé de me dévisager comme un poisson hors de l'eau.

Je hausse les épaules avec autant de nonchalance que possible.

— J'avais besoin de vacances, alors je me suis inscrit à une croisière.

Pendant quelques instants, j'ai l'impression qu'elle est à court de mots – elle est sûrement en train de passer en revue dans sa tête toutes les répliques furieuses de son répertoire.

— Mais c'est *ma* croisière, finit-elle par dire.

De toutes ses réponses possibles, celle-là me fait éprouver une pointe de culpabilité.

Cette femme avait envie de s'évader, et j'ai tout gâché. Enfin, tant pis. Si elle avait accepté de me parler ne serait-ce qu'une fois ces dernières semaines, on aurait pu éviter ça.

Je hausse un sourcil et conserve une expression impassible.

— De nous deux, cette croisière est plus la *mienne* que la tienne.

Elle me regarde en clignant des paupières, l'air perdue.

Je fais un geste vers les sièges libres autour de notre table, ainsi que les autres autour de nous.

— Pour m'assurer qu'on ait un peu d'intimité, je me suis acheté quelques billets supplémentaires.

Ouais, « quelques billets » est un euphémisme. J'ai acheté tellement de billets pour cette croisière que j'aurais sûrement pu m'acheter un yacht à la place.

— Une seconde, dit-elle en plissant les yeux. Tu as réservé toutes ces chambres ?

Elle englobe notre table d'un geste.

— Celles-là et quelques autres, acquiescé-je, continuant de minimiser la situation.

Encore une fois, elle semble sans voix, mais mon attention est détournée par notre serveur... ou plus spécifiquement, par toute la rangée d'énormes boutons blancs semblables à des pustules qui ornent son uniforme.

Bordel. J'étais affamé une seconde plus tôt, mais mon appétit n'est plus qu'un distant souvenir, un peu comme si quelqu'un avait apporté des excréments d'asticots ou le caca frit d'un bousier à notre table.

Je scrute la pièce avec affolement et repère l'une des serveuses. Sa robe m'épargne le film d'horreur que sont ces boutons.

— Bonsoir, Monsieur Tugev, me dit notre serveur. Bonsoir, Mademoiselle... Papa-Christ-Tout-Puissant-doula-Lou.

— Bonjour, répond Sophia, l'air pas du tout dérangée qu'il ait massacré son nom.

— Nous serons servis par un membre féminin de votre personnel, déclaré-je d'un ton tendu. Partez. Tout de suite.

Le serveur cligne des paupières et Sophia a l'air à deux doigts d'exploser.

— Je peux vous assurer que je suis aussi compétent que mes collègues féminines, répond le malheureux serveur. Et puis, Monsieur, je dois vous informer que le Royal Ruskovien fait preuve d'équité en matière d'emploi et que...

— Vous pouvez rester si vous vous débarrassez de ça, l'interromps-je en montrant sa veste tout en essayant d'éviter d'en regarder les boutons.

— Je ne comprends pas, dit-il.

— C'est très malpoli, me siffle Sophia.

Putain. Si elle avait l'intention de repartir en

courant dans sa chambre avant ça, elle a deux fois plus de chances de le faire, maintenant.

Je serre les dents. Je n'ai pas d'autre choix que de passer aux aveux.

— Je souffre de koumpounophobie.

Sophia et le serveur me dévisagent avec incompréhension.

— La phobie des serveurs masculins ? suggère-t-il avec hésitation.

— Ou de leur veste ? propose Sophia.

— Ni l'un ni l'autre.

Je pointe un doigt méfiant vers l'un des infernaux cercles blancs qui me donnent envie de vomir.

— Ça.

— Les boutons ? demande Sophia.

Je hoche la tête sans regarder ces saletés. Le serveur baisse les yeux sur sa veste, l'air horrifié.

— Je ne peux pas l'enlever. Je ne porte pas de tenue convenable, en dessous.

Sophia me regarde dans les yeux et je pourrais jurer que, pour la première fois, nous sommes d'accord sur quelque chose. À savoir la question silencieuse que l'on se pose : qu'est-ce qu'il peut bien porter là-dessous qu'il considère comme « pas convenable » ?

— Je vais échanger ma place avec Helena, dit le serveur avant qu'on ait pu enquêter davantage sur ce mystère.

Il court vers la serveuse corpulente non loin de là et lui murmure quelque chose. Il n'arrête pas de pointer sa tenue et notre table.

— Bordel de merde, marmonné-je entre mes dents. Ça va se retrouver dans la presse à scandale, hein ?

— C'est vrai ? s'enquiert Sophia, sourcils froncés. Tu as peur des boutons ?

— Je n'en ai pas peur. Je les considère juste comme les boîtes de Petri dégoûtantes et remplies de germes qu'ils sont.

Et puis qu'est-ce qui m'a pris d'admettre ça ?

— Des germes ? répète-t-elle en penchant la tête.

— Il y a tous ces trous où se nichent les microbes et les acariens, expliqué-je.

Parfois, il peut y avoir jusqu'à quatre foutus trous.

Beaucoup trop de trous.

Elle me regarde comme si elle me voyait pour la première fois.

— Il s'est passé quelque chose pour te faire ressentir ça ?

J'oblige mes épaules raides à se détendre. Même si je déteste ce sujet, on se parle, au moins.

— Je ne sais pas trop, avoué-je. Une fois, mon père m'a boutonné ma chemise trop serrée et j'ai cru que j'allais étouffer, mais je crois que je n'étais déjà pas fan de ces saletés, et que c'était juste un exemple de plus de la façon dont ils pouvaient nous tuer.

Le regard de Sophia semble étonnamment doux. Ce doit être grâce à ses longs cils charbonneux.

— Ça craint, murmure-t-elle.

Je pourrais jurer avoir vu sa main s'approcher de la mienne – sauf qu'à ce moment-là, Helena arrive à notre table, avec un sourire aussi fou que si elle auditionnait pour le rôle du Joker.

— Bonjour, lance-t-elle d'une voix rauque laissant entendre qu'elle fume deux paquets de cigarettes par jour. Laissez-moi vous énumérer les options du menu de ce soir.

Elle récite le menu avec lenteur. Quand elle arrive aux accompagnements, elle me regarde d'un air solennel.

— Dans votre cas, je recommande d'éviter tout accompagnement, mais si vous préférez, nous pouvons vous proposer du houmous en guise de substitut.

— Pourquoi ? demandé-je.

Il y avait de fortes chances pour que je me passe d'accompagnement et que je prenne un truc plus sain quoi qu'il arrive, mais comment elle peut savoir ça ?

— Les deux options disponibles sont la purée de pommes de terre avec des champignons ou les pâtes, explique-t-elle d'un ton encore plus grave.

— Et pourquoi ce serait un problème ?

Lorsqu'elle pose cette question, la poitrine de Sophia tressaute de haut en bas, me distrayant un instant.

— Les pâtes sont en roues de chariot, répond Helena comme si ça expliquait tout. Et j'en suis vraiment désolée. Le chef cuisinier n'était pas au courant de votre situation, autrement…

— De quoi vous parlez ?

Je jette un coup d'œil à Sophia au cas où elle en

aurait la moindre idée, mais elle semble aussi décontenancée que moi.

— Des rotelle, précise Helena.

Voyant que nous continuons de la regarder sans comprendre, elle ajoute :

— Ça ressemble un peu à des boutons.

Je serre et desserre les poings, un geste qui me vaut le regard captivé de Sophia.

— Ce type de pâtes ne ressemble-t-il pas aux *roues d'un chariot,* raison pour laquelle on les appelle des *roues de chariot* ?

Quelqu'un a-t-il embauché Helena pour qu'elle me gâche l'envie de manger des pâtes… et de monter dans des chariots ?

— Toutes mes excuses, dit Helena. Vous allez prendre des pâtes, alors ? C'est clairement un meilleur choix que les pommes de terre, compte tenu des… jeunes champignons crémini.

— Qu'est-ce qui ne va pas avec eux ? demande Sophia d'un air encore plus perplexe.

— Ils sont aussi connus sous le nom de champignons boutons, explique Helena.

Je pousse un soupir exaspéré.

— Helena, si vous essayez de vous montrer serviable, arrêtez, s'il vous plaît. Je ne mange jamais d'aliments de ce genre, de toute façon, mais à moins que votre chef soit assez fou pour faire frire de vrais boutons, il est inutile que vous me gâchiez l'envie de manger des plats tout à fait acceptables en faisant des associations hasardeuses.

— Je suis désolée, dit Helena.

— C'est rien, assuré-je. Vous m'avez dit que je pouvais prendre du houmous, n'est-ce pas ?

Helena hoche la tête.

— Vous le préparez ici, à bord ?

Nouveau signe de tête, mais plus incertain, cette fois.

— J'aimerais prendre les pois chiches à partir desquels vous préparez le houmous, mais juste les pois chiches, avec cinq de vos salades d'accompagnement sans l'assaisonnement, et quatre plats d'accompagnements de brocolis à la vapeur... sans assaisonnement non plus.

Pendant que j'explique tout ça, Sophia hausse les sourcils en forme de points d'interrogation.

Je réponds à sa question silencieuse :

— Je suis un athlète. On doit faire attention à ce qu'on mange.

Je mange aussi comme ça dans l'espoir de vieillir moins vite et plus élégamment, mais je ne le précise pas, parce que ça me ferait passer pour un vieillard aux yeux d'une femme de vingt-quatre ans.

Helena me lance un regard apitoyé.

— Je suppose que vous ne prendrez pas de dessert ?

— Apportez-moi les fruits que vous avez en cuisine, dis-je. Des fruits rouges seraient tout particulièrement appréciés.

Je lui précise ça parce que les fruits rouges sont très bons pour la santé, et au cas où Helena trouverait qu'ils ressemblent trop à des boutons à mon goût.

Après avoir hoché la tête d'un air solennel, Helena se tourne vers Sophia.

— Et vous, ma chère ?

— Oh, je ne vais pas rester, répond Sophia.

Pourtant, de manière assez révélatrice, elle ne se lève pas – ce qui veut dire que j'ai peut-être encore une chance.

Je lui fais mes meilleurs yeux de chien battu.

— S'il te plaît, Coccinelle, ne pars pas. Je te promets de ne pas parler de l'équipe ni de quoi que ce soit dont tu n'as pas envie de parler.

Sophia soupire.

— Tu te rends bien compte que tu as gâché toutes mes chances de rencontrer des gens venus du monde entier ? J'étais impatiente de faire ça.

— Eh bien, je suis un Estonien de première génération, dis-je. Je peux tout te dire sur ma mère patrie.

Et par « tout te dire », je parle du peu que mes parents m'ont raconté, qui n'avait rien de très flatteur.

— Très bien, me dit Sophia avant de s'adresser à la serveuse. Je vais prendre la tarte aux oignons Vidalia en entrée, le surf and turf en plat principal et un dessert.

— Quel dessert ? demande Helena.

— Je peux tous les goûter ?

Sophia me regarde d'un air défiant, mais je n'ai pas l'intention de perdre mon avantage en grimaçant, même si la tentation est forte.

— Bien sûr, répond Helena. Mais il y aura peut-être un petit supplément.

— Mettez ça sur ma note, dis-je.

Même si ça fait de moi un complice des dégâts que ça va causer à la santé de Sophia.

— Des boissons ? s'enquiert Helena.

— Non, répondons-nous à l'unisson.

— Pas d'alcool, en tout cas, précisé-je. Je vais prendre un jus de tomate, si vous en avez.

— Et un soda pour moi, dit Sophia.

Cette fois, je dois grimacer assez pour qu'elle s'en rende compte, parce qu'elle souffle et lance :

— Disons plutôt un soda à la crème glacée.

Elle croit que c'est moi qu'elle punit, au lieu de son pancréas ?

— Je vous apporte ça tout de suite, répond Helena avant de s'éloigner.

— Vas-y, dit Sophia avec une moue boudeuse qui attire l'attention de mon sexe vers ses lèvres. Dis-le.

— Dire quoi ?

— Les plats que tu as commandés ne sont pas sains, dit-elle dans ce qu'elle doit considérer comme une imitation de ma voix.

À mes oreilles, ça ressemble plus à celle d'un ogre. Je hausse les épaules.

— Tu as vingt-quatre ans. Tu pourrais sûrement manger des chips de peinture au plomb et ton corps y survivrait… pour un temps, en tout cas.

Elle lève les yeux au ciel.

— Tu parles comme si tu avais quatre-vingt-dix ans.

Merde. Elle a raison, et j'essayais justement d'éviter ça.

— J'ai trente-sept ans, admets-je. Autrement dit, je dois me montrer plus prudent, surtout si je veux continuer de jouer… ou éviter une crise cardiaque.

Sophia m'observe d'un air étrange.

— Tu n'as pas l'air d'avoir trente-sept ans.

— Merci, dis-je en levant mon verre d'eau vers elle.

— Qui a dit que c'était un compliment ? grommelle-t-elle. Je voulais peut-être dire que tu ressemblais à un grand-père, ce qui irait de pair avec tous tes sermons.

Helena revient avec nos boissons, m'épargnant d'avoir à répondre.

Lorsque nous sommes à nouveau seuls, Sophia lèche la glace de son soda d'une manière qui fait passer mon sexe déjà trop zélé en surcharge.

— À trente-sept ans, tu n'es pas trop vieux pour jouer au hockey ?

— On montre les griffes ? m'enquis-je.

Je laisse tomber une serviette de table sur mes genoux pour cacher la bosse, mais la serviette se soulève, alors je me rapproche de la table.

— J'étais juste curieuse, répond-elle.

— Dans ce cas-là, tu marques un point. En général, l'âge de la retraite au hockey dépend de notre poste. Pour les gardiens, l'âge n'est pas aussi important, et la plupart du temps, ils s'améliorent même plus tard dans leur carrière. Pour les attaquants et les défenseurs, la performance a tendance à décliner à la fin de la vingtaine ou au début de la trentaine… mais je lutte contre ça avec tous les moyens à ma disposition.

Et si je vis plus longtemps grâce à ça, ce sera d'autant mieux.

— Alors quand est-ce que tu penses prendre ta retraite ? demande-t-elle.

— On se rapproche un peu trop du sujet que j'ai promis d'éviter.

— Comment ça ?

Je prends mon jus de tomate.

— Si je veux devenir propriétaire de l'équipe, c'est pour qu'ils continuent de faire partie de ma vie après ma retraite.

— Oh, dit Sophia en remuant sur sa chaise. Je…

— Voilà votre tarte à l'oignon, annonce Helena en déposant une entrée ressemblant à un gâteau devant Sophia. Et votre salade.

Elle me donne une assiette avec deux morceaux de laitue romaine et une seule tomate cerise.

— Qu'est-ce que tu disais ? demandé-je à Sophia dès qu'on est à nouveau seuls.

J'ai le sentiment qu'elle commence à s'en vouloir de vouloir me priver de l'équipe, surtout qu'on sait tous les deux que ce n'est pas une décision financière de sa part, et qu'elle fait ça par pure méchanceté.

— Rien, répond-elle en prenant une bouchée de son entrée. Je crois que tu me dois quelques anecdotes intéressantes sur l'Estonie.

J'avale ma « salade » en une demi-bouchée.

— L'Estonie est le lieu d'origine des sapins de Noël, dis-je. Tu le savais ?

— C'est vrai ?

Je souris.

— Sauf si tu demandes à un Letton. Ils pensent que ça vient de leur pays, mais ils se trompent.

Elle sourit.

— Ouais. Bien sûr. Quoi d'autre ?

Je me gratte l'arrière de la tête.

— Les impôts sont les mêmes pour tout le monde, en Estonie. Ce qui rend la déclaration si simple à remplir qu'on peut le faire en dix minutes.

C'est ce dont se plaignaient mes parents chaque fois qu'ils devaient le faire aux États-Unis, en tout cas – mais je ne le précise pas, parce que je n'ai pas envie qu'elle m'interroge sur ma famille.

— Les mêmes impôts pour tout le monde, répète Sophia en feignant de bâiller. Ce serait fascinant... si j'étais comptable.

Je hausse les épaules.

— C'est l'un des pays les moins religieux du monde.

Ce qui rend ma situation avec mes parents aussi tragiquement ironique, mais il est hors de question que je m'engage sur cette voie.

— C'est un peu plus intéressant, dit-elle d'un ton taquin. Surtout si j'effectuais un recensement.

Qu'est-ce qu'elle pourrait considérer comme un fait intéressant ?

— L'Estonie dispose de l'air le plus pur du monde ?

Sophia secoue la tête.

— Il y a des tonnes de forêts qui abritent des loups, des lynx et des ours bruns.

— C'est un peu mieux. Mais pas beaucoup.

— L'Estonie était le berceau de Skype, proposé-je.

Elle fronce les sourcils.

— Skype n'a pas été inventé dans la Silicon Valley ?

— Non. C'était en Estonie, qui est aussi le pays qui contient le plus grand nombre de gens séduisants au monde.

— Ah, vraiment ? répond-elle en levant les yeux au ciel.

Je souris d'un air suffisant.

— Je n'ai pas dit que je m'incluais dedans, mais oui, l'Estonie contient le ratio le plus élevé de mannequins au monde.

— Non, impossible.

Elle me demande mon téléphone, tape quelque chose sur le clavier et fronce les sourcils devant le résultat.

— Hmm, dit-elle en relevant les yeux. Je me demande pourquoi tu ne sors pas avec une mannequin estonienne, dans ce cas.

— Je ne cherche pas à être en couple, expliqué-je en reprenant mon téléphone. Mais si c'était le cas, ce ne serait pas avec une habitante de la mère patrie, c'est une certitude.

C'est ce qu'auraient voulu mes parents si on se parlait encore, alors c'est non.

— Je ne cherche pas à être en couple non plus, répond-elle d'un ton défiant.

Je suis tiraillé entre un drôle de soulagement et de l'inquiétude.

— Pourquoi pas ?

— Les hommes ne sont pas dignes de confiance, explique-t-elle avec une sincérité évidente. Ça t'inclut aussi, et pas qu'un peu.

Je penche la tête.

— J'approuve cette attitude concernant les autres, mais qu'est-ce que j'ai fait pour justifier une telle méfiance ?

— Tout ce qui t'intéresse, c'est ton équipe, répond-elle. Tu ne serais sûrement pas là, autrement.

J'ouvre la bouche pour répondre, mais Helena arrive avec nos plats principaux.

Après son départ, Sophia me regarde en plissant les yeux.

— Qu'est-ce que tu t'apprêtais à dire ?

Oui, qu'est-ce que j'allais dire ? Je ne serais peut-être pas là s'il n'y avait pas l'équipe, mais peut-être que si. Je n'en suis pas encore sûr moi-même. Il y a clairement quelque chose de magnétique chez Sophia, et ça va au-delà de son physique sublime ou de ses seins divins. Il y a quelque chose chez elle, de…

— C'est bien ce que je pensais, dit-elle. Mais bon, tu es honnête, au moins.

Vraiment ?

— Tu comptes assaisonner ça ? demande-t-elle avec un geste vers mes assiettes, au pluriel.

J'examine ma nourriture. La salade d'entrée m'a fait craindre que le reste soit minuscule, mais le chef n'a pas lésiné sur mon assiette. Il y a au moins l'équivalent de deux bocaux de pois chiches, ainsi qu'environ un kilo de légumes.

— Si j'étais chez moi, je saupoudrerais le tout de graines de chanvre, dis-je. Mais je doute qu'ils en aient sur le bateau.

— Des graines de chanvre ? répète-t-elle en poussant un soupir exaspéré. Bien sûr que tu consommes du cannabis sans la partie amusante.

Elle prend un morceau de sa queue de homard, le noie dans le beurre et le met dans sa bouche.

Bon sang. L'expression sur son visage ressemble étrangement à celle qu'elle arbore quand elle jouit.

Je rapproche encore plus ma chaise de la table et fais mon possible pour rester concentré sur la conversation.

— Tu es défoncée à l'heure où l'on parle, hein ?

Elle secoue la tête.

— La marijuana n'est pas autorisée durant la croisière.

Depuis quand ça arrête qui que ce soit ? Et puis…

— Pourquoi, tu as vérifié ?

Elle hausse les épaules.

— Je n'en fume pas si souvent que ça, mais on va faire une escale en Jamaïque, alors je me demandais si je pourrais en acheter là-bas et en ramener à la maison pour fêter mon retour avec Abigail.

— Ah. Alors tu es la mauvaise influence, dis-je, en souriant pour m'assurer qu'elle ne le prenne pas mal.

— Elle a une bien plus mauvaise influence sur moi que le contraire, assure Sophia. Je n'aurais jamais commencé à boire de l'alcool sans elle ni à fumer de l'herbe, d'ailleurs.

— Vous êtes amies depuis combien de temps ?

Si je devais deviner, je dirais de nombreuses années.

— Depuis la cinquième, répond Sophia en coupant son steak en petits morceaux. Elle portait une jupe et une petite brute lui a volé sa culotte dans les vestiaires. Je portais un jean, alors je lui ai donné la mienne. Elle m'a invitée chez elle ce jour-là, et on connaît la suite.

— Waouh. C'était gentil de ta part... et à un âge où les enfants sont plus ou moins des monstres.

— Les garçons le sont, répond-elle. Pour les filles, c'est plus mitigé.

— Tu marques peut-être un point. Je ne m'imagine pas donner mon caleçon à un autre type... ni qu'il accepte de le porter, d'ailleurs.

Elle renifle.

— Je parie qu'il le mettrait, s'il portait une jupe dans un environnement rempli de garçons préados adorant soulever les jupes en question.

— Peut-être. Même s'il serait plus susceptible de coller un œil au beurre noir au souleveur de jupe... ou de lui casser le nez.

— Comme tu l'as dit, répond-elle en plantant sa fourchette dans un morceau de steak. Les enfants sont des monstres.

Suis-je un monstre aussi, à ses yeux ? Je suis un adulte, mais si quelqu'un tentait de soulever ma jupe – d'un point de vue métaphorique – je lui collerais quand même un œil au beurre noir, et je casserais peut-être même quelques os.

— Dans tous les cas, reprend Sophia, maintenant

que je sais que le cannabis n'est pas autorisé sur le navire, on va devoir faire la fête à l'ancienne… avec des shots.

Je hoche la tête.

— C'est plus malin. Ne jamais se droguer.

C'est la seule règle que mes parents m'ont inculquée et que je suis. Elle lève les yeux au ciel.

— L'alcool est une drogue, elle est juste légale. Je t'ai vu en consommer.

— L'alcool est une boisson, rectifié-je. Pas une drogue.

Elle penche la tête.

— On peut se défoncer avec des bonbons gélifiés… et c'est juste de la nourriture.

— C'est vrai, mais le THC est une drogue.

— Tout comme l'éthanol, rétorque-t-elle.

Je croise les bras.

— Je ne crois pas.

— Ça peut provoquer une addiction, non ?

— Bien sûr. Mais le fromage aussi… et tu ne penses pas que c'est une drogue, si ?

— L'addiction au fromage ?

Elle ramasse le gros récipient à parmesan et en saupoudre une dose généreuse sur son prochain morceau de steak.

— Au moins, tu ne le sniffes pas, remarqué-je avec un sourire.

Elle lève à nouveau les yeux au ciel.

— L'alcool produit des endorphines, comme certaines des pires drogues.

— Baiser produit des endorphines, mais ce n'est pas une drogue, si ?

D'un autre côté, ce n'est pas le meilleur exemple. Baiser Sophia est peut-être bien la plus addictive des drogues, à laquelle je suis devenu désespérément accro dès la première dose.

Coccinelle rougit, avant de prendre mon téléphone pour faire une recherche.

Devrais-je lui faire remarquer qu'elle n'arrête pas de déroger à sa désintoxication numérique ?

— Regarde, dit-elle en agitant l'écran vers moi. L'alcool est un sédatif pour le système nerveux central.

Je lui prends le téléphone des mains, lis l'écran et fronce les sourcils.

— On sent que tu fais des études de philosophie, grommelé-je, vaincu. Tu es très douée en sophismes.

Elle me regarde d'un air soupçonneux, et je me rends compte un peu tard qu'elle ne m'a peut-être pas parlé des études qu'elle faisait.

Par chance, Helena revient à cet instant précis. Elle apporte un plateau de desserts, aidée par un commis robuste qui, fort heureusement, ne porte pas une horrible veste à boutons.

Helena dépose un bol de fruits devant moi, avant de disposer les desserts de Sophia sur toute la surface de la table pourtant grande, puis de s'en aller d'un pas pressé.

Je fais un geste vers tous ces plats sucrés.

— Et *ça*, c'est pas de la drogue ?

— Non, répond Sophia.

Elle lance un regard d'envie à un éclair, rendant mon sexe très jaloux.

— Enfin, peut-être, admet-elle avec un geste vers le tiramisu. Celui-là contient de la caféine, qui est une drogue.

Je scrute la table, émerveillé par l'inventivité des gens dans leur désir de consommer autant de sucre que possible.

— Je te parie que je pourrais me passer d'alcool plus longtemps que tu peux te passer de dessert.

Elle s'empare de l'éclair à l'apparence phallique.

— Je prends les paris… après la croisière.

— Ouais, c'est ça, rétorqué-je en prenant l'une des fraises de mon plat. Je ne sais pas si tu le sais, mais quand tu as envie d'un truc sucré, en réalité, tu as envie de fruit.

Je mords dans la fraise et la trouve assez amère, ce qui ne défend pas vraiment ce que j'essaie d'avancer.

Sophia grignote son foutu éclair de manière sensuelle.

— Peut-être que quand on a envie de fruit, ce dont on a vraiment envie, c'est de sucre… et le fruit n'est pas à la hauteur à ce niveau-là.

— C'est délicieux, les fruits, affirmé-je d'un ton ferme. Une bonne mangue bien mûre est plus sucrée que tout ce que tu as sur cette table.

Le problème, c'est que les fruits doivent être de saison, alors que le sucre est par définition sucré toute l'année.

— En philosophie, on appelle ça un quale, dit-elle. L'apparence de la couleur verte n'est peut-être pas la même pour toi que pour moi. C'est pareil pour les goûts. Une mangue mûre a peut-être le goût d'un dessert pour toi, mais ce n'est certainement pas le cas pour moi.

Je résiste à l'envie de faire une autre remarque sur ses études et commence plutôt à manger mes fruits. Elle attaque ses desserts, prenant une bouchée de chacun d'eux sans en finir aucun.

— Lequel tu as préféré ? demandé-je lorsqu'elle repousse sa chaise de la table.

— La panna cotta, répond-elle avec un geste vers la préparation blanche dans un verre. Et je te mets au défi d'y goûter.

Je prends la petite cuillère qu'elle me tend et la plonge dans la partie fruitée.

— C'est de la triche, dit-elle. Goûte la partie blanche, sans une once de fruit.

Très bien. Je vais chercher la matière blanche en question, tout en me demandant de quoi elle est faite.

En tout cas, je doute qu'elle soit entièrement à base d'aliments non transformés ou de plantes.

— Roh, lâche Sophia. Ça ne va pas te mordre.

Je serre les dents et glisse la panna cotta dans ma bouche.

Hmm. Intéressant.

— Alors ? s'enquiert Sophia.

Eh bien, ma première impression, c'est que la texture me rappelle la douceur soyeuse de sa fente, mais quelque chose me dit que cette comparaison ne serait pas bien accueillie.

— C'est moins sucré que je m'y attendais.

— Oui, et ?

— Une mangue Ataulfo bien mûre a une texture similaire, dis-je. Et si tu aimes ça, tu aimerais les litchis et les chérimoles.

Elle pousse un soupir exaspéré.

— J'abandonne.

Elle finit la panna cotta. Puis d'un ton désinvolte, elle me demande où trouver le fruit que je viens de mentionner.

— Et si je te le disais tout en te raccompagnant à ta suite ? proposé-je en me levant.

Merde. Je ne suis pas censé savoir qu'elle a pris une suite plutôt qu'une cabine, mais je suppose que l'idée qu'on marche ensemble a assez détourné son attention pour l'empêcher de s'interroger sur mon étrange omniscience.

Alors nous marchons et je parle, et c'est peut-être mon imagination, mais je la surprends plusieurs fois en train de regarder ma main, comme si elle était à deux doigts de la prendre, comme elle l'a fait entre le bar et mon lit.

Bordel. Je suis bien content que Sophia regarde devant elle, et d'avoir acheté toutes les suites environnantes. Ça rend le risque de croiser quelqu'un – et qu'il remarque mon érection – négligeable.

— … et la saison des litchis commence aux alentours du mois de mai, dis-je lorsque nous arrivons devant la porte. Comme pour les autres, on trouve les meilleurs à Chinatown.

Lorsqu'elle remarque que je me suis arrêté devant la bonne porte, elle fronce les sourcils, je fais donc semblant de vouloir continuer de marcher. Elle se détend visiblement.

— Attends. C'est ma porte.

— Ah, dis-je, feignant la surprise. Je suis juste à côté.

Je montre la suite que j'ai sélectionnée avec soin – que je trouve désormais un peu trop près de la sienne pour ma santé mentale.

— Oh, dit-elle, fronçant les sourcils face à cette « coïncidence ».

— J'ai demandé à l'agence la suite avec la meilleure vue panoramique, expliqué-je. On m'a répondu qu'elle était déjà réservée, mais que la mienne était la meilleure juste après.

Cela semble l'apaiser, ou je suppose que c'est pour ça qu'elle n'a plus l'air soupçonneuse, en tout cas.

En fait, je ne comprends pas son expression actuelle. Ou si, mais je dois me tromper.

Les paupières à demi closes.

Les lèvres entrouvertes.

Les joues rouges et la manière subtile dont elle sort la langue pour humecter les lèvres en question.

Mon sexe, déjà au garde-à-vous, lui adresse un salut digne d'un général cinq étoiles.

— Je suppose que je ferais mieux de rentrer, murmure-t-elle, mais elle ne bouge pas.

Je me tourne vers elle, ce qui est une erreur, parce

que je suis attiré par la gravité qui émane d'elle… et de ses délicieux seins.

— Merci d'avoir dîné avec moi.

— Aucun problème, répond-elle dans un souffle. Bizarrement, j'ai passé un bon moment.

— Moi aussi. Sauf que je ne trouve pas que ça ait quoi que ce soit de bizarre.

— Bon, je ferais mieux de rentrer, répète-t-elle… mais elle ne bouge toujours pas.

Elle humecte ses lèvres une fois de trop et quelque chose cède au fond de moi.

Je me penche et m'empare de ses lèvres dans un baiser dont je rêve depuis des semaines.

Chapitre 20

Sophia

Je sais que Mason est juste en train de m'embrasser, mais j'ai l'impression d'être à deux doigts de l'orgasme.

C'est la faute de toutes ces accumulations. Son odeur pendant le dîner, sa façon de me regarder, et en particulier le nombre de fois où il m'a donné un aperçu de son poing – comme s'il le faisait exprès. Tout ça a transformé mon cerveau en panna cotta.

Attendez une seconde.

Pourquoi est-ce que je le laisse faire ?

Je ne devrais pas.

Mais c'est si bon. Ses lèvres sont douces, mais tout le reste est dur. En parlant de dur, Uber est pressé contre mon ventre, faisant se tortiller mes entrailles.

Mais non.

À l'inverse du Jour B, je ne pourrai pas prendre l'alcool pour excuse, aujourd'hui. Si je franchis le pas, j'aurais couché avec lui de mon plein gré.

D'un autre côté, beaucoup de philosophes ne croient pas au libre arbitre. Ils sont nombreux à considérer ça comme une illusion.

Non.

Le libre arbitre est réel, ou bien je ne serais pas capable de l'utiliser pour repousser Mason – alors que j'ai désespérément envie du contraire.

— Tu vas m'inviter à entrer ? demande-t-il, les yeux fous et la respiration saccadée.

Je parviens à secouer la tête.

— Tu es sûre ?

Non, je ne suis pas sûre. Mais j'ai l'intention de faire semblant jusqu'à ce que ce soit le cas.

— C'est ta façon d'essayer de m'amadouer pour que je te vende l'équipe ?

Il fronce les sourcils et la lueur folle dans ses yeux se ternit.

— Quoi ?

— Ce n'est pas pour ça que tu es sur ce bateau ? Pour me convaincre de vendre l'équipe… par tous les moyens nécessaires ?

Et bon, si j'avais un sexe comme Uber, je pourrais sûrement convaincre les femmes de me vendre toutes les équipes que je voudrais, qu'il s'agisse de hockey, de basketball ou encore de combat d'orteils.

Mason recule d'un pas et donne l'impression d'avoir reçu une gifle.

— Écoute, Coccinelle… Oui, je suis sur ce bateau pour essayer de te persuader de vendre, mais ce qui s'est passé après le bar, ce soir-là, n'avait rien à voir avec ça, et si...

— C'est un mensonge, l'interromps-je avec vigueur. Tu m'as donné les billets du match dans un effort pour me faire vendre. Sans ça, je ne me serais jamais retrouvée dans ce bar et le Jour B n'aurait jamais eu lieu.

— Le Jour B ?

Merde. Je n'aurais pas dû lui confier ce surnom.

— Peu importe comment j'appelle ça. Ça ne se reproduira pas. Mais même si c'était le cas, ça ne te servirait à rien. Tu n'es pas doué à ce point.

En fait, il est très près d'être doué à ce point. Mais j'ai plus d'expérience avec les séducteurs fourbes qu'une personne lambda.

L'expression de Mason devient orageuse. J'admets que c'était un coup sous la ceinture.

— Tu sais quoi ? Laisse tomber, grogne-t-il. Ne me vends pas cette putain d'équipe. J'en ai rien à foutre. Mais vends-la à quelqu'un d'autre, au moins.

J'ai un mouvement de recul.

— Pourquoi ?

— Tes antécédents ne sont pas des plus reluisants, sur le plan financier.

Mon pouls accélère lorsque je comprends ce qu'il sous-entend.

— Je quoi ?

Il grimace.

— Laisse tomber. Ce n'est pas ce que je voulais dire. Écoute, la vérité, c'est que le boulot de propriétaire est exigeant, même pour des gens qui sont dans l'industrie du hockey. Sachant que tu...

Je le regarde sans ciller et cesse de l'écouter, parce que plusieurs détails qui m'ont dérangée ce soir me reviennent. Cette allusion à mes « antécédents » est une pique sur ma cote de crédit catastrophique, dont il n'est pas censé être au courant. Il savait aussi quelle était la porte de ma suite, avant de faire semblant que ce n'était pas le cas, et avant ça, il savait ce que j'étudiais... alors que je ne crois pas le lui avoir jamais dit.

—... sans parler de l'expérience dans la gestion des gros budgets, la compréhension des réglementations et...

— Tu as mené une enquête sur moi, hein ? demandé-je en enfonçant un doigt accusateur dans sa poitrine.

Ses muscles sont durs comme de l'acier, mais pour changer, ça ne me donne pas envie de retirer ma culotte ici même, dans ce couloir.

Mason soupire.

— Tu refusais de me parler. J'étais désespéré.

Il l'admet ! Je croyais que j'étais juste parano. Tout mon corps rougit et devient brûlant – et pas comme il l'a fait quelques minutes plus tôt. Cette fois, ce n'est pas une excitation idiote et mal avisée, mais une colère si légitime que je pourrais me mettre à citer des versets bibliques... en latin.

— Tu es un harceleur, lui sifflé-je. Et je veux que tu descendes de ce bateau.

Il replie les doigts, comme tout près de former un poing.

— Vends-moi l'équipe et je descends au prochain port.

— Non.

Je suis si furieuse que j'ai l'impression qu'une veine va éclater dans mon cerveau. Mason grimace.

— Dans ce cas-là, ma réponse est aussi *non*.

— Très bien, articulé-je entre mes dents. C'est moi qui vais descendre, dans ce cas.

Il hausse les épaules, ce qui veut sûrement dire qu'il se retrouvera dans le même avion que moi, sans doute en voisin de siège.

— Dès que je serai de retour sur la terre ferme, je demanderai une ordonnance de protection, le préviens-je.

— Le premier arrêt de cette croisière est sur une île privée du Royal Ruskovien, répond-il. Je doute qu'ils aient un poste de police.

Je prends une grande inspiration et me rappelle que je suis une pacifiste. Plus important encore, frapper quelqu'un est moralement condamnable, aussi tentant que ça puisse être. Au lieu de ça, je tourne les talons et agite la carte de ma suite devant la serrure d'un geste furieux, avant de tirer vivement sur la poignée.

Rien ne se passe.

Bouillonnant de rage, je plaque la carte contre le lecteur, sans résultat.

— Il faut la tapoter, dit Mason.

Je fais ce qu'il dit, mais il ne se passe toujours rien.

— Tapote plus délicatement et attends de voir la lumière passer au vert, me conseille Mason avec un calme des plus irritants. Puis tourne la poignée.

Je suis son conseil et ma colère redouble quand ça fonctionne.

Une fois dans la suite, je claque la porte si fort que c'est un miracle qu'elle ne soit pas arrachée de ses gonds. Je prends plusieurs grandes inspirations et sors sur mon balcon, mais contrairement à la porte, je me sens désaxée, et même cette vue somptueuse ne suffit pas à me détendre. Fulminante, je prends mon téléphone pour appeler Abigail et évacuer ma colère, avant de me souvenir de ma décision ridicule de faire une cure de désintoxication numérique – je n'ai pas envie de me lancer dans l'achat du Wi-Fi à bord pour l'instant.

Grr.

Ce type a un tel culot !

C'est déjà assez grave qu'il m'ait espionnée et suivie dans une croisière, mais faire une enquête sur moi ?

J'arpente la pièce de long en large dans un effort pour me calmer, mais c'est futile. Ce qui m'énerve le plus, c'est qu'il ait découvert ma mauvaise situation bancaire – avant de faire toutes ces suppositions. Ma mère m'avait déjà pas mal enfoncée à ce niveau-là, et Rupert m'a achevée.

Je grogne. Rien qu'à l'idée que Mason sache ce qui s'est passé avec Rupert – même indirectement – j'ai envie de sauter dans l'océan et de nager jusqu'à la rive la plus proche.

Non.

Pas question.

Je préfère encore jeter Mason par-dessus bord plutôt que le laisser me gâcher mes vacances.

Ouais.

Je sors à nouveau sur le balcon, ouvre le transat confortable d'un geste déterminé et m'oblige à profiter de la vue.

Je ne sais pas si je fais un coma alimentaire à cause de tous ces desserts ou si je suis plus douée pour la relaxation que je le croyais, mais ma stratégie fonctionne un peu trop bien et avant de me rendre compte de ce qui se passe, je m'endors.

———

À mon réveil, le soleil se lève sur l'océan et j'ai beaucoup plus froid.

Devrais-je vendre mon manoir pour vivre exclusivement sur un bateau ? Non, mauvaise idée. Mon personnel perdrait son boulot, les tortues terrestres leur foyer, et mes risques de diarrhée grimperaient en flèche (à cause du norovirus).

Malgré cette dernière pensée, mon estomac gargouille.

Hmm. Même après mon énorme dîner, je meurs de faim.

Je me dirige vers la salle de bain et, tout en effectuant ma routine matinale, je rumine un gros problème : je dois trouver un moyen de manger sans tomber sur Mason, contre qui je suis toujours en colère, magnifique lever de soleil ou pas.

Eh bien, il doit déjà avoir pris son petit déjeuner – et avoir fait son jogging, soulevé des poids et bu un jus d'herbe de blé, ou que sais-je. Mais au cas où il aurait fait la grasse matinée – ou décidé de me harceler à nouveau – il s'attendra sûrement à me voir au restaurant d'hier soir, je vais donc aller à celui des VIP à la place, réservé aux gens installés dans les suites.

Je me mets sur mon trente-et-un, et ce pour moi-même, pas pour faire plaisir à un quelconque harceleur. OK, je ne porte rien qui comporte des boutons, mais c'est juste parce que je pourrais croiser quelqu'un d'autre souffrant de koumpounophobie.

Je souris. Je connais assez bien la langue grecque pour savoir que koumpouno signifie « boutonner », mais qu'à l'origine, en grec ancien, ça veut dire « haricot » – et ironiquement, il semblerait que ce soit la pierre angulaire du régime de Mason.

Bordel. Pourquoi je pense encore à lui ?

C'est à cause de ma faim… pour le petit déjeuner, évidemment. Comme les saucisses. Ou une banane… même s'il s'agit d'un fruit qui pourrait me rappeler une certaine personne. Tout comme sa forme.

Grr.

Je me donne mentalement une gifle et me dirige vers le restaurant. Quand j'entre, je le trouve vide… mis à part une personne.

Mason Tugev, bien sûr.

Chapitre 21

Mason

— **B**onjour, Coccinelle, dis-je. Joins-toi à moi pour le petit déjeuner.

Elle secoue la tête, mais ses yeux se posent sur le porno à base de sucre qu'est le buffet, ici – comme je l'espérais.

— S'il te plaît, insisté-je. Laisse-moi une chance de m'excuser.

Elle s'approche de moi d'un pas furieux, les yeux réduits à deux fentes.

— T'excuser pour quoi ?

— Pour t'avoir harcelée, dis-je en toute franchise. Je n'aurais pas dû faire ça. Si quelqu'un m'avait fait la même chose, j'aurais été aussi énervé que toi.

Et s'il s'était agi d'un homme, il se serait retrouvé dans une salle de réanimation à l'hôpital, mais mieux vaut ne pas donner cette idée à Sophia.

Elle semble à court de mots, ce qui doit être une

première, pour elle, et peut-être pour tous les étudiants en philosophie en général.

— Je voulais aussi te dire quelque chose, reprends-je. Et je te garantis que tu as envie de l'entendre.

En fait, j'ai deux infos, et c'est un miracle que je n'aie eu besoin d'utiliser aucune d'entre elles hier soir, parce que je m'attendais vraiment à ce que ce soit le cas.

— Me dire quoi ?

Elle a posé la question avec une fausse nonchalance, mais je vois bien que sa curiosité est aussi éveillée que mon sexe à sa vue.

Je fais un geste vers la table devant moi et souris comme si ce n'était pas une mesure stratégique pour gagner son pardon.

— Il y a intérêt à ce que ce soit intéressant.

Elle prend une assiette et la remplit d'assez de sucre pour rendre Buddy l'Elfe[1] malade.

Elle pose son assiette sur ma table, demande à la serveuse un mocha au chocolat et me regarde comme pour me mettre au défi de faire une remarque désapprobatrice.

— Je peux goûter ? demandé-je à Sophia une fois la serveuse partie.

Ses joues deviennent rouges et elle me fusille du regard.

— Goûter quoi ?

— Le mocha.

---

1. Personnage principal du film de Noël américain *Elfe.*

Je réprime un rire qui fait presque remonter mon jus de tomate dans mon nez.

— Tu croyais que je parlais de quoi ?

Elle devient encore plus écarlate que mon jus, confirmant qu'elle croyait que je voulais la goûter. Cette idée me fait durcir… encore plus.

— Désolé, dis-je avec un sourire, me sentant tout sauf désolé. Je parlais du café, bien sûr. Je viens de lire un article expliquant pourquoi le café est bon pour la santé… à supposer qu'on n'en boive qu'avant midi.

Et qu'on ne mette pas de lait ou de sucre dedans, mais si je disais ça, ça ternirait mon rameau d'olivier.

Elle renifle.

— C'est de la psychologie inversée ?

Je penche la tête.

— Comment ça ?

— Tu dis qu'un truc mauvais pour moi est de la nourriture saine dans l'espoir que je n'en veuille plus. Ou tu fais l'inverse et prétends que le kale pourrit les dents.

— Non. Le café est *vraiment* bon pour toi. Pourquoi ne le serait-il pas ? C'est une fève. Elle est déjà réputée pour améliorer les performances athlétiques et cognitives, mais il s'avère qu'elle protège aussi contre les maladies chroniques et réduit les risques de cancer.

— Ah.

— C'est pourquoi j'avais envie de goûter, terminé-je.

— Une seconde, dit-elle en me regardant d'un air incrédule. Tu n'as jamais bu de café ?

Super. C'est reparti. Comme si mes coéquipiers ne s'étaient pas déjà amplement moqués de moi à cause de ça.

Je secoue la tête.

— J'ai goûté un espresso quand j'étais petit, et c'était amer, alors je n'ai jamais ressenti le besoin de retenter l'expérience… jusqu'à ce que je lise cet article.

Elle y réfléchit une seconde.

— J'ai eu la même expérience avec la bière et je n'en ai plus jamais bu depuis, moi non plus.

Oh.

— Les parents devraient peut-être toujours donner aux enfants des trucs qu'ils n'ont pas envie qu'ils consomment plus tard dans leur vie.

Comme du sucre, suis-je à deux doigts d'ajouter, mais je me retiens à temps.

— Il faudrait que ce soit une substance amère, me rappelle-t-elle. Autrement, le plan risquerait d'avoir l'effet inverse.

Merde. Mon idée de sucre est donc sans espoir quoi qu'il en soit.

— Je ne connais pas beaucoup de trucs qui sont amers et mauvais pour la santé. La bière est peut-être le seul exemple, en fait.

— Et le chocolat ? demande-t-elle.

— S'il est noir, il est bon pour la santé, dis-je. J'en mets dans mes salades.

Elle cligne des paupières.

— Du chocolat noir… dans la salade ?

— Pourquoi pas ?

Elle hausse les épaules.

— Ce n'est pas bien différent de quand on met du chocolat dans le guacamole, je suppose. Mais quand même. Ça paraît dégoûtant.

— C'est délicieux, je t'assure, dis-je. Sinon, j'en mets dans mes smoothies.

— Les smoothies, bien sûr, dit-elle en secouant la tête. Le plus proche que je me sois jamais approchée d'en boire, c'est quand je prends un granité.

Je ne mords pas à l'hameçon.

— Je suis sûr que le chef cuisinier pourrait t'en préparer un.

Elle regarde autour d'elle.

— En parlant de chefs et de restaurants, pourquoi être venu ici ? Je croyais que tu serais à celui d'hier soir.

— Je me suis douté que tu penserais ça, c'est pourquoi je suis venu ici.

Et que j'ai demandé au chef de me préparer ce tofu brouillé que je suis en train de savourer. Il ressemble assez à des œufs brouillés pour éviter une nouvelle conversation périlleuse autour des régimes – une stratégie qui n'a pas porté ses fruits, de toute évidence.

Sophia englobe la pièce d'un geste.

— Où est passé tout le monde ?

Autant prendre le taureau par les cornes.

— Je voulais qu'on ait un peu d'intimité, quel que soit le restaurant dans lequel on mangerait, alors j'ai réservé toutes les suites.

Elle écarquille les yeux.

— Toutes ?

— Oui.

L'air pensive, elle mord dans la denrée la plus saine de son assiette : une tarte à la myrtille.

— Tu as dépensé une fortune rien que pour me parler.

Je hoche la tête.

— Je suppose que j'aurais pu éviter ça si je n'avais pas ignoré tes appels, dit-elle après un silence.

— C'est vrai, mais tu as le droit de refuser de me parler. J'ai eu tort… mais je te suis reconnaissant de dire ça.

Elle penche la tête.

— Alors, revenons-en à l'information avec laquelle tu m'as soudoyée.

— Eh bien quoi ? demandé-je en regardant nos assiettes encore pleines.

— Tu peux me dire ce que c'est ? Je resterai jusqu'à la fin du petit déjeuner. Promis.

Je fais claquer ma langue.

— Tu ferais une mauvaise stratégiste de hockey.

— Je prends ça pour un compliment.

Elle me jette un petit muffin, que je rattrape et repose sur son assiette avant d'arborer mon visage le plus impassible – celui que j'affiche dans mes matchs durant les moments critiques.

— Si tu veux l'info en avance, tu vas devoir partir en excursion avec moi, dis-je.

Elle pince les lèvres et prend un air songeur. Sa boisson arrive dans l'intervalle et elle la pousse vers moi.

Je bois une toute petite gorgée et ne peux m'empêcher de tressaillir.

— Quoi ? demande-t-elle.

— Je crois qu'ils ont oublié d'ajouter du café dans tout ce sucre.

Je bois une grosse goulée de jus de tomate pour m'ôter ce goût de mélasse de la bouche.

— Mais bon, ce n'était pas du tout amer, au moins.

Elle goûte la boisson et soupire.

— Si tu veux mon avis, ça nécessiterait une cuillerée de sucre en plus. C'est quoi, cette excursion ?

Je hausse les épaules.

— N'importe quoi en rapport avec la nature. C'est toi qui choisis.

Elle hausse un sourcil.

OK. La meilleure manière de me racheter pour avoir empiété sur sa vie privée, c'est de lui confier un truc embarrassant à mon sujet.

— Il n'y avait aucun documentaire animalier à la télé, dans ma chambre, et j'ai besoin de ma dose.

Elle penche la tête.

— Tu aimes les émissions animalières ?

— J'adore ça.

Je me prépare à l'avalanche de blagues habituelle, mais elle se contente de sourire d'un air approbateur.

— Tu apprécierais sûrement de visiter mon manoir.

— Pour les tortues ?

Elle pince les lèvres.

— Ton dossier sur moi est si approfondi que ça ?

Je secoue la tête.

— Je connaissais l'existence de Donatello et April avant notre rencontre. Théodore me les a montrés.

— Oh. Vous passiez beaucoup de temps ensemble ?

Est-ce une pointe de jalousie que je perçois dans sa voix ?

— Pas tant que ça, mais quand il a entendu dire que j'étais passionné par tout ce qui tournait autour de la nature, il m'a fait visiter son sanctuaire, et j'ai eu une discussion intéressante avec le Dr Kelpcon.

C'était intéressant jusqu'à ce qu'elle semble vouloir m'utiliser pour une sorte d'expérience sur la reproduction humaine, en tout cas... nous impliquant tous les deux. Oh, et le pire, c'est qu'elle s'est mise à flirter au moment précis où j'ai remarqué les boutons blancs de sa blouse de laboratoire.

Sophia agite les sourcils.

— Le Dr Kelpcon t'a parlé des prouesses sexuelles de Donatello ?

Je souris.

— Oui, mais elle m'a aussi raconté quelques anecdotes amusantes que j'ignorais, comme le fait que les tortues ont des poumons dans le dos.

Sophia croise les bras sur sa poitrine.

— Elle ne m'a pas parlé de ça.

Elle se mord la lèvre et ajoute :

— Ce doit être parce que je suis dépourvue de grosse queue.

Je hausse un sourcil. Elle rougit à nouveau.

— Je parlais de Donatello, pas de toi.

— Hein ?

— On peut parler d'autre chose ? demande-t-elle avec un regard suppliant.

Je résiste à l'envie de sourire.

— Les poumons en question sont juste sous la carapace, c'est pourquoi quand on effraie une tortue, elle se cache dedans avec un sifflement bruyant.

— Oh, lâche Sophia en attrapant distraitement un muffin. April m'a sifflé dessus, l'autre jour, quand je l'ai surprise par accident.

— Voilà.

Elle grignote son muffin de manière si séduisante que je dois regarder mon assiette pour garder pied.

— Qu'est-ce que le bon docteur t'a dit d'autre ? s'enquiert-elle.

— Elle m'a parlé des oiseaux qui se posent sur les tortues.

M'étant un peu ressaisi, je la regarde à nouveau, juste à temps pour la voir lécher les miettes sur ses lèvres, ce qui fait encore plus gonfler le sexe mentionné plus tôt.

Parce que je suis certain qu'elle ne parlait *pas* de Donatello.

— Ah, bien sûr, répond Sophia avec un petit rire, sa rougeur presque envolée. D'après le Dr Kelpcon, il existe une relation symbiotique entre les oiseaux et les tortues terrestres. Ça a un rapport avec les tiques dans les replis de la peau des tortues.

Ouf. La phrase « replis de la peau des tortues » apaise mon sexe… un peu.

— Si tu veux mon avis, tu as une relation bien plus

symbiotique avec ces tortues que les oiseaux. Elles ont besoin de quelqu'un pour payer le loyer, et c'est toi qui t'en occupes.

— Et qu'est-ce que j'ai en retour ? demande-t-elle en prenant un mini donut. La bouffe que je mange n'inclut pas de tiques.

Elle est sérieuse ?

— Tu peux te relaxer en les observant, dis-je.

Ce serait mon cas, c'est sûr. Elle rougit à nouveau.

— Ces deux tourtereaux se grimpent dessus beaucoup trop souvent pour me permettre de me détendre en leur présence.

À la mention de se grimper dessus, mes yeux sont attirés par son décolleté, mettant fin au bref répit auquel mon sexe avait eu droit.

— Alors… c'était quoi, cette information qui te sert de monnaie d'échange ? demande-t-elle en remuant sur sa chaise.

Ah. C'est vrai.

— M. Berger est vivant et en pleine forme.

Elle me dévisage, perplexe.

— Tu voulais savoir s'il s'en sortirait, lui rappelé-je.

— Ah oui ?

Je soupire.

— Le type auquel on a sauvé la vie.

Je suis généreux en l'incluant là-dedans avec ce « on ».

— Oh. Le type poilu qui a fait une crise cardiaque ?

— Il s'avère qu'il s'appelle Hampton Berger et qu'il est totalement rétabli, expliqué-je.

Ce que je ne précise pas, c'est que notre avocat commun ne comptait divulguer cette info à aucun de nous, et que je suis donc passé par mon propre contact pour le découvrir – Max Stolyar, la personne qui m'a procuré ce dossier sur elle.

— Hampton Berger ? répète-t-elle avec un petit rire. Tu crois que ses amis le surnomment Ham ?

— Ham Berger ?

— Eh, dit-elle. Il a survécu, ce n'est donc pas de mauvais goût.

— Pas de mauvais goût ? Il a peut-être fait cette crise cardiaque parce qu'il mangeait trop de hamburgers. Et puis quelqu'un dont le nom de famille est Papachristodoulopoulou est-il bien placé pour se moquer ?

Elle écarquille les yeux.

— Tu l'as prononcé correctement.

— Pourquoi je me serais trompé ?

Il m'a suffi de prendre un cours avec un coach d'élocution privé qui parlait couramment le grec – rien de bien difficile.

— Très peu de gens en sont capables, répond-elle. Jusqu'à maintenant, seule ma majordome y parvenait. Pas un seul professeur n'arrive à le prononcer, à la fac.

— C'est un comble, pour ces prétendus professeurs de philosophie. Pour eux, le grec devrait être aussi facile que l'est le latin pour les prêtres catholiques.

Elle sourit.

— Je crois que la messe est dite dans notre langue, maintenant.

— Ah. Bien sûr.

Je n'aurais pas dû prendre cet exemple lié à la religion – ça me fait penser à mes parents.

— Tu vas bien ? demande-t-elle en fronçant légèrement les sourcils.

Elle a dû sentir mon changement d'humeur.

Devrais-je lui parler de mes parents ? J'ai l'impression que je lui dois bien ça, après tout ce que j'ai fait. Mais non. Je ne peux pas. Ce n'est pas pour rien si je n'en ai jamais parlé à personne. Sans oublier que ce ne serait pas un marché équitable. Tout ce que j'ai appris sur elle grâce à cette enquête est assez minime : où elle va à la fac, sa cote de crédit et son projet de partir en croisière. Max ne m'a rien dit de plus approfondi, rien qui s'apparente à son secret le plus douloureux. Je ne pense même pas qu'elle en ait un, vu comme elle est enjouée et…

— Mason Tugev ! lance une voix familière, au fort accent et pâteuse. En chair et en os. C'est *vraiment* toi.

Je tourne la tête et remarque un type très maigre, dans un uniforme froissé, une bouteille de vodka à la main et deux litres d'alcool dans son haleine.

Sophia me regarde d'un air interrogateur et je hausse les épaules, aussi perplexe qu'elle.

— C'est moi, dit le type avec un hoquet. Ton plus grand fan.

Eh bien, ça explique sa présence ici.

— Salut, dis-je du ton le plus amical possible, parce qu'il faut être gentil avec ses fans. C'est un plaisir de vous rencontrer.

C'est autant un plaisir que ça le serait de chercher des tiques alcooliques dans les replis de la peau d'une tortue bourrée.

— Attends, tu ne me reconnais pas ?

Il claque sa vodka sur la table et tend sa main cadavérique vers moi.

— Je suis Ivan Vorobey.

Sophia écarquille les yeux, je commence donc à me douter qu'il est une sorte de célébrité, mais je n'ai aucune idée de qui c'est. Et je me serais souvenu de ce nom : traduit du russe, ça donne Jack Sparrow, le nom du pirate joué par…

— C'est le capitaine, explique Sophia au moment où je m'apprêtais à faire cette déduction.

Elle baisse la voix et se penche vers moi.

— Et il a bu.

Ivan fait un geste désinvolte vers sa bouteille.

— C'est juste un petit digestif après le petit déjeuner.

Il prend mon verre d'eau, en renverse le contenu par terre, puis le remplit à ras bord de vodka.

— Bois un verre avec moi, dit-il. En l'honneur de notre rencontre.

— Désolé, je ne peux pas boire ça, dis-je.

— Un ulcère à l'estomac ? demande-t-il dans un murmure horrifié d'habitude réservé à des maladies telles que le cancer. C'est arrivé à mon vieux. Les médecins lui ont interdit de boire.

Il tressaille.

— Je crois qu'on peut encore boire sa vodka par

voie rectale, mais mon papa a refusé cette option, parce qu'il avait peur que ça le rende gay.

Ça fait beaucoup à digérer, mais je me contente d'écarter la vodka et de répondre de mon ton le plus aimable :

— Mon coach me l'interdit… et j'ai plus de respect pour lui que pour n'importe quel docteur.

Ce n'est même pas un mensonge total : le coach nous déconseille toujours de faire des excès, et ce « shot » peut être défini comme ça. Plus important, je dois garder l'esprit clair pour continuer à discuter avec Sophia.

— Mais bien sûr ! Bien sûr.

Ivan vide le verre qu'il m'a versé d'une traite.

— Il faut toujours écouter son capitaine, son coach, sa femme et sa maîtresse.

Je sens que Sophia, comme moi, se demande s'il parle d'une maîtresse de type BDSM ou de la femme avec qui il trompe son épouse.

— Donc, reprend Ivan. Je voulais t'interroger sur le match où tu as marqué trois buts.

Merde. Je cherche de l'aide auprès de Sophia, mais de toute évidence, elle m'en veut encore, parce qu'elle lance :

— Ah. Super. Discutez entre vous, les garçons. Je vais aller choisir cette excursion.

— Merci, grommelé-je.

— Pas de problème.

Elle saute sur ses pieds, me souffle un baiser

sarcastique et s'en va, laissant derrière elle un léger parfum de mangue et de pastèque.

Je me tourne vers Ivan.

— Vous pouvez être un peu plus spécifique ?

Il se verse un autre verre de vodka.

— Comment ça ?

— J'ai fait un triplé dans de nombreux matchs.

— Ah, fait-il en vidant le verre. Je parlais de celui où vous avez cogné ce type. Et cet autre type.

Je réprime un soupir. La matinée va être très longue.

Chapitre 22

Sophia

Après avoir réservé l'excursion, je me balade dans Central Park tout en me demandant pourquoi et comment j'ai pu pardonner à Mason aussi vite. Parce que c'est exactement ce que j'ai fait, et je ne pense pas qu'il le mérite.

Suis-je superficielle ? Est-ce que je le laisse s'en tirer à cause de son physique ?

Peut-être. D'un autre côté, il s'est excusé. Et il s'est renseigné sur ce monsieur hamburger pour moi. Sans oublier qu'il a sauvé la vie de ce mec. Je dois juste m'assurer de ne pas faire plus que lui pardonner, quand…

— Coccinelle, lance Mason en arrivant vers moi en courant, sans haleter du tout. Quelle activité amusante as-tu réservée pour nous ?

— Coucou.

Je m'attendais à moitié à ce que le bon capitaine

reste collé à Mason de manière permanente, mais il n'est pas là.

— Tu aimes la faune marine ?

Il hoche la tête avec enthousiasme.

— On va faire de la plongée ?

— Non.

Je ne suis pas assez bête pour risquer de le voir en short de bain. C'est le genre de trucs qui mènerait à un nouveau Jour B, ou pire encore.

— Dès qu'on aura rejoint le prochain port, on va faire un tour dans un bateau à vision sous-marine.

Je fais de mon mieux pour imiter le ton de commercial du concierge et dis :

— Ça revient à porter un masque de plongée tout en restant au sec.

Parce que si Mason se mouille, ce sera mon cas aussi.

— C'est super, dit il. On va sûrement pouvoir voir des coraux, des poissons, des algues, et peut-être même une épave.

— En parlant d'épaves, dis-je, où est passé le bon capitaine ?

— Tu parles du capitaine pas si bon ? répond Mason avec un sourire ironique. Il a tellement bu que je ne lui confierais même pas un bateau en papier.

— Je sais, hein ?

Son sourire me provoque des papillons dans le ventre. Je veux dire, non, pas du tout. Je crains juste pour ma vie, vu l'état du capitaine.

Mason me tend son coude, mais j'hésite.

— Je ne sais pas si ça va te rassurer, dit-il, mais je l'ai confronté à son problème d'alcool et il m'a assuré qu'il avait une haute tolérance et que, je cite : « Il faudrait bien plus que *ça* pour me faire sombrer. »

— Comme c'est rassurant.

Je glisse la main au creux de son coude – mais seulement parce que c'est gênant de l'ignorer. C'était une erreur, cependant, parce que la sensation de son biceps dur intensifie les papillons de « crainte pour ma vie ».

Mason se comporte comme si ma main sur son bras était une évidence.

— Tu seras peut-être encore plus rassurée par ce détail : il ne pilote pas vraiment le bateau comme on le ferait avec une voiture. Il se sert de systèmes de navigation tels que les radars, les GPS et le pilotage automatique. Plus important encore, une équipe de spécialistes et de membres d'équipage expérimentés gère ces systèmes. Beaucoup d'entre eux sont originaires d'Inde, et pour citer encore une fois Jack Sparrow, « ce sont des abstinents avec trop de doctorats ».

— Jack Sparrow ?

— C'est la traduction de son nom du russe, explique-t-il.

Je serre son bras.

— Tu parles le russe ?

— Assez pour traduire ce nom, répond-il.

— C'est dingue. J'ai eu beau faire deux ans

d'espagnol à l'école, je ne sais dire que quelques phrases. Et je ne connais que quelques mots en grec.

Ce dernier détail est un rappel déplaisant à ma mère. Bizarrement, le biceps de Mason se raidit sous mes doigts, comme si ce sujet l'offusquait. Pourtant, quand il prend la parole, son ton est neutre.

— La plupart des Estoniens parlent un peu le russe, dit-il.

— Ah. C'est la langue que parlent tes parents ?

Il s'arrête net et libère son bras du mien.

— Tu as senti ça ?

Je fronce les sourcils.

— Senti quoi ?

— Le bateau s'est arrêté.

Comme pour confirmer ses mots, l'interphone s'active et le directeur de la croisière nous invite à débarquer.

— Où tu veux qu'on se retrouve ? demande Mason dès que l'annonce est terminée.

— À l'entrée du port ?

Je suis encore perturbée par son comportement.

— OK, dit-il. On se voit là-bas.

Sur ces mots, il s'éloigne en trottinant sans un regard en arrière.

Ce n'est qu'après son départ que je me rends compte que son comportement bizarre coïncidait avec le moment où j'ai abordé le sujet de ses parents.

———

Quand je retrouve Mason près de l'entrée du port, il a l'air d'aller bien.

Très bien, même.

Il a enfilé un autre t-shirt moulant et échangé son pantalon contre un short de bain, une combinaison beaucoup trop distrayante.

— Où est-ce qu'on embarque sur le bateau à vision sous-marine ? s'enquiert-il en regardant autour de lui avec curiosité.

— Là.

Je pointe du doigt un bateau qui ressemble à un jouet pour enfant, à côté de la *Merveille des Océans*.

Mason penche la tête.

— Je ne suis pas sûr de pouvoir tenir dans un espace aussi petit.

Je ne sais pas du tout pourquoi, mais cette remarque rend mes joues brûlantes.

— Heureusement que ton égo ne prend pas trop de place, ça devrait aller.

— Touché.

Il me tend à nouveau son coude et – par simple commodité – je pose la main sur son biceps avant de le mener vers notre destination.

Hmm. Lorsque nous montons à bord, je me rends compte que notre moyen de transport n'est pas seulement petit en comparaison avec le bateau de croisière. Il est aussi petit comparé à des trucs comme, disons, Uber.

— Tu as réservé tout le bateau ? demande Mason en scrutant les sièges vides. Je croyais que c'était mon truc.

— Non, j'ai juste réservé deux places.

Je suppose que cette excursion n'intéressait personne d'autre.

Oups. J'ai parlé trop vite.

Un couple âgé arrive en se tenant la main. La femme sourit comme si sa vie en dépendait et le mari donne l'impression d'avoir avalé un citron pourri.

— Bonjour, lance la femme avec un accent traînant du Sud. Je suis Martha, et voici Andrew.

Andrew grogne quelque chose avec un fort accent de Brooklyn.

— Bonjour, répond Mason d'un ton inhabituellement amical. Venez vous asseoir à côté de nous. Sophia avait justement envie de bavarder avec de parfaits inconnus.

Est-ce une pique envers mon désir de manger aux tables communes durant la croisière, ou une envie sincère d'être serviable ? Difficile à dire, avec ce type.

— Bonjour, dis-je en tendant la main tour à tour aux nouveaux arrivés. Comme l'a dit Mason, je suis Sophia. On vient tous les deux de New York.

— Je viens de New York aussi, répond Andrew.

Je ne lui fais pas remarquer que j'avais deviné, à son accent.

— Mais il vit en Floride, maintenant, précise Martha. Avec moi et nos seize huskies sibériens.

Seize ?

À en croire son sourcil haussé, Mason est impressionné par ce nombre, lui aussi.

— Vous pourriez tirer deux traîneaux, avec autant de chiens, fait remarquer Mason en se grattant la tête.

Lorsque nous lui lançons tous un regard interrogateur, il s'explique :

— Les promenades en traîneaux tirés par des chiens sont une activité populaire en Estonie.

Ah. Bien sûr. Je m'y connais très peu en géographie, mais je sais que l'Estonie est un pays froid.

Si Andrew et Martha ont des questions concernant la mère patrie de Mason, ils les gardent pour eux. Au lieu de ça, ils regardent par la vitre avec méfiance, juste à temps pour voir notre petit bateau se mettre à avancer.

Je suis leur regard et éprouve une drôle de sensation, alors je baisse les yeux vers l'attraction principale de cette excursion, le sol vitré du bateau.

Sauf qu'il n'y a pas grand-chose à voir pour l'instant.

Zut.

J'espère que quelque chose va apparaître bientôt.

Notre bateau prend de la vitesse et j'aurais préféré qu'il s'abstienne. Je le sens beaucoup plus bouger que le navire de croisière. À bien y réfléchir, sur le bateau de croisière, je remarquais à peine qu'on naviguait sur l'eau.

Quand je relève les yeux du sol vitré, je vois que Martha et Andrew ont l'air mal à l'aise, alors je fais la conversation et demande sans m'adresser à personne en particulier :

— Les huskies aiment le froid, n'est-ce pas ?

Martha me regarde en plissant les yeux.

— Qu'est-ce que vous sous-entendez ?

— Nos chiens sont très heureux, assure Andrew d'un ton défiant. Ils aiment le soleil.

Ne sont-ils pas un peu trop sur la défensive ?

— Les huskies ont un double pelage, intervient Mason. Ça les aide dans le froid, mais en cas de besoin, ça peut aussi les protéger de la chaleur. Malgré tout, il vaut mieux qu'ils ne se fatiguent pas trop sous le soleil de Floride.

— Ils sont heureux, siffle Martha. Heureux, je vous le dis.

Oh, zut. Qu'est-ce qu'on a dit ?

— L'air conditionné est réglé à dix-huit rien que pour eux, explique Andrew. Ils n'ont jamais trop chaud.

— OK. C'est au poil, dis-je avec un faible sourire. Sans mauvais jeu de mots.

Martha m'ignore et murmure quelque chose à l'oreille de son mari. Andrew donne l'impression que le citron qu'il a mangé est soudain devenu encore plus acide, se lève et se racle la gorge.

— Je serais plus à l'aise si je m'asseyais près de l'entrée, dit-il. Viens, chérie.

Ils s'éloignent tous les deux, clairement impatients de prendre autant de distance que possible avec nous – ou avec moi.

Note à moi-même : quand on rencontre des gens avec des chiens, ne jamais poser de question, c'est risqué.

Zut.

Quand je regarde la démarche titubante du couple, quelque chose se tord dans mon estomac, et je ne parle pas de ma culpabilité à l'égard de ce faux pas social.

— C'était comment ? murmure Mason d'un ton sarcastique une fois les Floridiens hors de portée de voix. Tu es sûre d'être encore en colère contre moi pour t'avoir privée de plus d'interactions de ce genre sur le navire de croisière ?

Je hausse les épaules, avant de pointer du doigt vers le bas.

— Je vois quelque chose.

Ce que je vois, c'est que l'eau est de moins en moins trouble, de plus en plus bleue et transparente à chaque minute qui passe. Bientôt, la vue devient vraiment intéressante, ou autant que peuvent l'être des poissons, des algues et des coraux.

D'un autre côté, à voir l'expression sur le visage de Mason, on croirait qu'il regarde un blockbuster estival bourré d'action.

Soudain, j'entends des haut-le-cœur.

Oh non.

Andrew saute sur ses pieds et se précipite vers le pont, Martha à sa suite.

C'est à cause d'un truc qu'ils ont mangé ? Du norovirus ? Quoi que ce puisse être, j'espère qu'ils ne font pas partie de notre croisière.

Mais non.

Je me rends compte que je me sens de plus en plus patraque, moi aussi. Je ne m'étais pas autorisée à trop y réfléchir… mais ça devient de plus en plus difficile à ignorer.

C'est une sensation très semblable à ma gueule de bois le lendemain du Jour B sauf que tout tourne beaucoup plus, en ce moment, et que la nausée est plus forte. Sans mentionner le fait que j'éprouve un désir désespéré de rejoindre la terre ferme, qui ne faisait pas partie de mon expérience le lendemain du Jour B.

— Tu vas bien ? demande Mason d'un air inquiet.

— Ouais, dis-je avec une grande inspiration. Pourquoi cette question ?

— Tu as le teint un peu verdâtre.

— Je vais bien.

Je commets l'erreur de regarder par la vitre et, dès que je vois les mouvements de l'océan, mon mal de mer s'intensifie.

Je prends deux autres grandes inspirations.

— Tu n'as pas l'air d'aller bien, insiste Mason.

— Je ne serais pas contre un peu d'air frais, admets-je.

Sauf que je m'en veux d'interrompre son moment de divertissement face à ce spectacle.

— Excellente idée, répond-il en m'aidant à me lever. Allons-y.

Nous sortons sur le pont et, au début, l'air frais semble me faire du bien, mais c'est alors que j'entends un bruit dans une autre partie du bateau, qui me rappelle la scène de jets de vomi de *L'Exorciste*.

— Putain, grogne Mason. Tu veux redescendre ?

Je secoue la tête et ravale la salive qui s'est accumulée de manière déplaisante dans ma bouche.

— Tiens.

Il retire son t-shirt, l'humidifie avec l'eau de sa bouteille et presse le tissu froid contre mon front.

OK. Entre le fait de voir Mason torse nu et la sensation fraîche, je me sens un peu mieux, mais c'est alors que les bruits reprennent, gâchant tout.

Je n'arrive même pas à déterminer qui émet ces sons : Martha, Andrew, ou – plus probablement – Pazuzu, l'antagoniste démoniaque dans *L'Exorciste*.

Mason me lance un regard inquiet tandis que je sens Pazuzu s'infiltrer à l'intérieur de mon corps et utiliser ses doigts noueux pour presser la partie de mon cerveau dévolue aux nausées. Avec un haut-le-cœur, je me penche par-dessus la rambarde, si vite que Mason doit s'attendre à ce que je tombe par-dessus bord. Il me rattrape d'une main ferme, mais c'est alors que la possession de Pazuzu prend racine. Mason change de position pour me tenir les cheveux.

Bordel. Je vais mourir. Mes entrailles sont en train de s'échapper par ma bouche. Ça continue sans interruption, jusqu'à ce que j'aie l'impression que ma rate est partie nager avec les poissons.

Quand ça s'arrête, je me sens enfin un peu mieux. Mais je suis mortifiée, encore plus que la fois où j'ai plongé la main dans une boîte d'échantillons à côté d'une boutique de donuts, avant de me rendre compte que ce n'était pas une boîte d'échantillons. La femme qui la tenait était une employée de la boutique de donuts en pause, et la boîte était son déjeuner.

— Bois, dit Mason en me tendant une bouteille d'eau.

Il arbore un air inquiet plutôt que dégoûté.

— Tu vas devoir brûler cette bouteille, marmonné-je.

— Arrête de dire n'importe quoi et bois, insiste-t-il en me fourrant la bouteille dans les mains.

Très bien. Je m'oblige à en boire une gorgée. Puis une autre.

— Très bien, dit Mason. Maintenant, regarde vers l'horizon.

Je m'exécute et ça me fait du bien aussi.

— Place-toi ici.

Mason me déplace de quelques pas, faisant en sorte que je sente le vent sur mon visage.

Ouais. C'est mieux, mis à part que les bruits reprennent.

— Ne t'en fais pas, dit Mason. Je m'occupe de tout.

Il s'occupe de quoi ? De l'eau bénite ?

À ma grande surprise, Mason se met à chanter à pleins poumons. La chanson est dans une langue que je ne reconnais pas – peut-être du russe ou de l'estonien. Le rythme est lent et répétitif, et Mason chante faux, mais il se débrouille très bien s'agissant de noyer les sons de Pazuzu. Combinée à l'observation de l'horizon et au vent sur mon visage, cette chanson me donne presque la sensation d'être humaine.

Au bout d'environ une minute, Mason arrête de chanter et j'entends quelqu'un demander :

— Vous voulez qu'on fasse demi-tour ?

C'est le capitaine du bateau. Contrairement à son collègue sur notre navire de croisière, il n'a pas l'air ivre mort.

— Oh que oui, putain, aboie Mason. Ramenez-la sur la rive aussi vite que possible… et à partir de maintenant naviguez en douceur ou je vous arrache le bras.

Lui arracher le bras ? Ça ressemble au genre de truc que dirait un Viking… et je ne devrais pas trouver ça sexy. Pas du tout. Je suis pacifiste, ou c'est ce que je croyais, en tout cas. Et puis est-il seulement possible de naviguer en douceur ? Je n'en suis pas sûre, mais à en croire la mine effrayée du capitaine, je suis certaine qu'il va faire de son mieux.

Lorsque Mason reporte son attention sur moi, son expression féroce se transforme à nouveau en inquiétude, et il se remet à chanter – juste à temps, parce que Pazuzu tente de reprendre possession de moi.

Après ce qui me semble des heures de torture, nous accostons et Mason me fait descendre du bateau dans ses bras, serrée contre sa poitrine comme une mariée. J'ai tellement la nausée que je ne trouve même pas la force de protester. J'arrive juste à haleter :

— Ne me ramène pas sur un bateau. Je ne suis pas prête.

— Bien sûr. Tu veux t'asseoir sur ce banc ?

Il en indique un si éloigné que je ne verrais même pas l'océan de là-bas – un énorme point positif, à cet instant.

Je hoche la tête.

— Passons d'abord par les toilettes, s'il te plaît.

Je suis à peu près sûre de pouvoir tenir sur mes pieds, mais il me porte quand même jusque là-bas. Il s'apprête à entrer dans les toilettes des femmes avec moi lorsque je retrouve enfin du poil de la bête.

— Je peux aller aux toilettes toute seule, dis-je en me tortillant pour me dégager. Merci.

Il me repose et m'observe d'un air sceptique lorsque je fais quelques pas (peut-être titubants).

— Tout ira bien, assuré-je.

Je lui jette son t-shirt humide qui m'a servi de compresse et m'empresse d'entrer dans les toilettes.

Bordel. Quand je me regarde dans le miroir, je découvre que je suis plus pâle que la lunette de toilette la plus proche. Bon, très bien. Je fais ma petite affaire, me lave le visage avec du savon pour les mains, puis fais de mon mieux pour me rendre aussi présentable que possible après l'attaque de Pazuzu.

Lorsque je ressors, Mason a remis son t-shirt – quel dommage ! Il tient aussi son téléphone à l'oreille et me tourne le dos, il ne se rend donc pas compte que je suis derrière lui.

Je ne sais pas du tout pourquoi, mais j'approche d'un pas furtif pour pouvoir écouter sa conversation – avant de me rendre compte que si les rôles étaient inversés, je le traiterais de harceleur et ferais en sorte qu'il ne l'oublie jamais.

— Très bien, des billets pour votre femme et votre maîtresse aussi, dit Mason.

Je pousse un soupir ; je retenais mon souffle sans m'en rendre compte. Je m'attendais à moitié à ce qu'il soit en train de parler à une épouse ou une petite amie qu'il n'avait jamais mentionnée, mais il y a peu de chances pour que l'une de ces entités ait une femme et une maîtresse – à moins qu'elle soit très française.

— Mais, continue Mason, dans ce cas-là, vous allez devoir retarder le départ de trois heures.

Oh. Est-ce qu'il parle au…

— Merci, Ivan, dit Mason, confirmant ma supposition. Après le match, je signerai le palet pour vous.

Je sens qu'il s'apprête à raccrocher, alors je recule sur la pointe des pieds jusqu'aux toilettes pour donner l'impression que je viens de sortir quand il se retournera.

— Hé, lance-t-il.

Il s'approche et me soulève à nouveau dans ses bras sans cérémonie pour me porter jusqu'au banc au loin.

— Comment tu te sens ?

Maintenant que je ne suis plus malade, le contact de son corps me provoque des volutes de chaleur dans toutes les parties les plus intimes de mon corps – mais je n'ai pas l'intention de l'admettre. Au lieu de ça, je déglutis et articule d'une voix rauque :

— Mieux.

Je suis également touchée qu'il se soit donné la peine de retarder le départ du bateau de croisière pour moi, mais je ne le lui dis pas non plus, au cas où il s'apprêterait à l'utiliser comme monnaie d'échange pour me pousser à vendre l'équipe. Plus important encore, je n'ai pas l'intention d'admettre que je l'ai écouté en douce – j'aime trop ma posture de supériorité morale.

— Assieds-toi, respire et détends-toi.

Il me dépose sur le banc et s'assied à côté de moi, passant un bras autour de mes épaules.

C'est agréable... mais ça me donne trop l'impression d'être au cinéma avec mon chéri, alors je devrais lui demander d'arrêter.

Je vais le faire d'une seconde à l'autre.

D'un autre côté, son bras m'aide à me rétablir, et je pense que ça justifie d'autoriser cette étreinte un peu plus longtemps.

Pendant quelques minutes. Ou une douzaine de minutes.

Il sent aussi très bon, une odeur de forêt hivernale. L'aromathérapie existe, je prends donc une inspiration plus profonde et la savoure.

Il me regarde et fait un signe de tête approbateur.

— Tu reprends des couleurs.

Peut-être. Ou bien c'est le fond de teint que j'ai appliqué dans les toilettes.

— C'était quoi, cette chanson que tu m'as chantée ?

Il retire brusquement son bras réconfortant et je

vois ses muscles se raidir à travers son débardeur humide.

— Une berceuse estonienne. Ma mère me la chantait quand j'étais petit.

Oh merde. Je crois que j'ai enfin compris.

— Il lui est arrivé quelque chose, c'est ça ?

L'expression de Mason devient orageuse.

— Non.

— Oh.

Qu'est-ce que c'est alors ? Parce que ses parents semblent être un sujet sensible, c'est le moins qu'on puisse dire.

Je dois le regarder avec un peu trop de curiosité, car il se passe une main sur le visage et pousse un soupir avant de détourner les yeux. Quand il reporte son attention sur moi, son expression est d'une neutralité prudente.

— Ma mère et mon père sont bien vivants, et en bonne santé, dit-il sur un ton neutre.

Je me mords la lèvre. Je sens bien qu'il y a une histoire derrière tout ça, et un petit diable me pousse à demander :

— Ton dossier mentionnait *ma* mère ?

Il secoue la tête.

— Il n'était vraiment pas aussi approfondi que tu le crois. J'ai surtout appris ta cote de crédit, tes revenus avant ton héritage et, plus important, les endroits où je pourrais tomber sur toi.

Oh. Alors... rien à propos de Rupert. Un poids immense se soulève de mes épaules. Je préférerais encore vomir devant Mason une douzaine de fois supplémentaires plutôt que de le laisser apprendre que je me suis fait duper comme une imbécile transie d'amour. Par contre, j'éprouve l'envie de me confier sur un autre sujet – ne serait-ce que parce que je suis certaine qu'il a une relation compliquée avec ses parents… comme moi avec ma mère.

— Quand j'ai eu dix-huit ans, ma mère a fait faire un tas de cartes de crédit à mon nom et s'est servi de l'argent pour s'acheter de la drogue, lâché-je du même ton neutre que lui.

Je ne sais pas pourquoi, mais je ne trouve pas ça aussi embarrassant que la situation avec Rupert – peut-être parce que, dans ce cas-là, je n'ai pas participé à ma propre destruction.

— Inutile de préciser qu'on ne se parle plus, continué-je.

Les traits durs de Mason s'adoucissent. Il me prend la main et la serre de manière rassurante, bien qu'un peu trop forte.

— Je suis vraiment désolé. Je sais exactement ce que tu ressens.

— Ah oui ? demandé-je en le regardant.

La mâchoire de Mason se contracte.

— Ce que je m'apprête à te dire, je ne l'ai jamais confié à personne.

Je ne cille pas. Je cesse même de respirer un instant.

— Mes parents ne veulent pas de moi dans leur vie.

Ces mots sont chargés de tant de douleur que ma gorge me brûle pour lui.

— Tu te souviens quand je t'ai dit que l'Estonie était le pays le moins religieux du monde ? Eh bien, de manière ironique, mes parents ont trouvé la foi et se sont transformés en ce genre de fanatiques qui ne vous laissent que deux options : soit on les rejoint, soit ils ne veulent plus jamais entendre parler de nous.

C'est la dernière chose à laquelle je m'attendais.

Sans voix, je le dévisage.

— J'ai essayé. Je suis allé à des services religieux avec eux et j'ai lu leurs livres saints. Mais bien sûr, il est très difficile de feindre l'enthousiasme. Pour ne rien arranger, ils ont cru que je menais une « vie de débauche » à cause des conneries qu'ils ont lues à mon sujet dans la presse à scandale. Même si ces histoires avaient été vraies, c'était assez hypocrite de leur part de me juger, c'est le moins qu'on puisse dire. Mon père buvait encore plus de vodka que notre capitaine, et ma mère a eu au moins deux liaisons à ma connaissance. Bref, ils ont fini par m'annoncer qu'ils avaient décidé que ça vaudrait mieux pour eux de ne pas avoir de fils, avant de me demander de ne plus jamais les appeler ou leur rendre visite.

Cette fois, c'est à mon tour de lui prendre la main. Elle est glacée, alors je la frotte entre mes paumes, utilisant cette friction pour faire revenir un peu de chaleur sur sa peau.

— Je suis vraiment désolée, dis-je en toute franchise. Et j'espère que tu te rends bien compte que c'est eux qui sont perdants.

Et je le pense vraiment. C'est un homme séduisant,

riche et accompli, qui est aussi vraiment gentil, si on laisse de côté ses tendances au harcèlement. En ce qui concerne le fait de prendre soin d'une femme souffrant du mal de mer, en tout cas. Ou de sauver la vie d'un homme.

Ouais, c'était quand même un gros accomplissement, ça.

— Pareil pour toi, répond-il. C'est ta mère qui est perdante.

J'avale le nœud qui s'est soudain formé dans ma gorge.

— Ouais, bien sûr.

— Je suis sérieux, insiste-t-il.

Je soupire.

— D'un point de vue rationnel, je sais que c'est vrai, mais je me sens quand même souvent minable malgré tout.

Et j'ai certains problèmes qui m'ont menée à sortir avec quelqu'un comme Rupert.

— Je comprends, dit-il en posant la main sur la mienne. Tout comme je sais que plus personne ne me blessera jamais comme l'ont fait mes parents, mais j'ai souvent l'impression que c'est ce qui va arriver.

Des difficultés à faire confiance aux autres. Devrais-je lui dire que ça pourrait être mon deuxième prénom ?

— C'est pour ça que tu n'as jamais eu de relation sérieuse ? laissé-je échapper, avant de grimacer à ma brusquerie maladroite. Je demande ça pour le compte de toutes tes fans enragées.

Non, ça n'arrange rien. Il hausse un sourcil.

— Alors… tu as fait une recherche sur moi ?

Il m'a dit qu'il ne cherchait pas à être en couple, mais j'avais envie de creuser un peu.

— Ce n'est pas du harcèlement, précisé-je, sur la défensive. Tu es une personnalité publique.

Il soupire.

— Je n'y avais jamais réfléchi comme ça, mais tu marques peut-être un point. J'ai du mal à faire confiance, c'est certain… mais pour une raison inconnue, j'ai l'impression de pouvoir me fier à toi. Peut-être parce que tu m'as avoué ton plus grand secret ?

Sauf que je ne l'ai pas fait. C'est Rupert, mon plus grand secret, et je ne l'ai pas mentionné.

— Et toi ? demande Mason. Tu as déjà été dans une relation sérieuse ? Et avant que tu me parles de ce foutu dossier que j'ai rassemblé sur toi, il ne parlait pas du tout de ça, ou je ne poserais pas la question.

Si je voulais lui parler de Rupert, ce serait l'occasion. Il vient de me confier quelque chose de très douloureux et personnel, après tout.

Mais apparemment, je ne peux pas, raison pour laquelle ma bouche articule :

— Non. Je n'ai jamais eu de relation sérieuse.

Si j'avais été Pinocchio, mon nez serait devenu aussi long qu'Uber.

L'expression compatissante de Mason me donne l'impression d'être Pazuzu pour ce mensonge.

— Tu crois que c'est à cause de ta relation avec ta mère ?

Je hausse les épaules.

— C'est ce que dirait un thérapeute.

Il balaie cette remarque de la main.

— Le coach nous a tous obligés à en voir un. Elle a tenté de me séduire.

— Quelle garce !

Oups, ça m'a échappé.

— Je veux dire, séduire un patient est contre les règles.

Un sourire diabolique étire ses lèvres.

— Tu es jalouse ?

— Pourquoi je serais jalouse ?

Sérieux, j'aimerais bien le savoir… parce que je le suis carrément.

— Je ne sais pas, répond-il en penchant la tête. Mais c'est l'impression que tu donnes.

— Je ne le suis pas.

Il est temps de changer de sujet.

— Tu as déjà entendu parler du paradoxe de Pinocchio ?

Hmm, la première chose que je fais après avoir menti, c'est de mentionner un célèbre menteur ? Malin, ça.

Mason passe à nouveau un bras autour de moi.

— C'est quoi le paradoxe de Pinocchio, dis-moi ?

— Eh bien…, commencé-je, faisant de mon mieux pour ne pas parler comme le professeur Ambien. Ce paradoxe se produirait si Pinocchio disait un jour « mon nez va grandir maintenant ».

Mason fronce les sourcils.

— Parce que s'il dit que c'est vrai et que son nez grandit, ça enfreint la règle selon laquelle il ne grandit que quand il ment. Mais si ce qu'il dit est faux et que son nez ne grandit pas, alors c'est qu'il ment…

Il se frotte les tempes.

— Voilà pourquoi je ne ferais jamais d'études de philosophie. Ça peut causer des migraines encore pires qu'un palet en pleine tête.

— Toutes mes excuses. Je ne savais pas qu'utiliser ton cerveau te donnerait la migraine.

Je ne suis pas très fan des paradoxes, moi non plus, et pour des raisons similaires, mais ils fournissent d'excellentes distractions – la preuve, on ne parle plus de jalousie.

Mason lève les yeux au ciel.

— Tu savais qu'il existait une version russe de Pinocchio ? Il s'appelle Buratino et son nez est toujours long… pas parce que c'est un menteur, mais parce que l'auteur, Tolstoï, en a décidé ainsi. C'est un conte très populaire en Estonie.

Je le regarde, bouche bée.

— Tolstoï ? Le type qui a écrit *Guerre et Paix* ?

Ce serait un peu comme si Disney produisait *Massacre à la tronçonneuse* en version comédie musicale.

— Non, pas celui-là, c'est l'un de ses parents éloignés, explique Mason. Il existe trois Tolstoï célèbres : Lev Nikolaïevitch, Alekseï Nikolaïevitch et Alekseï Konstantinovitch.

— Ça ne porte pas du tout à confusion, dis-je avec un sourire.

— Pas autant que le paradoxe de Pinocchio, rétorque-t-il.

— Touché.

Je regarde la grosse horloge au-dessus du bâtiment où se trouvent les toilettes.

— On ne devrait pas repartir ?

Je demande ça pour deux raisons : d'abord, parce que je n'ai vraiment aucune idée de la durée du délai que lui a accordé Ivan, mais plus important encore, j'aimerais voir s'il va essayer de tirer profit de ce qu'il a fait pour moi.

— Oh, tu n'as pas reçu le message ? demande-t-il.

Je palpe mes poches dépourvues de téléphone.

— Je suis en désintox numérique.

Il agite son téléphone vers moi.

— Pour une raison inconnue, notre départ a été repoussé de trois heures.

Une raison inconnue ? Il ne va donc pas s'en attribuer le mérite, ce qui est tout à son honneur. À moins que... sait-il que je l'ai entendu ? S'agirait-il donc d'un stratagème machiavélique ?

— Comment tu te sens ? demande-t-il.

Je cherche en moi d'éventuels résidus de Pazuzu, mais n'en trouve aucun.

— Mieux. Pourquoi ?

— Ça te ferait peut-être du bien de te balader un peu, répond-il. Il y a un jardin botanique tout près d'ici... sans aucun océan en vue.

— Ouais. Ça pourrait être sympa.

Plus je serais loin des bateaux, mieux ce sera.

Nous nous mettons en route et parlons de ce que nous aimons et n'aimons pas tout en marchant. Il s'avère que nous apprécions tous les deux les jeux vidéo, son préféré étant un jeu de hockey – évidemment – alors que le mien est *The Talos Principle,* un jeu d'énigme philosophique. En plus, nous jouons à la même franchise de jeux vidéo en ce moment : *Assassin's Creed,* sauf que je joue à celui avec des Vikings et que le sien se situe dans la Grèce antique.

— Tu te sens assez remise pour remonter sur le navire ? demande-t-il lorsque nous revenons vers l'entrée du jardin.

— Oui, je crois.

En d'autres termes, j'avais complètement oublié Pazuzu.

— Dans quel restaurant tu veux qu'on dîne ? demande-t-il sur le chemin du retour.

Je sais que je devrais éviter de passer trop de temps avec lui, mais je ne proteste pas.

— Pourquoi pas celui des VIP ?

Et je ne le choisis pas parce que c'est plus romantique. C'est juste plus proche de ma suite, voilà tout.

— Bon choix, répond Mason. C'est la soirée de gala dans l'autre restaurant.

Hmm. Il vient d'avoir une autre occasion de se vanter de ce qu'il a fait pour moi, mais il a gardé le silence. Et puis...

— La soirée de gala, ça veut dire que tout le monde doit s'habiller de manière formelle ?

Autrement dit, est-ce que je pourrais voir Mason dans un costume ou un smoking ?

— Oui, répond-il avec une grimace. Avec tous ces foutus boutons.

Ah.

— Ouais. Non. Tenons-nous-en au restaurant des VIP.

Il a l'air soulagé, ce qui me réchauffe le cœur pour une raison inexplicable.

— Donc…, commence-t-il. Peut-on affirmer que notre excursion était ratée ?

J'émets un petit rire sans joie.

— Ça aurait été raté si on n'avait rien vu à part de l'eau trouble. Ce qui s'est passé était un vrai désastre.

— Dans ce cas-là, je pense que ça ne compte pas et qu'on doit faire autre chose demain.

Waouh.

Un autre rencard… une excursion, je veux dire.

J'en ai tellement envie que c'en est effrayant, et c'est peut-être pour cette raison que je réponds :

— Non. Mais bien essayé.

Il se tourne vers moi, ses yeux gris étincelants.

— Pourquoi pas ?

Je hausse les épaules.

— On n'a jamais dit qu'il y aurait une deuxième tentative si le bateau en verre était nul.

Il hoche la tête d'un air compréhensif.

— Et si je te révèle une autre information intéressante ?

Et c'est parti. Il va cracher le morceau au sujet du retard, maintenant ?

— Quel genre d'information ?

— Oh, c'est un truc très croustillant, assure-t-il avec un clin d'œil charmeur. Je comptais l'utiliser le premier soir, pour te convaincre de rester dîner avec moi, mais par chance, je n'en ai pas eu besoin.

Oh, il ne va donc pas passer aux aveux. Mais qu'est-ce que ça peut être, alors ?

— Très bien. Dis-moi.

— Pas si vite, lance Mason. On fait l'excursion d'abord, je te file le tuyau après ; et seulement si ce n'est pas un autre désastre, alors choisis l'activité avec soin.

Je soupire. J'espère que je ne vais pas finir par le laisser filer dans mon tuyau à cause de tout ça. Et puis je brûle de curiosité.

— Et si tu me le disais maintenant et que je te donnais ma parole de faire l'excursion ?

— Non, répond-il. Mais bien essayé.

Chapitre 23

Mason

Pendant le reste du trajet et durant le dîner, Sophia essaie de me pousser à lui révéler le secret que j'ai agité devant elle, mais je ne flanche pas.

— Tu sais, dis-je lorsque nous terminons notre dessert, jusqu'à aujourd'hui, je croyais que Spike était la créature la plus curieuse de cette planète, mais tu n'es pas loin de la battre à plates coutures.

En fait, je parie que si j'avais un secret assez croustillant, je pourrais la convaincre de me vendre l'équipe… sauf que je n'ai plus autant l'impression de me soucier de ça.

Elle me regarde en battant des cils.

— La curiosité est mon seul défaut.

Je scrute la table avec les restes de desserts éparpillés partout.

— Ouais. C'est clair.

Elle se lève.

— Très bien. J'aime le sucre. Et il m'arrive de faire la grasse matinée.

Évidemment. Juste au moment où je me lève, elle parle d'elle au lit, et je me retrouve à la raccompagner à sa suite avec une énorme érection.

Pendant que nous marchons, le vent doit forcir, parce que je sens les mouvements du bateau qui oscille légèrement sous nos pieds. Avec un peu de chance, *elle* ne le sent pas, et je ne le lui fais pas remarquer au risque de déclencher un mal de mer psychosomatique. Je me contente de l'observer avec attention pour voir si elle se sent mal – ce qui s'avère être une erreur.

La regarder a un effet catastrophique sur l'érection mentionnée plus tôt.

Lorsque nous arrivons devant sa porte, elle se racle la gorge.

— Merci. C'était une bonne journée, tout bien considéré.

Je pose les yeux sur ses lèvres et me rapproche d'un pas, mon cœur se mettant à battre plus vite lorsque son doux parfum me parvient aux narines.

— Et si on la rendait encore meilleure ?

Elle secoue la tête avec véhémence.

— Désolée, mais non. Je dois y aller.

Sur ces mots, elle passe sa clef devant la porte, mais cette fois encore, elle va trop vite. Au bout de plusieurs essais, elle parvient à ouvrir la porte et se précipite à l'intérieur comme si elle était pourchassée par un palet volant à cent à l'heure.

Putain. Ai-je totalement mal interprété la situation ? Je m'attendais à ce qu'elle m'embrasse, au moins, mais elle s'est comportée comme si j'avais la lèpre.

Je rejoins ma propre suite et prends une douche froide – qui ne fait rien pour apaiser mon désir inspiré par Sophia. J'utilise donc ma main en guise de plan B, et je pense à elle tout du long, surtout quand je jouis.

Malgré tout ça, quand je me couche, je n'ai que Sophia en tête, et je n'arrive pas à trouver le sommeil – ce qui m'oblige à faire un truc pour lequel je suis très nul : analyser mes sentiments.

Il ne me faut pas longtemps pour comprendre que je suis foutu.

S'agissant de Sophia, acheter l'équipe n'est plus mon objectif principal… parce que ce que je veux encore plus, c'est *elle*.

Je sais que c'est ridicule. Elle est la propriétaire de l'équipe, elle est bien trop jeune pour moi et, plus important encore, elle n'est peut-être même pas intéressée par moi – comme tend à le prouver le baiser qui n'a jamais eu lieu. Ce qu'elle appelle le Jour B n'était peut-être qu'une erreur causée par l'ivresse de son point de vue, et ce n'était peut-être pas aussi bien pour elle que pour moi – même si elle a vraiment eu l'air de prendre son pied.

Et c'est parti. Je suis en érection. Encore.

C'est pas vrai.

———

Le lendemain matin, Sophia arrive pour le petit déjeuner dans le même restaurant qu'hier, ce qui est bon signe. Si elle cherchait à m'éviter, elle aurait pu aller dans l'autre – bien qu'elle ait peut-être tenté la psychologie inversée et pensé que je serais ailleurs.

— Salut, lance-t-elle avec un sourire rayonnant.

OK, les gens ne sourient pas quand ils sont mécontents parce qu'on a deviné sans se tromper où ils seraient.

— Tu as bien dormi ? s'enquiert-elle.

— Comme une souche.

En tout cas, mon sexe était dur comme une souche, grâce à une certaine personne aux seins parfaits.

Elle prend une assiette et la remplit des options les plus chargées en sucre du buffet.

Nous reprenons notre conversation visant à mieux nous connaître, et j'apprends, entre autres, qu'elle a toujours eu du mal à insulter les gens. Je vais sûrement le regretter plus tard, mais je lui propose de l'aider à améliorer ses compétences, avant de lui apprendre certaines pépites du répertoire utilisé par mon équipe et moi sur la glace.

— J'ai pensé à une activité qu'on pourrait faire, dit-elle une fois la leçon achevée. Ce n'est pas de l'observation de la nature, mais ça se passera *dans* la nature, une forêt, pour être précise. J'espère que ça te convient ?

Tant qu'elle est là, je me fiche de ce qu'on fera.

— Ça a l'air mystérieux. Tu vas me dire ce que c'est ?

Elle m'adresse un sourire triomphant.
— De la tyrolienne.

Chapitre 24

Sophia

— **B**onjour, je suis Levi, se présente notre « instructeur »… qui doit avoir environ quinze ans, et je suis généreuse. Laissez-moi passer en revue les instructions de sécurité avant qu'on s'équipe.

Il se lance dans un discours qui me fait me demander s'il est le petit-fils perdu du professeur Ambien.

Tandis que mes pensées s'égarent, je repense à quelque chose que j'ai ruminé toute la matinée pendant le trajet jusqu'ici : le baiser qui n'a pas eu lieu hier soir.

J'ai lu de la déception dans les yeux de Mason, c'était évident – et il a paru blessé. Et puis même si c'est peut-être mon imagination, il me semble un peu plus fermé sur lui-même aujourd'hui, comparé à son attitude dans les jardins botaniques. Et il n'a pas regardé mes seins une seule fois.

Il m'a peut-être mal comprise, hier soir. Je ne voulais pas l'embrasser parce que j'ai soudain senti le bateau osciller, et que j'avais peur que Pazuzu me fasse renvoyer le dîner que je venais de prendre. Ça n'avait rien à voir avec lui. Rien du tout. C'était effrayant de voir à quel point j'avais envie de l'embrasser malgré Pazuzu... et c'est encore le cas, même devant notre instructeur mineur et tous ces gens.

Hmm. J'ai peut-être bien fait de ne pas l'embrasser, même si c'était à cause d'un malentendu. Je devrais peut-être...

—... et utilisez le gant pour freiner.

Une seconde. Un gant ? Quel gant ? Qu'est-ce que j'ai loupé d'autre ?

— Bien, lance celui qui enfreint peut-être les lois à l'encontre du travail des enfants. L'équipement est là-bas.

Il indique d'un geste une rangée de harnais et de casques.

— Hé, dis-je en tirant sur la manche de Mason. Tu sais quoi faire ?

— Bien sûr. C'est comme ça.

Mason prend un harnais et l'enfile avec aisance, pendant que je fais mon possible pour ne pas reluquer son entrejambe, où le harnais a créé une bosse encore plus grosse que d'habitude. Mason prend ensuite un casque et l'enfile – ce qui me rappelle quand il est sur la glace.

Sexy.

— OK.

Je prends un autre harnais et je l'enfile... réussissant à me donner un coup dans les dents avec un mousqueton et à manquer de m'étrangler quand une bretelle se transforme en nœud coulant.

— Je peux vous aider ? demande Levi.

On dirait qu'il parle directement au téton de Platon, qui est dur et donc visible à travers mon t-shirt malgré mon soutien-gorge.

Je peux remercier la bosse de Mason pour ça.

— Non, grogne Mason.

— Oui, dis-je en même temps.

Mason crispe le poing, ce qui n'arrange en rien l'état de mon téton. Levi fait un pas en arrière – un choix avisé.

— Si tu tiens à ta main, n'envisage même pas de la toucher, lâche Mason dans un nouveau grognement.

La pomme d'Adam récente de Levi tressaute et sa voix devient très aiguë.

— Oui, monsieur.

Il s'empresse de partir aider quelqu'un d'autre.

— Ce n'était pas très poli, fais-je remarquer. Qui va m'aider, maintenant ?

Mason lève les yeux au ciel, approche et me retire le harnais avec la même facilité que lorsqu'il m'a ôté mon soutien-gorge et ma culotte, dans mon fantasme de la nuit dernière.

— Passe ta jambe ici.

Il tient la boucle du harnais et je fais ce qu'il me demande.

— Et ici.

Je glisse mon autre jambe, et ses doigts effleurent

mon mollet par accident, me faisant frissonner de la tête aux pieds.

— C'est ça, murmure-t-il.

Il resserre ensuite les bretelles, qui ont deux effets notables : rehausser Socrate et Platon mieux que l'aurait fait n'importe quel soutien-gorge push-up, et presser mon entrejambe d'une telle manière qu'il suffirait que je pouffe de rire pour jouir.

OK, c'est officiel. Je comprends pourquoi certains ont envie d'être soumis à des cordes de bondage. C'est une expérience très sensuelle d'être serrée de cette manière… même s'il est fort possible que la présence de Mason soit une variable aussi importante que les sangles.

— Tout le monde est prêt ? demande Levi.

Je suis prête pour beaucoup de choses, et la tyrolienne est en dernier sur la liste. Hélas, vu que grimper Mason n'est pas au programme, je vais grimper un arbre à la place.

Quand on est en haut, Levi attache Mason à la corde d'un air appréhensif, avant de faire un geste vers moi.

— Je dois fixer le mousqueton de la même manière.

— Tu peux le faire, répond Mason d'un ton magnanime. Mais fais attention.

— Je suis juste là, vous savez, lancé-je sans m'adresser à personne en particulier.

Levi fait semblant de ne pas avoir entendu et fait son boulot comme si j'étais radioactive. Puis Mason et lui discutent de qui devra me rattraper si je dois l'être au niveau du prochain arbre. Surprise, surprise : ce sera Mason.

— Et qui rattrapera Mason s'il en a besoin ? m'enquis-je.

— Trent, répond Levi en pointant du doigt au loin. Il est déjà en position.

Espérons que Trent est assez âgé pour avoir un permis d'instructeur.

— Trent n'aura besoin de rien faire du tout, assure Mason en bombant le torse. Je suis capable d'utiliser un gant pour freiner.

Je le regarde en plissant les yeux.

— Tu sous-entends que je n'en suis pas capable ?

— Non, répondent Levi et Mason à l'unisson.

— C'est juste une précaution, ajoute Levi.

— Parce qu'on n'a pas envie que quelqu'un soit blessé, précise Mason avec un regard entendu à Levi.

Je lève les yeux au ciel tandis que Mason saute de la plateforme, donnant l'impression que c'est super fun.

Sauf que j'aurais pu jurer voir quelqu'un le rattraper à l'autre bout.

Hmm.

Ça valait la peine de se montrer aussi assuré. Je dois freiner correctement, c'est plus important que jamais, maintenant. Ça lui apprendra.

— Vous y allez, ou pas ? marmonne une voix d'homme derrière moi.

Je me retourne pour voir qui a parlé, mais il ne semble pas très courageux, parce que tout le monde me regarde d'un air impassible.

Peu importe.

Je saute bravement dans le vide.

Zoum ! Je descends la tyrolienne si vite que je n'ai même pas le temps de cligner des yeux, en hurlant d'allégresse, mon taux d'adrénaline grimpant plus haut que n'importe quelles montagnes russes.

À quelques mètres de ma destination, je me souviens du frein, mais c'est trop tard. Je n'ai même pas le temps de toucher le câble avec mon gant avant de m'écraser contre un torse très familier. Il a une odeur masculine révélatrice, avec une pointe de pins couverts de neige.

— Je te tiens, murmure Mason.

Pourquoi est-ce que je me sens aussi sentimentale ? Ce doit être le contrecoup de la tyrolienne.

Et puis pendant que je volais dans les airs, les sangles se sont pressées encore plus contre mon entrejambe, et la proximité de Mason a fait affluer mon sang dans cette zone. Tout cela concourt à créer une étrange sensation, presque comme si j'allais…

— Placez-vous ici, tonne une voix qui doit appartenir à Trent.

Hmm. Il est immense et très âgé. C'est peut-être une entreprise familiale, et Trent est peut-être le grand-père de Levi ?

Il s'avère que Mason ne fait pas de discrimination contre les hommes plus âgés s'agissant des tentatives brutales pour les empêcher de me toucher. Il répète à Trent ce qu'il a déjà dit à son potentiel petit-fils.

— Très bien. Ça me fait moins de boulot,

grommelle Trent. Attendez que tout le monde se soit rassemblé, maintenant.

— Mais vous pouvez attacher son mousqueton, ajoute Mason.

Trent se contente de grommeler.

Le reste du groupe arrive en se cognant tous dans Trent, sauf Levi, qui utilise le frein avec expertise, ce qui accroît ma confiance en ses capacités d'un cran ou deux.

Puis Levi rejoint l'emplacement suivant en tyrolienne et Mason le suit – réussissant à freiner à temps.

OK.

Peu importe si je dois ignorer l'aspect divertissant de cette balade. Je *dois* freiner.

Je saute.

Je dois freiner.

Les sangles se pressent encore plus contre mon bas de bikini, plaquant les replis de mes vêtements contre mes autres replis et créant une pression sur mon clitoris qui…

Je m'écrase à nouveau contre Mason… et je prie pour que Levi ait confondu mon gémissement avec de la douleur, parce qu'en réalité, c'était du plaisir.

Un orgasme, pour être précise.

C'est pour ça que les Français appellent ça « la petite mort » ?

Parce que je crois que je vais mourir de honte.

Chapitre 25

Mason

Apparemment, quand on est assez excité, les rêves érotiques ne suffisent plus et votre cerveau commence à vous procurer des hallucinations sexy. Quand j'attrape Sophia dans mes bras, l'expression qu'elle arbore ressemble en tous points à celle qu'elle a au moment de l'orgasme – une vision qui est ma possession la plus précieuse, stockée bien en sécurité dans ma banque d'images à branlettes.

En parlant de cette banque, j'y ai fait plusieurs dépôts aujourd'hui : de la façon dont ses sangles ont rehaussé ses seins à…

— Tu veux bien me lâcher ? hoquette Sophia.

Ah. C'est vrai. Je nous sépare avec délicatesse.

— Tu vas bien ?

— Oh oui, souffle-t-elle. C'était… incroyable.

Pour une raison inconnue, elle a les joues très rouges.

Levi se racle la gorge.

— Vous voulez bien vous écarter pour que les autres puissent venir, s'il vous plaît ?

Traduction : trouvez-vous une chambre.

Nous nous déplaçons. J'arrive à peine à marcher, parce que je suis en érection et que les sangles sont douloureusement serrées.

— Je peux l'attacher ? demande Levi avec prudence quand c'est à nouveau notre tour.

Bordel de merde. À chaque fois que Levi rappelle à Sophia que je me comporte comme un petit ami possessif, elle plisse les yeux. S'il continue comme ça, elle va me faire un sermon… et elle aura sûrement raison.

Ouais. Quand elle a refusé de m'embrasser hier soir, elle m'a clairement fait comprendre qu'elle n'était pas « à moi », quel que soit le sens qu'on donne à ce mot, mais je ne peux pas m'en empêcher. Je ne supporte pas l'idée qu'un autre homme la touche, à tel point que rien que l'idée qu'elle soit sortie avec un autre homme par le passé ne me plaît pas. En fait, quelque chose d'atavique au fond de moi était content, quand j'ai appris qu'elle n'avait jamais eu de relation sérieuse. Si ça ne tenait qu'à cette partie de moi, Sophia serait restée vierge jusqu'à ce qu'on se rencontre, comme une débutante de l'ère victorienne.

Argh. Que quelqu'un m'abatte pour abréger mes souffrances.

— Hé, dit Sophia en me donnant un coup de coude dans la poitrine. C'est ton tour.

Ah. C'est vrai. Je saute de la plateforme – et ne peux

m'empêcher de sourire. Toute cette tension sexuelle mise à part, je trouve la tyrolienne très amusante.

Je parviens à nouveau à freiner et me dispose pour attendre un moment encore plus amusant : quand Sophia tombera dans mes bras.

Merde.

J'attends ça avec beaucoup trop d'impatience, surtout sachant qu'elle n'a pas envie de moi de cette manière. La dernière chose dont j'ai besoin, c'est de me transformer en vrai harceleur.

Sophia arrive super vite, sauf que, cette fois, elle freine et atterrit avec grâce devant moi sur la plateforme, comme une pro de la tyrolienne.

— Bien joué.

Je ne peux m'empêcher d'éprouver une vague de fierté, même si je suis déçu de ne pas avoir eu l'occasion de la toucher.

Elle me regarde d'un drôle d'air.

— Merci, Mason.

Je ne sais pas trop ce que c'était que ça, mais j'aime entendre mon nom sur ses lèvres… surtout quand elle le hurle de plaisir.

Et c'est reparti. Mes couilles sont au-delà du bleu, maintenant. Je crois qu'elles ont pris une teinte violette. Peut-être même ultraviolette. En fait, je ne serais pas surpris si elles se mettaient à tirer des rayons X sur toutes les images classées X en rapport avec Sophia qui tournoient dans ma tête.

Des rayons XXX.

— Reculez, grommelle Trent.

Ah. C'est vrai.

Nous faisons un pas de côté pour laisser les autres arriver en tyrolienne, mais l'air entre Sophia et moi semble chargé en électricité… ou c'est ce que veut me faire croire mon imagination.

— C'est le dernier saut, remarque-t-elle avec un geste vers le câble sur lequel on s'apprête à glisser. Est-ce trop tôt pour dire que cette excursion n'était pas un désastre ?

— Non.

C'est ce que pense mon cerveau, en tout cas. Mon sexe considère peut-être l'absence de baise comme un désastre.

— Dans ce cas, et si tu me disais…

— Bougez-vous, lance un type.

Je lance un regard noir par-dessus mon épaule, mais personne ne revendique ces paroles, ce qui est plus judicieux.

Je me tourne à nouveau vers elle.

— Désolé, Coccinelle. On va devoir continuer cette conversation sur la terre ferme.

Sur ces mots, je saute – et une fois de plus, un sourire étire mes lèvres lorsque le vent heurte mes joues.

Ils ont vraiment gardé le meilleur pour la fin.

Cette tyrolienne est la plus exaltante de toutes.

En fait, j'en oublie presque de freiner, mais la perspective de finir dans les bras adolescents de Levi constitue une excellente motivation, alors je fais le nécessaire et atterris sur la plateforme avec juste un léger faux pas.

De son côté, Sophia réalise un autre atterrissage parfait, et c'est peut-être la raison pour laquelle j'ai encore plus envie d'atterrir *sur* elle.

— Crache le morceau, halète-t-elle.

Je secoue la tête.

— On doit rejoindre la terre ferme. Si l'un de nous se casse un bras en route, ce sera considéré comme un désastre, finalement.

Elle prend une moue boudeuse, mais n'insiste pas tant qu'on n'est pas en sécurité au sol.

— OK, dit-elle. Dis-moi, maintenant, ou tu en subiras les conséquences.

Je soupire.

Très bien. Voilà. Tu te souviens quand j'ai dit à ton amie Abigail que je pouvais transmettre son CV à quelqu'un de chez Octothorpe ?

Sophia écarquille ses yeux marron chaleureux à un niveau presque comique.

— Elle a obtenu un entretien ?

Je hoche la tête.

— En plus, je sais de source sûre qu'elle a de fortes chances d'être prise.

Pour être précis, Landon m'a dit : « À moins que les ressources humaines découvrent qu'elle s'injecte de l'héroïne dans les orbites, ou qu'elle chie sur le bureau de l'une des personnes qui lui fera passer l'entretien, c'est déjà dans la poche pour elle. » Mais je n'ai pas envie de donner trop d'espoirs à Sophia au cas où

Abigail trouverait une manière moins spectaculaire de gâcher cette opportunité.

— L'entretien est pour quand ? demande Sophia.

— Elle a passé la première étape hier, dis-je. Mais il en reste encore pas mal.

Les yeux de Sophia passent d'écarquillés à plissés.

— Tu m'as caché un truc aussi important pendant tout ce temps ?

— C'était un secret exclusif le jour où on a embarqué, dis-je. Je voulais l'utiliser pour entrer dans tes bonnes grâces et te convaincre de rester pour le dîner. Abigail t'en aurait parlé dès le lendemain, si tu n'avais pas été en désintox numérique.

Les yeux de Sophia sont désormais réduits à deux fentes.

— C'est très manipulateur.

Je penche la tête.

— Tu aurais préféré que je ne transmette pas son CV ?

— J'aurais préféré que tu le fasses par pure bonté d'âme, pas juste pour obtenir quelque chose de moi.

Je hausse un sourcil. La vérité, c'est que je l'aurais fait quoi qu'il arrive, mais si je le lui dis maintenant, elle ne me croira pas de toute façon, ou elle rétorquera que c'est une autre tentative de manipulation. Pour une raison inconnue, elle pense le pire de moi, et je déteste ça.

— OK, très bien, dit-elle d'un ton sec. Tu as gagné.

Je hausse mon autre sourcil.

— Gagné quoi ?

Mon sexe tressaille – comme si je n'avais pas déjà deviné ce qu'il espérait qu'elle dise.

— On peut dîner ensemble à notre retour sur le bateau, dit-elle d'un ton magnanime.

Je n'ai jamais demandé ça, mais je suis plus que ravi d'accepter.

— OK. Ce sera un plaisir de dîner avec toi ce soir.

Et tous les soirs qui suivront.

— Oh, et… merci.

Sophia se rapproche de moi et s'humecte les lèvres.

— Quelles que soient tes motivations, c'était un énorme service d'obtenir cet entretien à Abigail.

— De rien, dis-je, incapable de détourner les yeux de ses lèvres.

Elle réduit la distance entre nous.

— Tu veux bien m'aider à retirer tout cet attirail ?

Je m'exécute, ôtant les sangles du harnais une par une.

Merde.

Qui aurait cru que retirer un équipement de sécurité pouvait être aussi excitant ? Vu la dureté de mon érection, c'est à croire que ces sangles sont une culotte en dentelle.

— Laisse-moi t'aider aussi, susurre-t-elle.

Je viens de l'aider bêtement à retirer son casque – comme si elle n'était pas capable de faire un truc aussi basique elle-même.

M'aider ?

Attendez une…

Ouais.

Elle se laisse tomber à genoux, la bouche à quelques centimètres de mon sexe palpitant. Elle libère ma jambe droite, puis la gauche – et c'est un miracle que je tienne encore debout, parce que je crois ne plus avoir de sang nulle part ailleurs que dans mon sexe.

— Tes épaules, maintenant.

Sa voix est étrangement sensuelle, sûrement encore des hallucinations provoquées par ma libido.

— Assieds-toi.

Je pose les fesses sur une souche toute proche, elle m'y rejoint et m'aide à retirer le reste de l'équipement. Elle retire le casque en dernier, et son visage se retrouve à un souffle du mien, les lèvres à quelques centimètres.

Des lèvres pulpeuses.

Des lèvres appétissantes, tentantes, qui…

Soudain, les lèvres que j'admire tellement se rivent aux miennes.

Bordel. Je ne sais pas si c'est moi qui ai initié ça ou si c'est elle. Tout ce que je sais, c'est que ce baiser est le meilleur de ma vie – et plus important encore, au lieu de me repousser, elle y participe avec enthousiasme.

— Trouvez-vous une chambre, lance Trent d'un ton mauvais quelque part près de nous.

Je réprime l'envie de réduire le vieil homme en bouillie. Il marque un point, à vrai dire.

Sophia et moi, ensemble dans une chambre, c'est la meilleure idée que j'aie jamais entendue.

Chapitre 26

Sophia

Lorsque je me décroche de Mason, je vois que toutes les personnes ayant fait de la tyrolienne avec nous – depuis Levi, qui est trop jeune pour voir ça, jusqu'à son potentiel grand-père – ont les yeux rivés sur nous comme si nous étions des chimpanzés en train de nous masturber dans un zoo.

Je saute sur mes pieds.

— Allons-y.

Avec un peu de chance, je ne reverrai jamais aucune de ces personnes.

Mason hoche la tête, se lève et me ramène à notre voiture, d'une démarche un peu étrange.

Sur le trajet du retour et durant le dîner, nous faisons comme si ce baiser torride n'avait jamais eu lieu, même si c'était merveilleux sur le moment. Au lieu de ça, nous continuons d'apprendre à nous connaître, et je ne peux m'empêcher d'écouter avidement la moindre bribe d'information qu'il me confie, comme le fait qu'il a été recruté dans une équipe de hockey à l'âge avancé de cinq ans. Je ne peux pas résister non plus lorsqu'il me parle avec passion de *Planète Terre,* son documentaire animalier préféré.

— J'ai une confession à te faire, dit-il une fois que nous avons terminé notre dessert, hélas ! Je t'ai prévu une surprise, ce soir, mais si tu ne...

— Je veux.

C'était trop empressé ?

— Tant mieux, répond-il. Quelle est ta pointure ?

Je le regarde en clignant des paupières. Je croyais qu'il parlait d'Uber emballé avec un joli nœud, mais quel serait le rapport avec ma pointure ? À moins que... Mason est-il fétichiste des pieds ? Il n'en avait pas l'air, le Jour B, mais ça ne veut rien dire.

— Quarante-et-un, dis-je.

J'espère que c'est assez petit (ou grand ?) pour le mettre d'humeur adéquate.

— Merci.

Il envoie un message à quelqu'un, et je suppose que c'est le nombre quarante-et-un.

OK. Il y a une forte probabilité pour que la surprise n'ait pas lieu dans la chambre de Mason.

Ma curiosité excessive éveillée, je le suis dans le bateau jusqu'à l'ascenseur, qui nous amène au troisième étage.

Hmm. Je me souviens vaguement avoir entendu mentionner une attraction sympa, à ce niveau. Mais je n'arrive pas...

Une brise froide et un panneau sur lequel est écrit « Patinoire » m'indiquent ce que ma mémoire s'apprêtait à m'apprendre.

— On va faire du patin à glace ? demandé-je sans prendre la peine de cacher mon enthousiasme.

— J'aurais dû te bander les yeux, dit Mason d'un ton grincheux.

Oui. Ça aurait été sexy.

Il ouvre les grandes portes devant nous, révélant une immense salle couverte de glace.

— Comme tu l'as deviné, la surprise, c'est qu'on va patiner.

Je détourne mon esprit de mes pensées mal placées.

— Je ne sais pas patiner.

Est-ce pour cette raison que mon cœur cogne si fort ?

— Je m'en doutais, répond Mason en souriant, c'est pour ça que j'ai l'intention de t'apprendre.

— M'apprendre ?

Je fais un pas prudent vers la glace. Pour une raison inconnue, je trouve l'idée qu'il me donne des leçons aussi fascinante que le bandeau sur les yeux.

— Ne t'en fais pas, dit-il. Tu ne risques rien avec moi.

Je déglutis, la gorge anormalement sèche.

— OK.

Je rassemble mon courage, entre dans la pièce fraîche et vois une pile d'équipements que Mason a dû demander à quelqu'un de préparer pour nous. Il y a deux paires de patins, un casque, une paire de gants, un pantalon de ski épais, des coudières et des genouillères. Enfin, et non des moindres, il y a un gadget qui ressemble à un déambulateur de vieille dame après un remplacement de la hanche.

Je regarde le matériel de sécurité en plissant le nez.

— Tu n'avais vraiment pas beaucoup foi en mes talents de patineuse, hein ?

Mason enfile ses patins avec facilité.

— Je n'ai pas envie que tu te fasses mal, répond-il en ramassant les patins plus petits. Enfile ça, maintenant.

J'enfile d'abord le pantalon de ski, parce que je doute d'y parvenir avec les patins, puis je m'assieds sur le banc et tends mes pieds à Mason comme il me l'a demandé.

Vu la délicatesse avec laquelle il enfile les patins, l'idée du fétichisme des pieds refait surface, sauf que j'ai l'impression d'être celle qui y est sujette, parce que j'aime vraiment beaucoup quand ses doigts forts effleurent mes voûtes plantaires.

Puis il m'enfile un casque sur la tête pour la deuxième fois de la journée – et je suis à deux doigts de l'embrasser à nouveau. Par contre, s'agissant des coudières et des genouillères, j'insiste pour m'en occuper moi-même, en grande partie parce que je ne pense pas être capable de me contenir encore longtemps – et nous sommes dans un lieu public, même s'il n'y a personne dans les parages.

— Parfait, dit-il en me regardant d'un air approbateur. Pour commencer, contente-toi de rester debout sans bouger, pour te faire aux patins.

J'avance sur la patinoire et fais ce qu'il m'a dit, même si la façon dont il me tient la main transforme mon cerveau en bouillie – et ce malgré les gants.

Une fois que je me suis plus ou moins adaptée à la sensation des patins, il m'apporte l'espèce de déambulateur et je m'en sers pour me balader un peu en tanguant, de plus en plus à l'aise à chaque minute qui passe.

— Je crois pouvoir m'en passer, dis-je au bout d'un moment.

— OK.

Il glisse vers moi avec la grâce d'un patineur artistique.

— Tiens-moi la main.

Je repousse le déambulateur et serre sa main de toutes mes forces. Nous commençons à glisser sur la glace, et ça paraît surréaliste, comme de la danse, surtout lorsqu'il me prend les deux mains pour me faire tournoyer en cercle.

— Laisse-moi essayer toute seule, dis-je au bout de quelques minutes.

— Je ne suis pas sûr que tu sois prête, répond-il.

Devrais-je lui expliquer que le contact de ses mains est trop enivrant et que je courrais peut-être un moins grand danger toute seule ? Non. Au lieu de ça, je lui fais mes plus beaux yeux de chien battu.

— Je peux le faire. S'il te plaît.

Il me lâche les mains avec prudence.

— Vas-y lentement. Sois prudente.

— Bien sûr, dis-je.

Puis en un clin d'œil, sans prévenir, je m'écroule la tête la première sur la glace.

Ouf. Grâce à tout le rembourrage, je ne sens que l'air qui s'échappe de mes poumons. Puis des bras forts m'attrapent et je me sens portée quelque part.

Lorsque je retrouve mes esprits, nous sommes dans l'ascenseur, et je suis blottie fermement contre la poitrine de Mason.

— Où on va ? grommelé-je.

— Dans ma chambre, répond-il. J'ai une trousse de premiers secours là-bas. Tu t'es égratigné le menton.

Ah. C'est vrai que mon menton est un peu douloureux. Mais bon, mis à part ça, je n'ai mal nulle part. Je ne sais pas trop si c'est parce que je ne me suis pas blessée ou si c'est grâce aux endorphines qui ont afflué dans mon corps au contact du sien.

L'ascenseur s'arrête et Mason s'avance vers sa destination à grandes enjambées.

Une fois que nous sommes dans sa suite, Mason m'amène à son lit géant et me dépose dessus, avant d'examiner mon menton comme un chirurgien cardiaque scruterait une cavité thoracique ouverte.

— Comment tu te sens ? demande-t-il.

Si excitée que je pourrais jouir, mais je ne peux pas lui répondre ça.

— Je n'ai pas mal, dis-je. J'étais un peu endolorie au début, mais c'est passé, maintenant.

Ou bien ça a été mis en sourdine par le flot d'hormones de la taille d'un tsunami.

— Je vais désinfecter la plaie, dit-il. Je peux te laisser seule une seconde ?

— Comme je l'ai dit, je vais bien.

Enfin, j'ai bien envie d'être un peu endolorie… mais pas au menton.

Il me laisse avec réticence, comme s'il craignait que je sois en train de faire bonne figure et risquais de voler en minuscules éclats dès qu'il m'aurait quittée des yeux. Lorsqu'il s'en va enfin, je m'empresse de me débarrasser de l'équipement encombrant et ringard, en commençant par les coudières et en descendant au fur et à mesure. Je me recoiffe aussi autant que le permet le miroir tout proche – puis je songe que ce serait vraiment marrant, de le regarder me baiser devant ce miroir, qui est clairement disposé là dans ce but précis.

Je rougis à cette pensée, et c'est à ce moment-là qu'il revient, bien sûr. Il s'avance vers moi, s'assied sur le lit et me lève délicatement le menton avec son doigt.

Oh, bon sang.

Il tapote le bobo imaginaire avec une compresse d'alcool avant de souffler sur mon menton avec tendresse.

Par la barbe d'Odin, ses lèvres sont plissées de manière si alléchante, et trop proches de moi. Sans pouvoir m'en empêcher, je me penche vers elles, comme un papillon dévergondé vers une flamme en forme de pénis.

Le souffle de Mason se coince dans sa gorge lorsqu'il se rend compte de ce que je fais. Il se penche aussi et me rejoint pour un baiser d'abord délicat, avant de se transformer en tout autre chose. Nos langues s'entremêlent et le baiser commence à me rappeler son match de hockey : féroce, audacieux et torride.

Je suis haletante et j'ai la tête qui tourne quand il arrive enfin à s'écarter.

— Tu vas bien ? demande-t-il d'une voix basse et rauque.

— Je veux retirer mes patins.

Au risque que les gros titres de demain annoncent : « Une propriétaire tranche le bras du meilleur joueur de son équipe pendant qu'ils batifolent. »

Il hoche la tête et une expression concentrée se peint sur son visage, comme s'il devait mobiliser toute sa maîtrise de lui-même pour contenir ses plus bas instincts. Il me retire mes patins, puis mes chaussettes. Puis comme s'il avait développé des pouvoirs psychiques, il se met à me masser les pieds, en commençant par la voûte et en allant vers chaque orteil. Son souffle chaud me donne l'impression qu'il les lèche – à moins que ce soit vraiment le cas. Je suis trop extatique pour en être sûre.

Oui, j'aime vraiment les trucs de pieds, et c'est peut-être son cas aussi. Je croyais déjà être excitée avant, mais ce n'était rien comparé à ce que j'éprouve maintenant. J'ai envie de le déshabiller et de faire en sorte que ses lèvres sucent les tétons de Platon et Socrate. J'ai envie qu'il m'emplisse avec son…

Dans un autre moment psychique, Mason commence à se déshabiller pour moi.

— Oui, hoqueté-je. Retire tout.

De toute évidence, j'ai été trop vague. Je voulais qu'*il* se mette tout nu, mais à la place, c'est *moi* qu'il déshabille – et ce n'est qu'après ça qu'il libère Uber.

— On va vraiment faire ça ?

Il a parlé d'une voix presque gutturale, et j'ai encore une fois l'impression que s'arrêter pour poser des questions lui demande énormément de maîtrise de lui-même.

De son côté, Uber semble me faire des clins d'œil assurés, comme pour me dire « on sait tous que tu as envie de moi ».

Je m'humecte les lèvres.

— Tu connais la devise de Sin City ? demandé-je.

Mason me regarde comme un loup regarderait un lapereau.

— Ce qui arrive à Vegas reste à Vegas ?

Je m'avance sur le lit pour me rapprocher de lui.

— Cette croisière est notre Vegas.

Son regard devient voilé.

— Tes yeux me rappellent le chocolat chaud. Je te l'ai déjà dit ?

— Ce ne sont pas mes yeux que tu regardes.

Mon doigt dessine des cercles autour de mon téton tendu, sur lequel est rivé son regard.

— En plus, je croyais que tu ne mangeais pas de chocolat. Que quand tu avais envie de ce genre de truc, ce que tu voulais vraiment, c'était un fruit !

— Tu oublies, grogne-t-il, que je mange beaucoup

de chocolat noir. Tu as même trouvé ça dégoûtant que j'en mélange à mes feuilles de salade.

— Ah, c'est vrai.

J'avais complètement oublié. Mais pour ma défense, je suis face à face avec Uber, mon cerveau est donc envahi par les émanations d'œstrogène.

— J'accepte ton compliment, je suppose.

Même si parler de feuilles me fait penser à celle de rose – la pratique sexuelle, bien sûr.

— En parlant de trucs délicieux que j'ai envie de manger, couche-toi, ordonne-t-il d'une voix bourrue.

Oh, bon sang.

Je m'exécute et il fait glisser sa langue le long de mon corps, en commençant par mon pied droit et en remontant sur mon mollet, puis mon genou, et jusqu'en haut, me laissant tremblante de désir.

Il dépose d'abord de légers baisers sur mes replis, provoquant un frisson de plaisir dans toutes mes terminaisons nerveuses. Puis ses baisers deviennent plus profonds et acharnés, me faisant gémir.

— Délicieux, souffle-t-il contre ma chair.

Il donne ensuite un coup de langue voluptueux sur mon clitoris, suivi d'un autre, et un autre, jusqu'à ce qu'un plaisir d'une douceur terrible s'accumule au creux de moi, me laissant haletante et me tortillant de désespoir.

— C'est ça, grogne-t-il. Jouis pour moi.

C'est ce que je fais, et pas qu'un peu. Des points blancs dansent dans mon champ de vision et mes orteils bien massés se recourbent de manière spasmodique pendant que je jouis sur sa langue habile.

— Bien joué, murmure-t-il.

Il fait glisser sa langue plus bas, dépassant mon périnée. Puis dans une autre prouesse psychique, il me lèche là où le soleil ne brille jamais.

Un frisson parcourt tout mon corps et je rougis de la tête aux pieds. C'est embarrassant, d'une manière bizarrement sexy. Ça chatouille, mais c'est agréable, surtout quand il resserre les mains sur mes fesses et m'ordonne de me détendre.

Me détendre ? Comment le pourrais-je alors qu'il suce son doigt, avant de le presser contre l'anneau étroit de mon derrière ? Avec lenteur, il se glisse à l'intérieur. La sensation est intense, l'écartement un peu douloureux – mais encore une fois, d'une manière étrangement sensuelle.

Ce qui est encore plus bizarre, c'est que lorsqu'il retire son doigt, ça me manque un peu.

— Maintenant, dit-il d'une voix râpeuse. Je te veux par-derrière.

Oh. Je suis à peu près sûre qu'il parle de mon vagin. Quoi qu'il en soit...

— Je croyais que tu ne demanderais jamais.

Les membres un peu flageolants, je me mets à quatre pattes et regarde dans le miroir pendant qu'il se positionne derrière moi. Uber est plus dur et épais que jamais.

— Attention, dis-je dans un hoquet tout en le regardant enfiler un préservatif. Tu es trop gros.

— Bien sûr, répond-il d'un ton apaisant.

Puis il me pénètre (oui, dans le vagin), avec lenteur et délicatesse, comme s'il faisait un effort de volonté herculéen pour exercer autant de contrôle. Puis de manière presque aguicheuse, il retire Uber.

Non. Je veux…

Il replonge lentement, et glisse aussi facilement qu'une panna cotta dans ma bouche, grâce à la quantité généreuse d'humidité que je produis.

— Plus vite, me surprends-je à dire. Plus fort. Plus profond.

Il grogne quelque chose d'inintelligible et fait ce que je lui demande, me pilonnant comme un possédé.

Mes gémissements gagnent en volume et en désespoir.

— Jouis, ordonne-t-il juste au moment où je le fais.

Avec un cri, je me crispe autour d'Uber et parviens à peine à rester à quatre pattes ensuite.

— Donne-m'en un autre, grogne-t-il avec avidité.

Rester à quatre pattes est le mieux que je puisse faire niveau réponse, mais il m'aide en s'accrochant à Socrate avant de s'enfoncer en moi avec une vigueur renouvelée.

Mes yeux roulent dans mes orbites. Un nouvel orgasme se prépare au creux de moi, mais il semble lointain, presque hors de…

Il repose les doigts au même endroit que tout à l'heure, sur mon anus, créant une sensation irrésistible qui me procure une explosion de plaisir – si forte que j'ai presque la gorge à vif à force de gémir et hurler.

— Une dernière fois, grogne-t-il. Tu peux le faire.

Si j'avais pu parler, je lui aurais répondu que je ne partageais pas son assurance, mais c'est alors que je le sens lâcher Socrate et attraper une poignée de mes cheveux.

Oh merde. Je me rends compte que j'ai les yeux fermés et je les rouvre pour regarder dans le miroir.

Oui ! Il serre mes cheveux dans son poing dur, nervuré et exceptionnel, et cette vision me fait le même effet qu'un vibromasseur appliqué contre mon clitoris trop sensible.

Je jouis en hurlant son nom.

Lorsque je me contracte autour d'Uber pour la dernière fois, Mason grogne de plaisir et je le sens se décharger, ce qui me provoque un autre spasme dans un faible contrecoup.

Haletante, je retombe mollement sur le lit, incapable de bouger un seul muscle. J'ai vaguement conscience que Mason me nettoie, avant de s'enrouler autour de moi comme une couverture à un milliard de dollars.

— Pas mal, marmonné-je.

Il renifle.

— Juste « pas mal » ?

— Oh, le sexe était divin, dis-je en bâillant. Je parlais de ta façon de m'étreindre en cuillère.

— Ah, dit-il en m'embrassant la nuque. Je m'apprêtais à demander une revanche.

— On pourra en discuter demain, dis-je avec un

autre bâillement. Tant que tu n'oublies pas que ce qui se passe pendant la croisière…

— Reste sur la croisière, termine-t-il sur un ton difficile à déchiffrer.

— C'est ça, acquiescé-je en blottissant mon dos contre lui. Je vais dormir, maintenant.

Et d'un coup, je m'endors.

Chapitre 27

Mason

J'aimerais toujours me réveiller comme ça, à partir de maintenant : avec Sophia dans mes bras.

Ce qui se passe pendant la croisière reste sur la croisière.

Aucune chance, putain. Pas si j'ai mon mot à dire.

Je la rapproche de moi.

C'est officiel. Ma nouvelle mission sera de m'assurer que ce qui se passe entre nous – quoi que ça puisse être – continue après la croisière.

Il me faut juste une stratégie, comme durant un match.

Ouais. Pour commencer, je ne parlerai plus de racheter l'équipe. Au lieu de ça, je vais proposer de l'aider à la gérer... bien que ça risque de l'offenser. Peut-être qu'à la place, je pourrais...

— Bonjour, dit-elle en ouvrant un œil. J'ai ronflé ?

— Non, dis-je en souriant à son visage endormi. Tu

as été silencieuse, comme une coccinelle en hibernation.

Elle ouvre les deux yeux.

— Elles hibernent ?

— En hiver. Elles ne mangent pas pendant qu'elles hibernent, mais si les températures se rafraîchissent beaucoup, il arrive qu'elles sortent chercher un casse-croûte.

— Excellente idée, remarque-t-elle.

Elle se tortille pour échapper à mon étreinte et s'assied avant de retirer les pieds du lit.

— Je meurs de faim.

Délicieusement nue, elle fonce vers la salle de bain. Je m'accorde un instant pour calmer mon sexe aussitôt au garde-à-vous, puis je passe un coup de fil pour m'assurer que ses chaussures et nos autres vêtements soient rapportés de la patinoire.

Lorsqu'elle sort de la salle de bain, enveloppée dans un peignoir, à ma grande déception, je ne suis pas surpris d'apprendre qu'elle veut faire un saut dans sa propre suite.

— Tes chaussures seront devant la porte, lui indiqué-je.

Elle jette un coup d'œil à ses pieds nus.

— Ah. C'est vrai. Merci.

Je balaie ses remerciements de la main.

— Dans quel restaurant on va prendre notre petit déjeuner ?

— Le même que d'habitude, répond-elle sans remettre en question le « on ». Je meurs d'envie d'apprendre d'autres petites anecdotes sur les coccinelles.

Je ne sais pas si elle plaisante ou pas, mais lorsqu'on se rejoint, je lui dis tout ce dont je me souviens du documentaire sur les coléoptères que j'ai regardé. Un tas de petits détails fascinants comme le fait que les coccinelles saignent des genoux lorsqu'elles se sentent menacées, que leurs larves ressemblent à des alligators minuscules, qu'elles ont des griffes qui leur permettent de s'accrocher aux surfaces, et le plus flippant : elles pondent des œufs supplémentaires qui servent de goûter à leurs petits.

— Oh, et les coccinelles ont un nom collectif adorable, conclus-je.

— Ah oui ?

— Oui. Quand elles sont en groupes, on appelle ça une beauté de coccinelles.

Ce qui est approprié, sachant à quel point la coccinelle devant moi est belle.

— Et c'est tout ? demande-t-elle.

— Oui.

Sophia étrécit les yeux.

— Comment se fait-il que tu ne m'aies pas dit qu'elles avaient mauvais goût ? Ou que leur couleur servait à avertir de ce fait ? Ce sont les seules choses que je savais sur les coccinelles avant aujourd'hui.

Je hausse les épaules.

— Je n'ai goûté qu'à une seule coccinelle pour l'instant, et elle était délicieuse.

Sans surprise, son visage rougit, prenant une

nuance très semblable à la couleur vive des coccinelles. Ce serait sûrement exagéré de lui faire part d'une autre vérité : quelle que soit sa couleur, elle n'aura plus jamais à craindre les prédateurs – pas tant que je respire.

Elle sirote son macchiato.

— Donc… qu'est-ce qu'on va faire aujourd'hui ?

— Et si on essayait le simulateur de surf ? proposé-je.

Je garde une expression impassible pour ne pas lui montrer que son « on » me donne envie de lever le poing en l'air. Elle penche la tête.

— Tu fais du surf ?

— Non, mais j'apprends vite.

———

Il s'avère que Sophia apprend beaucoup plus vite que moi – si l'on en croit le nombre de fois où chacun de nous se ramasse dans le simulateur. Pour ma défense, la moitié de mes chutes se produisent parce que je suis distrait par son maillot de bain.

— Tu es si doué au patin à glace que je m'attendais à ce que tu sois doué dans toutes les activités nécessitant de l'équilibre, remarque-t-elle pendant qu'on fait la queue pour recommencer.

Elle fait référence à ma culbute involontaire, lors de ma chute numéro cinquante-sept.

— Je suis sûr que je pourrais maîtriser le surf, si je

voulais, dis-je avec une assurance que je n'éprouve pas tout à fait.

Elle secoue la tête.

— Je m'en tiendrais au hockey, si j'étais toi. C'est ce pour quoi tu es doué.

Je me penche pour lui murmurer à l'oreille :

— Tu es sûre de ne pas connaître un autre domaine dans lequel je suis doué ?

Comme je m'y attendais, Sophia se remet à rougir.

———

Dans les jours qui suivent, nous sommes inséparables. Ensemble, nous plongeons dans une cage avec des requins, nous faisons des visites historiques, nous montons dans un tramway électrique et nous faisons de la plongée en apnée. Durant les repas ou les trajets en transport en commun entre deux excursions, nous en apprenons de plus en plus l'un sur l'autre – et malgré tout ce que j'apprends sur elle, ce n'est jamais assez.

Bien sûr, le point culminant de chaque journée a lieu dans ma suite, où nous explorons nos corps respectifs avec minutie, apprenant ce que l'autre aime et n'aime pas. Oh, et je ne compte pas les points, ou quoi que ce soit, mais je suis certain d'avoir fait jouir Sophia trois fois pour chacun de mes orgasmes.

Quand nous arrivons en Jamaïque, nous manquons de nous briser la nuque en escaladant une cascade de trente mètres. Ensuite, l'une des guides touristiques propose de nous vendre du cannabis.

— On peut ? me demande Sophia avec un regard suppliant.

— Pourquoi ? demandé-je en regardant la guide, les yeux plissés. On ne peut pas l'emmener sur le bateau.

La guide affiche un sourire bien trop étincelant.

— Je peux vous vendre quelques joints à fumer avant de repartir.

Je fronce les sourcils.

— Je ne prends pas de drogue.

— On a déjà eu cette conversation, proteste Sophia. Tu bois, et l'alcool est une drogue.

— Pourquoi pas un seul joint ? suggère la guide.

Sophia sort un billet trempé de sa poche.

— Ça suffira ?

Les yeux brillants d'avarice, la guide s'empare du billet avant même que j'aie pu en voir le montant.

— Ça ira, dit-elle. Et pour ma nouvelle cliente préférée, il y a un bonus.

Elle sort un briquet en plastique bon marché de son sac à main et l'offre à Sophia avec le joint.

— Je vous recommande d'aller le fumer là-bas, dit-elle en indiquant un endroit près de l'eau. La vue est belle et je m'assurerai que personne ne vous dérange.

Sophia me donne un coup de coude provocateur.

— Tu vas venir avec moi, ou tu as trop peur d'être en contact avec une personne en train de planer ?

— Je vais venir, dis-je. Mais ça ne veut pas dire que j'approuve.

— C'est noté, répond Sophia.

Entre ses dents, elle marmonne quelque chose qui ressemble à « agent des stups ».

Lorsque nous arrivons au recoin isolé, je dois admettre que la vue est vraiment belle… jusqu'à ce que Sophia allume son joint et souffle un nuage de fumée qui occulte la vue, en tout cas.

— Ça ne détruit pas les neurones ? l'interrogé-je.

Elle tousse.

— C'est aussi le cas de l'alcool. Tu veux bien arrêter de jouer les rabat-joie, maintenant ?

Je soupire. C'est bizarre, mais la drogue sent plutôt bon. Une odeur très végétale, ce qui est logique, mais aussi un peu terreuse, avec des notes de citron ou de pomme, même si ça vient peut-être du shampoing de Sophia. Et puis la façon dont elle enroule les lèvres autour…

— C'est donc ça qu'on appelle la pression des aînés ? grommelé-je à voix haute.

Parce qu'une partie de moi a envie de goûter cette saleté. Bien qu'elle soit bien trop jeune pour être une aînée.

Elle était à la maternelle quand je subissais déjà la pression de mes aînés au lycée.

Elle hausse un sourcil.

— Ça veut dire que tu veux une taffe ? Je peux t'assurer que la potentielle addiction est…

— Laisse-moi deviner, moins forte que celle à l'alcool, terminé-je.

Elle hoche la tête.

— Très bien, cédé-je en tendant la main. Donne.

Je prends le joint, aspire un peu de fumée et la relâche.

Elle étrécit les yeux.

— Tu n'as pas inhalé.

Je fronce les sourcils.

— Ah non ?

Elle penche la tête.

— Tu n'as jamais rien fumé de ta vie ?

— Non. Je suis un foutu athlète. Pourquoi j'aurais fait ça ?

Elle reprend le joint.

— Fais comme ça.

Elle aspire une si grosse goulée d'air que son ventre gonfle.

— Compris.

Je prends le joint et fais ce qu'elle m'a suggéré… avant de me mettre à tousser comme si j'avais la tuberculose, une bronchite et une pneumonie tout à la fois.

— Tu en as pris trop, dit Sophia quand j'arrive à nouveau à respirer. Fais plutôt comme ça.

Elle prend le joint et sa poitrine généreuse se soulève et retombe, rendant mon sexe dur à nouveau.

Lorsqu'elle me tend le joint, j'inhale plus lentement, avec plus de prudence, mais je tousse quand même.

— Tu as déjà fait de la méditation ? demande-t-elle.

J'opine du chef.

— Inspire comme ça.

Elle me fait une démonstration, ses seins se

soulevant et retombant à nouveau, et le reste de mon sang afflue dans mon sexe déjà palpitant.

Je prends une inspiration méditative, mais la quinte de toux qui s'ensuit est encore pire.

Elle lève les yeux au ciel.

— Et si je te faisais une soufflette ?

— Une quoi ?

— C'est quand on souffle la fumée dans la bouche de quelqu'un pendant qu'elle inhale, explique-t-elle.

Elle prend une taffe et se met sur la pointe des pieds, comme si on s'apprêtait à s'embrasser.

Bordel.

Nos lèvres se joignent et elle fait ce qu'elle m'a décrit. Lorsque j'aspire son haleine teintée de fumée, je me rends compte qu'elle m'a menti quand elle a prétendu que le cannabis n'était pas addictif.

Si c'était toujours administré de cette manière, je deviendrais camé de manière irrémédiable.

— Encore ? demande-t-elle en s'écartant.

Je hoche la tête.

Elle recommence sa soufflette, plusieurs fois, jusqu'à ce que le joint ait disparu… c'est à ce moment-là que je me rends compte qu'une saucisse violette invisible vole dans ma tête tout en chantant « Joyeux Anniversaire » en estonien.

Une seconde, quoi ?

Ça n'a aucun sens.

Ce n'est pas mon anniversaire.

Chapitre 28

Sophia

Waouh. Les yeux de Mason deviennent injectés de sang et larmoyants, et ses pupilles se dilatent.

Hmm.

— Tu sais ce qui se passerait si tu étais un professeur ayant donné à ses élèves trop de morceaux de beurre frits ? demandé-je.

— Ils ne mangeraient pas les saucisses volantes ? demande Mason en faisant un geste dans le vide.

— Non.

Même si j'ai bien envie d'une saucisse fumée.

— Tes pupilles seraient dilatées.

Hmm. L'idée de savourer des morceaux de beurre frits me paraît soudain délicieuse.

Ah. Bien sûr. Malgré ma haute tolérance, je plane comme un avion.

Ah ah. Je plane encore plus haut que ma tolérance au cannabis. C'est hilarant.

— J'ai envie d'aller nager avec des dauphins, dit Mason, les yeux pétillants d'excitation. Ou avec des lamantins. Ou des girafes.

Je souris. Même quand son cerveau est embrouillé par le THC, il veut un spectacle animalier.

— Voyons voir si on peut trouver ça, dis-je en lui prenant la main pour l'entraîner avec moi.

Je ne sais pas si c'est l'effet de l'herbe ou de la texture rugueuse, calleuse de sa paume, mais mon envie de sexe est passée en mode surchauffe lorsque nous nous trouvons un taxi.

Je suis si chaude que je suis en pleine effervescence. Je ne m'arrête plus.

Je glousse.

Il semblerait que Mason ne soit pas immunisé à mon contact, lui non plus, parce qu'en réponse à mon petit rire, il m'octroie le baiser de ma vie, qui dure une éternité.

Haletants, nous nous séparons au moment où le taxi s'arrête devant l'endroit où les dauphins sillonnent la grande bleue.

Oh. Ou bien la grande *beuh*.

Je ricane à mes propres traits d'esprit.

Mason ne se rend compte de rien. Les yeux rivés sur mes lèvres, il demande d'une voix rauque :

— On peut prendre du *taranka* ?

Je le regarde en clignant des paupières.

— Des tarentules ?

Hors de question que je nage avec l'une d'elles. Ni que j'en embrasse une.

À bien y réfléchir, je refuserais même de fumer un joint avec elles.

Mason fronce les sourcils.

— Des tarentules ? Elles ne sont pas salées.

Je commence à m'inquiéter.

— Salées ?

— Du *taranka*, répète-t-il. C'est un gardon.

Un gardon ? C'est un type de cafard, non ? Je tressaille.

— C'est encore pire.

Il penche la tête.

— Tu trouves ? On les attrape, on les sale et on les laisse sécher. Il n'y a pas mieux pour accompagner la bière.

Je suis à deux doigts de vomir.

— Des cafards en accompagnement ?

Mason avait peut-être raison de ne pas vouloir fumer du cannabis avec moi. Il y a une différence entre avoir les crocs et ça.

— Du gardon, répète Mason. C'est un type de poisson. *Rutilus rutilus.*

Oh.

— Tu veux du poisson séché ?

Il hoche la tête.

Ce n'est pas une si mauvaise idée.

— Allons voir dans ce magasin.

Je l'emmène dans une boutique, mais ce qu'on trouve de plus similaire s'appelle « *Jamaican Jerk* », une marque de chips de pommes de terre.

Qui aurait cru que les pommes de terre

constitueraient un aussi bon substitut au cafard… au poisson, je veux dire. Mason dévore son sachet avec un tel enthousiasme que je me sens un peu jalouse. Mais lorsque je mords dans l'encas que je me suis choisi – des boulettes de tamarin –, j'oublie où je suis tellement c'est bon.

Nous engloutissons tout ce que nous avons acheté et revenons piller le magasin.

Après quelques allers-retours supplémentaires pour nous sustenter, je parviens à me souvenir pourquoi nous sommes ici et traîne Mason jusqu'à l'océanorium.

Pendant qu'on s'équipe, j'ai l'occasion d'apprécier la vue du torse nu de Mason, puis à ma grande déception, il le dissimule sous un dispositif de flottaison. Bientôt, nous sommes dans l'eau, face à un banc de dauphins.

Mon rythme cardiaque accélère quand je vois un émerveillement d'enfant se peindre sur le visage de Mason, et pour une raison étrange, je m'imagine un petit garçon avec les traits de Mason, arborant cette expression exacte.

Non. Une seconde. C'est de la folie, et une excellente raison de dire non à la drogue, à partir de maintenant.

— Tu peux vraiment ? demande Mason au plus souriant des dauphins.

— Il peut quoi ? m'enquis-je.

Mason se tourne vers moi.

— Flop, juste là, peut lire dans mes pensées.

Il reporte son attention sur son nouvel ami et ajoute :

— Et moi les siennes.

Waouh. C'est vrai ?

Non. C'est l'herbe qui parle… je crois.

Flop me regarde en plissant les yeux et cliquette comme pour dire : « Garce, tu oses douter de mes puissants pouvoirs ? »

— Embrassez son nez, suggère le guide à Mason. Je prendrai une photo.

Mason embrasse avec révérence Flop – si c'est vraiment son nom –, et j'éprouve le pire accès de jalousie de ma vie.

Flop, ce salopard souriant, glousse d'un air surexcité.

— À votre tour, me dit le guide.

J'indique un autre dauphin.

— Je peux embrasser celle-là ?

— C'est un mâle, précise le guide. Mais allez-y.

— Non, proteste Mason. Le seul mâle qu'elle peut embrasser, c'est moi.

Je lève les yeux au ciel et demande quel dauphin est femelle, avant de déposer un baiser sur son nez humide et caoutchouteux pour l'objectif.

— C'était comment ? demandé-je à Mason d'un ton sarcastique. Tu as eu l'impression de regarder deux filles se rouler une pelle ?

Mason a l'air trop accaparé par sa connexion télépathique avec Flop et ne répond pas pendant une minute ou deux. Puis il grogne :

— Non, Flop, tu ne peux pas manger mon chat.

Flop siffle quelque chose d'un air surexcité.

Mason serre le poing, ce qui fait trembler mes parties intimes.

— Si tu mentionnes mon chat encore une fois, grogne le propriétaire de ce poing, je me servirai de tes branchies pour effacer ce sourire suffisant de ton visage. Eh oui, je sais que tu n'as pas de branchies.

— Je crois qu'il est temps pour nous de partir, intervins-je.

J'attrape l'appareil de flottaison de Mason et le traîne vers les marches du bassin, avant que les autorités compétentes interviennent.

Lorsque nous remontons dans le taxi, Mason regarde autour de lui d'un air inquiet.

— Comment ça se fait que tout le monde savait que j'avais pris de la drogue ?

Devrais-je lui dire que le fait qu'il parle à des dauphins était un léger indice ?

— Tu es juste parano, dis-je à la place.

— Non, insiste-t-il. *Ils* savent.

La façon dont il a dit « ils » me fait penser aux théories conspirationnistes.

OK. Je dois aider Mason. D'une manière ou d'une autre.

Je regarde frénétiquement autour de moi avant de trouver une possible solution.

— Monsieur, lancé-je au chauffeur. Je peux emprunter ça ?

Je lui montre les écouteurs posés sur le tableau de bord.

— Cinq dollars et ils sont à vous, répond le chauffeur.

Je paie l'homme entreprenant avant de placer les écouteurs dans les oreilles de Mason. Je les branche à son téléphone et déchaîne Pink Floyd dans ses tympans.

Comme je m'y attendais, les traits de Mason se détendent et une expression béate se peint sur son visage.

À mi-chemin du trajet, sans ouvrir les yeux, il dit :

— Je passe un si bon moment avec toi.

Moi ? Pink Floyd ? À moins qu'il ait rétabli sa connexion avec Flop ?

Quoi qu'il en soit, une beauté de coccinelles bat des ailes dans mon ventre à ces mots.

— Je passe aussi un excellent moment avec toi, avoué-je.

— Tant mieux, répond-il, les yeux toujours clos. Il y a autre chose que je voulais te dire.

— Quoi ?

Et encore une fois, j'espère que c'est bien à moi qu'il parle.

— Je t'aime, répond Mason avec un sourire.

Le choc est si grand que les coccinelles dans mon ventre s'étranglent avec leur langue.

— Qu'est-ce que tu viens de dire ?

Et à qui ?

Mason ne répond pas.

Il a sombré dans un sommeil induit par la drogue.

Chapitre 29

Mason

Idiot. Idiot. Idiot.

Je ne prendrai plus jamais de drogue.

Comment ai-je pu dire à Sophia que je l'aimais avant même d'en être certain ?

Le pire, c'est que je sais qu'elle n'est pas sur la même longueur d'onde que moi. Ou à la même page. Ni même dans la même bibliothèque.

Pour faire oublier ce que je viens de dire, je fais semblant de m'endormir, ce qui n'est pas bien difficile pendant que « Comfortably Numb » passe dans mes oreilles.

Soudain, j'ai une excellente idée.

Une idée de génie, j'en suis sûr.

Je devrais peut-être l'écrire ?

Non. Elle est si bonne que je m'en souviendrai plus tard, j'en suis sûr.

Ça a un rapport avec les livres, qui occupent mes pensées pour une raison inconnue. Une idée de roman, pour être précis. Une réécriture de Pinocchio, sauf qu'au lieu du nez qui grandit, ce sera son sexe. Et pas quand il ment, mais quand il…

Non, une seconde. Quel âge a Pinocchio ? Mieux vaut faire de lui un adulte consentant.

Ouais. Mais attendez. J'ai eu des problèmes d'érections excessives, ces derniers temps, et voilà que je veux écrire un récit à propos d'un type ayant les mêmes problèmes. Est-ce que je ne vois pas plus loin que le bout de mon nez, avec cette idée… ou le bout de mon sexe ?

Je devrais peut-être faire de Pinocchio une femme ?

Mais quelle partie de son corps grandirait ? Son clitoris ? Et en quelles circonstances ?

La voiture s'arrête.

— Mason ? murmure Sophia.

Je fais semblant de me réveiller et nous embarquons sur le bateau où, malgré ce que dit Sophia, je suis convaincu que tout le monde sait que je suis raide.

Hmm. Raide. Ça pourrait être une façon de qualifier une érection, ce que j'ai, en ce moment, grâce à la proximité de Sophia.

Je suis peut-être Pinocchio ? Ou Pinocchia ? Non, attendez, je ne suis pas une fille. Et c'est bien mon pénis qui grandit, aucun doute.

— Tu sais ce que j'ai envie de faire ? demande Sophia.

Je me penche et lui mordille l'oreille.

— Une bonne baise ?

Ses pupilles – les orifices oculaires, pas les orphelins – se dilatent.

— Je comptais te proposer de rejoindre le buffet à volonté, répond-elle d'une voix enrouée. Mais... je préfère mille fois ton idée.

J'appuie sur le bouton de l'ascenseur correspondant à l'étage des suites.

— Heureusement pour moi, j'aurais quand même quelque chose de délicieux à manger.

Elle répond par un baiser qui dure jusqu'à ce qu'on soit dans la suite.

— Hé, dit-elle, essoufflée, comment on a fait pour arriver ici sans décoller nos lèvres ?

Je la regarde, m'interrogeant moi aussi sur ce mystère.

— Aucune idée. On a peut-être effectué une marche en crabe sexy ?

Elle renifle.

— Les crabes n'ont rien de sexy.

Mes narines se dilatent.

— L'équivalent russe de la levrette, c'est l'écrevisse.

— Ce n'est pas le même crustacé, répond-elle en commençant à se déshabiller. Mais j'aime ta façon de penser.

Dès que sa peau lisse est exposée, je la couvre de baisers – jusqu'à ce qu'elle retire ses chaussures, en tout cas.

Je me laisse tomber à genoux et lui masse les pieds comme elle aime, avant de lui mordiller les orteils jusqu'à ce que sa respiration devienne creuse et que sa fente luise de manière trop appétissante pour l'ignorer.

— Le buffet est ouvert, marmonné-je en l'attrapant par les hanches.

Sa peau rougit de partout.

Je me penche et la goûte comme j'ai eu envie de le faire toute la journée. Je me rends compte que, de manière incroyable, elle est encore plus douce et soyeuse que dans mes souvenirs.

— Oui, comme ça, gémit-elle pendant que je suce son clitoris.

J'inhale l'odeur enivrante de son sexe et maintiens un rythme soutenu jusqu'à ce qu'elle jouisse sur ma bouche. Ce n'est qu'à ce moment-là que je m'écarte pour regarder son visage écarlate.

— C'est un bon début, dis-je d'une voix rauque.

Je la soulève pour la coucher sur le lit.

— Mais tu m'en dois encore quelques-uns.

Elle s'humecte les lèvres et lève les yeux vers moi tandis que je me place au-dessus d'elle. Je commence à la mordiller de la clavicule jusqu'à la poitrine.

— C'est une vraie corvée pour toi, j'en suis sûre, dit-elle d'une voix essoufflée. Mais d'abord, j'ai envie d'Uber.

Je m'arrête à mi-chemin de son téton et lève la tête pour la regarder d'un air perplexe.

— Tu parles d'Uber Eats ?

Elle se mord la lèvre.

— J'ai surnommé ta queue Uber.

Ah.

— C'est vrai ?

— C'est en rapport avec Nietzsche, explique-t-elle. Pas avec le covoiturage.

Elle regarde mon sexe en plissant les yeux.

— Je n'ai envie de la partager avec personne.

Logique. Je montre sa fente.

— Je n'ai pas envie de partager Lyft, moi non plus.

— Lift ? Comme le nom des ascenseurs en Grande-Bretagne ? C'est parce que tu veux être monté… de haut en bas ?

— Non, Lyft avec un « y », comme l'application. Mais oui, j'ai envie que Lyft monte Uber toute la nuit.

Elle se mord la lèvre.

— Ça peut s'arranger, répond-elle en indiquant son sein droit. Puisqu'on parle de noms, voici Platon.

Elle indique l'autre côté et ajoute :

— Et là, c'est Socrate.

Je hausse un sourcil.

— Dans ce cas-là, j'aimerais prendre Socrate et Platon en coupe dans mes mains.

Je joins le geste à la parole.

— Ensuite, je vais sucer les tétons de Socrate et Platon.

C'est ce que je fais, jusqu'à ce qu'elle gémisse.

— C'est injuste, hoquette-t-elle. Je n'ai toujours pas eu mon compte d'Uber.

Oh. C'est vrai.

Je m'écarte et me couche sur le dos, Uber saillant comme le mât d'un bateau rempli de pirates excités.

Sophia me prend dans sa bouche, me donnant le tournis.

— Putain, Coccinelle… c'est si bon qu'on devrait donner un nom à ta bouche… ou ta langue.

Elle répond d'un coup de langue sur le gland d'Uber.

— Ayn Rand ? suggéré-je d'une voix gutturale.

Sophia lève les yeux vers moi, mon sexe toujours dans sa bouche humide et onctueuse, un sourcil haussé.

— C'était une philosophe et romancière, parviens-je à expliquer. Comme elle était russo-américaine, je…

Sophia prend Uber plus profond, jusqu'à ce que je sente sa gorge, et toute tentative de conversation devient impossible. Toute réflexion aussi. J'ai de la chance de me souvenir de comment on respire, mais même à ce niveau-là, j'ai des difficultés. Mes inspirations sont creuses et rapides, mes expirations bruyantes et à deux doigts d'être des grognements de plaisir.

— Arrête, parvins-je à grogner lorsqu'elle lèche mon gland comme une glace. Je veux être en toi.

Sans que j'aie besoin de demander, elle enfile un préservatif à Uber et se met à quatre pattes.

Elle est si docile.

— T'es putain de sexy, lui murmuré-je à l'oreille tout en la pénétrant.

Je vais lentement au début, puis elle cambre le dos et me demande d'accélérer, et je me fais un plaisir de m'exécuter.

— Oui ! hurle-t-elle tout en se contractant autour de moi.

— La prochaine fois, hurle mon nom, demandé-je.

J'attrape une poignée de ses cheveux. J'ai remarqué que ça la rendait folle.

— Contente-toi de me baiser, gémit-elle.

Ses yeux sont fixés sur le miroir et le reflet de mon poing dans ses cheveux.

— S'il te plaît !

J'adore quand elle me supplie. J'active le mode bête sauvage et la pilonne de toutes mes forces.

— Oui ! s'écrie-t-elle. Oui ! Mason…

Elle jouit si fort que ses parois étroites serrent Uber de manière insoutenable. Je grogne son nom et explose en elle, d'un orgasme si intense que ma vision se brouille.

Il nous faut une longue minute avant de nous ressaisir tous les deux. Enfin, je trouve la force de me lever pour nous nettoyer. Après ça, je me couche à côté d'elle et l'attire contre moi.

— C'était sympa, murmure-t-elle d'une voix assoupie. Beaucoup mieux qu'un buffet à volonté.

Je ne réponds pas, parce que j'éprouve soudain l'envie ridicule de lui répéter que je l'aime. Mais je m'abstiens. Je suis un tout petit peu moins défoncé, et j'ai retenu la leçon.

À moins qu'elle reconnaisse m'avoir entendu et qu'elle laisse entendre que le sentiment est partagé, je garderai le silence et je ferai tout ce qui est en mon pouvoir pour qu'elle tombe amoureuse de moi.

Je ferai tout ce qu'il faudra.

Chapitre 30

Sophia

— Tu vois, dis-je à Mason pendant qu'on se brosse les dents ensemble le lendemain matin. Ce qu'il y a de bien avec le cannabis, c'est l'absence de gueule de bois le lendemain.

— Je ne suis pas sûr d'être d'accord, répond-il en examinant ses yeux encore un peu injectés de sang dans le miroir. J'ai envie d'un bagel au fromage frais et au saumon fumé. Je n'ai jamais eu envie de ça de toute ma vie. C'est la faute de la drogue.

Hmm. Il avait aussi envie de poisson salé, hier.

— Il est possible qu'elle n'ait pas encore été entièrement éliminée de ton organisme.

Qui aurait cru qu'un joueur de hockey de quatre-vingt-dix kilos aurait une tolérance aussi basse ? Il était si défoncé qu'il m'a dit qu'il m'aimait. Ou plutôt, il a dit ça à quelqu'un – sûrement à un poisson salé non identifié. Ou alors il voulait envoyer un message télépathique à Flop le dauphin. Quoi qu'il en soit, il ne le pensait pas, j'en suis sûre. C'était juste l'euphorie qui parlait.

Bordel, quand j'ai testé l'ecstasy, j'ai proféré mon amour éternel à mon nouvel iPhone, alors bon.

Mais s'il le pensait vraiment, ne serait-ce que dans son subconscient ?

Se pourrait-il qu'il m'apprécie, au moins ?

Non. Je ne peux pas m'engager sur cette voie. On s'est mis d'accord. Ce qui se passe durant la croisière reste sur la croisière.

Et puis notre flirt, ou quoi que ça puisse être, est sûrement lié à l'équipe. Dès qu'on sera de retour à New York, il recommencera à tenter de me pousser à vendre.

Argh. Devrais-je lui vendre l'équipe ? Après la façon dont notre première rencontre s'est déroulée, je m'y refusais catégoriquement, mais ma rancune est oubliée, maintenant.

C'est important, pour lui. Tellement qu'il m'a poursuivie jusque sur l'océan. Et il a raison : qu'est-ce que j'y connais à la gestion d'une équipe, même avec l'aide d'Abigail ? Mais si je vends, va-t-il disparaître ? La transaction rompra-t-elle cette connexion entre nous ? Ou est-ce que…

— Prête ? demande-t-il.

Merde. Je suis restée plantée là, à me regarder bêtement dans le miroir.

Avec un effort, je balaie mon cafard.

— Ouais, allons-y.

———

C'est officiel. Mason est encore défoncé. Comment expliquer qu'il vienne de manger un donut, sinon ?

Bizarrement, en ce qui me concerne, j'ai mangé un fruit.

— On dirait qu'on a déteint l'un sur l'autre, remarque-t-il avec un sourire lorsque je le lui fais remarquer.

Ouais, c'est vrai, et on va encore plus déteindre l'un sur l'autre ce soir, et le soir suivant. Les deux jours suivants, on passe tout notre temps ensemble, et ce sont les plus beaux jours de ma vie.

Après le donut du petit déjeuner, il convainc le capitaine de nous faire une visite privée du bateau, y compris des zones que « personne n'a jamais vues, et ne verra jamais... jusqu'à dans deux jours ».

— Qu'est-ce qui se passe dans deux jours ? ne puis-je m'empêcher de demander.

Le capitaine boit une grosse goulée de vodka directement à la bouteille.

— Les Florida Bears vont participer à cette croisière, explique-t-il d'un ton excité. Ce qui veut dire que je vais rencontrer mon autre joueur de hockey préféré : Michael Medvedev.

L'expression de Mason s'assombrit.

— Ne lui dites pas que vous êtes fan de moi, ou il risque de vous donner un coup de poing en pleine face.

— Ah.

Le capitaine engloutit une autre dose d'alcool propre à détruire son foie.

— Merci de me prévenir.

Une fois la visite terminée, j'interroge Mason sur ce Michael Medvedev, puisqu'il semble y avoir un passif entre eux.

Mason crispe la mâchoire.

— Misha est un connard grossier qui se croit mon égal, sauf que ce n'est pas le cas.

— Misha ? répété-je en clignant des paupières, perplexe.

— En russe, c'est le diminutif de Michael, mais c'est aussi un mot associé aux ours. Il déteste quand les gens l'appellent comme ça, raison pour laquelle je le fais chaque fois que j'en ai l'occasion.

— Je vois.

Quand je pense à des ours, je pense à Winnie l'Ourson, Paddington et des berserkers vikings, mais bon, chacun son ours.

— Bref, continue Mason, il a du talent, je dois bien l'admettre, mais il est incapable de jouer en équipe. Les Yétis l'ont viré au bout d'une semaine et il m'en tient pour responsable, même si en réalité, c'est notre coach qui a pris la décision. La seule équipe qui a accepté de le recruter après ça, c'est les Florida Bears, et ils sont tout en bas du classement de la DHL. Mais bon, on dirait qu'il reste assez célèbre pour avoir été remarqué par le capitaine.

Je lui fais un clin d'œil.

— Ce bon capitaine semble avoir très bon goût, s'agissant des joueurs de hockey.

Je ne sais pas trop ce que cette phrase avait de si sensuel, mais Mason me soulève et m'emporte dans sa suite, où il me procure un massage complet avant de me baiser jusqu'à l'épuisement. Après coup, il me surprend avec un dîner romantique sur son balcon, suivi d'autres ébats divins.

Le lendemain, j'apprends que Mason nous a réservé une matinée au spa, ainsi qu'une cabine privée où se détendre – et se peloter. Le jour suivant, il réserve un jacuzzi privé en extérieur, entouré de vues sur l'océan. Et comme si ce n'était pas assez romantique, il installe un hamac sur le pont du bateau pour qu'on puisse dormir sous les étoiles.

Pendant tous ces chouchoutages, j'ai le sentiment qu'il est à deux doigts de me demander quelque chose, mais il ne le fait jamais. Je le soupçonne d'avoir envie de me demander de vendre l'équipe, et je suis bien contente qu'il n'exprime pas ça à voix haute, parce que j'aimerais faire comme s'il était avec moi pour moi. En plus, je n'ai pas encore décidé si j'allais la lui vendre ou pas.

Ou peut-être que j'ai décidé. Vendre est la seule façon de m'assurer que « ce qui se passe pendant la croisière reste sur la croisière ». Autrement, il continuera de me harceler, et il serait trop facile de croire qu'il n'en a pas seulement après mon équipe. Je ne peux pas m'autoriser à tomber dans ce genre de piège une fois de plus.

Après maman et Rupert, je serais idiote de faire confiance à quelqu'un en sachant qu'il n'est pas sans arrière-pensée.

Malgré tout, même si je sais que ce qu'il y a entre Mason et moi n'est qu'une illusion, je me sens de plus en plus déprimée à mesure que la fin de la croisière approche... tout en continuant de prendre du bon temps en compagnie de Mason.

En fait, s'il n'était pas là, je risquerais de sombrer dans une vraie dépression.

Le soir qui précède notre retour à Port Canaveral, je ne peux pas repousser mon cafard plus longtemps. Même les cinq orgasmes qu'il m'a donnés ce soir ne m'ont pas détendue. Je suis incroyablement déprimée à l'idée que la croisière se termine – et je me sens bête d'éprouver ça.

Je savais que ça aurait une fin.

Je savais que tant de joie ne pourrait pas durer.

Pas pour moi.

Jamais pour moi.

Ma poitrine se serre lorsque j'imagine ma vie à New York. C'est une bonne vie : j'ai de l'argent, j'ai Abigail, j'ai mes études de philosophie. J'ai même des tortues obsédées... des tortues terrestres, je veux dire. Pourtant, je me sens vide quand je m'imagine retourner à tout ça sans Mason.

Ces derniers jours, il s'est introduit non seulement sur ma croisière, mais aussi...

Mason se retourne dans son sommeil et retire son bras de mon épaule.

J'ai aussitôt froid.

Je remonte une couverture sur moi, mais ça ne sert à rien. Je n'arrive pas à dormir. Notre séparation imminente me fait l'effet d'une épée de Damoclès au-dessus de la tête. Je me retourne dans tous les sens, tentant de trouver un moyen de digérer tout ça sans en souffrir... ou en souffrant le moins possible.

Au milieu de la nuit, je décide qu'il vaut mieux arracher le pansement d'un coup sec. Ou plutôt le bandage de la brûlure qui recouvre tout mon corps. Je dois éviter la moindre scène d'adieu émotive (et peut-être feinte en ce qui le concerne), sortir de sa chambre en douce et quitter ce bateau avant qu'il se réveille. Une fois chez moi, je prendrai contact avec mon avocat et je vendrai l'équipe.

Ouais. Peut-être que s'il m'appelle après ça et qu'il a encore envie de me voir...

Non, je dois arrêter de penser comme ça. Ça va me donner de l'espoir, et l'espoir mène au chagrin, comme je l'ai appris trop souvent.

Malgré tout, une partie de moi a envie qu'on prenne au moins un taxi pour l'aéroport ensemble. Ou un petit déjeuner. Ou qu'on se lance dans des ébats d'adieu. Mais non. Si on prend un taxi ensemble, on débarquera du bateau ensemble, il me donnera sûrement une douzaine d'orgasmes juste devant le chauffeur, et ce sera foutu. Ce qui s'est passé pendant la croisière se sera aussi passé en dehors de la croisière... et je ne crois pas que je pourrais le supporter.

Pas si c'est voué à se terminer, ce qui est évidemment le cas.

Pourtant, même une fois ma décision prise, je n'arrive pas à fermer l'œil, pas même lorsqu'il roule à nouveau vers moi et me serre contre lui comme son ours en peluche.

Encore moins après ça.

Au bout de ce qui me semble être une semaine, l'aube se lève enfin.

Je me dégage avec prudence de l'étreinte de Mason. À ce moment-là, les premiers rayons du soleil levant illuminent les traits ciselés de Mason, faisant papilloter quelque chose dans ma poitrine comme les ailes d'une énorme beauté de coccinelles.

Est-ce que je commets une erreur ? Et s'il me voulait pour moi ? Ou me voudra pour moi, une fois qu'il aura obtenu l'équipe ?

Non. Ce sont les hormones qui parlent. La question la plus importante est : et si ce n'est pas le cas ?

J'ai trop peur de le découvrir.

En me déplaçant comme une ninja, je me faufile hors de la suite de Mason et retourne dans la mienne pour récupérer mes affaires, avant de courir vers l'ascenseur des VIP.

Pendant toute la descente, une faible partie de moi espère que Mason s'est réveillé et a décidé de m'intercepter… mais ce n'est pas le cas.

Je suis la première à me placer dans la file de sortie, même si une foule s'accumule derrière moi assez vite.

Mason n'en fait pas partie.

Lorsque nous accostons, je fuis le bateau et me fraie un chemin parmi les personnes qui attendent de partir dans le terminal. Parmi eux, il y a un groupe de types massifs qui doivent être les joueurs de l'équipe des Florida Bears mentionnés par le capitaine l'autre jour. Comment expliquer leurs nez cassés et leurs expressions féroces, sinon ?

C'est pas comme si les Vikings existaient encore de nos jours.

Pendant que je me faufile au milieu de toute cette testostérone, je commets l'erreur de me demander laquelle de ces montagnes de muscles est Michael Medvedev. Bien sûr, dès que je pense à l'ennemi juré de Mason, je pense aussi à lui, et je suis à deux doigts de faire demi-tour. Mais je me retiens. Je continue de marcher et saute dans le taxi le plus proche.

— On va où ? demande le chauffeur.

Je scrute la foule à la recherche d'une trace de Mason, en vain.

— L'aéroport d'Orlando, dis-je.

Le chauffeur démarre la voiture.

— Très bien.

Au moment où le moteur s'allume, je suis presque certaine que Mason va apparaître de nulle part et m'obliger à rester… mais ce n'est qu'un vœu pieux.

Pas de deus ex machina romantique pour moi.

Il n'y en a jamais.

Je pleure pendant tout le trajet jusqu'à New York.

Chapitre 31

Mason

Je me réveille avec un mauvais pressentiment, et je ne sais pas pourquoi.

Enfin, si, je sais. On sera arrivés au port d'un moment à l'autre, et Sophia et moi n'avons toujours pas parlé de nos sentiments – à supposer qu'elle en ait pour moi.

Merde. Ma stratégie d'attendre qu'elle évoque ma déclaration d'amour est officiellement perdante.

Très bien. Je vais devoir lui parler maintenant. Il est temps de jouer cartes sur table, ou comme le dit le coach : « De lancer ce foutu palet sur la glace. » Je peux lui dire que j'en suis venu à vraiment tenir à elle, et plus important encore, lui dire le fond de ma pensée à propos de cette idée idiote de « ce qui se passe pendant la croisière reste sur la croisière ».

— Coccinelle ?

Je me tourne vers son côté du lit... mais le découvre vide et froid.

Qu'est-ce que ça veut dire ? Où est-elle ?

— Sophia ?

Je me lève et frappe à la porte de la salle de bain.

Pas de réponse.

Je tente de tourner la poignée et me rends compte que la porte n'est pas verrouillée.

La salle de bain est vide.

Mon estomac se serre. Ces derniers jours, on a passé toutes nos matinées ensemble, alors j'ai bêtement supposé que ce serait pareil aujourd'hui.

Elle est peut-être en train de faire ses valises ?

Non. Elle m'a dit qu'elle s'en était occupée hier.

Elle avait peut-être oublié de prendre quelque chose ?

Mon malaise s'intensifie.

Avec des gestes fébriles, je m'habille, me brosse les dents, puis m'empresse d'aller frapper à la porte de la suite de Sophia.

Personne ne répond.

— Coccinelle ? hurlé-je en cognant du poing sur le bois.

Pas de réponse.

— Hé, lancé-je à un bagagiste qui passe dans le couloir. Ouvrez cette porte.

— Je suis désolé, monsieur, répond-il en cillant. Si ce n'est pas votre…

— J'ai entendu un cri de l'autre côté. Quelqu'un a peut-être besoin d'aide.

Et ce n'est pas vraiment un mensonge : s'il ne fait

pas ce que je lui dis, c'est lui qui va crier et qui aura besoin d'aide.

— Oh, lâche le bagagiste en sortant une carte magnétique pour la passer devant le scanner. Restez ici, s'il vous plaît.

Il entre en courant et je le suis, ne faisant pas assez confiance à un inconnu pour s'occuper de ça… quoi qu'il puisse se passer.

— Il n'y a personne, annonce le bagagiste en regardant autour de lui, perplexe. Pas de valises non plus.

Pas de valises.

Jusqu'à cet instant, j'aurais pu faire d'autres suppositions, penser qu'elle était allée prendre un petit déjeuner, par exemple. Mais maintenant, il n'y a plus qu'une seule explication possible : elle a pris ses affaires et elle est partie sans me dire au revoir.

Putain, c'est hors de question.

Je tourne les talons, me précipite vers l'ascenseur et enfonce le bouton comme si tout ce qui se passait était sa faute.

Ce foutu ascenseur n'arrive pas avant ce qui me semble une heure.

Je lui fais un doigt d'honneur et cours vers l'escalier.

Je n'arrive à descendre qu'un étage avant de me retrouver dans un embouteillage de gens.

Non.

Je me fiche qu'ils me considèrent comme malpoli. Je fais appel à celui que j'étais au lycée et me laisse glisser sur la rampe de l'escalier pour dépasser tous les inconnus bouche bée. Une fois en bas, je rentre dans une foule de passagers attendant de débarquer.

OK. Tout n'est pas perdu. Je suis au premier niveau du bateau et nous n'avons pas encore accosté. Je pourrais peut-être repousser l'arrimage le temps de la rattraper ? Je sors mon téléphone et compose le numéro du capitaine pour lui demander un dernier service.

Il ne répond pas.

Merde.

J'appelle Sophia.

Elle ne répond pas non plus. Soit elle m'ignore volontairement, soit elle est encore en « désintox numérique ».

Très bien. Je commence à me frayer un chemin à travers la foule.

Le bateau s'arrête et le capitaine annonce d'une voix enjouée et pâteuse qu'on est arrivés.

— Laissez-moi passer, grogné-je aux personnes devant moi.

Quelque chose dans ma voix doit leur faire comprendre qu'il vaut mieux obtempérer, parce que beaucoup de gens s'écartent de mon chemin, et je bouscule tous ceux qui ne le font pas.

Lorsque j'entre dans le terminal, je repère ce qui pourrait être la silhouette plantureuse de Sophia en train de se précipiter vers les taxis.

Je jauge la distance entre nous.

Si on était sur la glace et que j'avais des patins aux

pieds, j'arriverais à la rattraper, c'est sûr, mais là, je ne peux que courir le plus vite possible.

Alors je cours… et je me cogne dans un défenseur aussi large qu'un mur qui semble être sorti de nulle part pour me bloquer la route.

— Sérieux, putain ?

Tout ça ressemble étrangement à un cauchemar que je fais parfois – même si la plupart du temps, je suis nu sur la glace.

— Bonjour à toi aussi, racaille de Yéti, lance l'un des mecs baraqués sur mon passage.

Je les scrute tous et ce n'est qu'en remarquant un visage familier – et indésirable – que je comprends.

Ce sont les Florida Bears, une équipe de hockey qui n'est pas notre rivale, mais qui aimerait bien l'être.

Et bien sûr, Misha est avec eux, ou plutôt Michael Medvedev, comme je vais l'appeler aujourd'hui, parce que je préfère désamorcer la situation plutôt que de perdre de précieuses secondes à botter les fesses de quelqu'un.

Cette embuscade est-elle son idée ?

Mis à part le mécontentement typiquement soviétique sur son visage belliqueux, son expression est indéchiffrable. Je ne le lui ai jamais dit – parce que ça risquerait de ressembler à un compliment –, mais il m'a toujours rappelé un bogatyr des contes populaires russes. C'est un type de chevaliers slaves errants qui sont toujours dépeints comme des hommes robustes assez féroces pour tuer un dragon à trois têtes.

Oh, et ils ne sont pas du genre à travailler en équipe, eux non plus.

— Michael, dis-je, m'adressant directement à Medvedev. Je suis vraiment pressé. Si tu tiens au bien-être de tes coéquipiers, dis-leur de s'écarter de mon chemin.

Mais après tout, depuis quand en a-t-il quelque chose à foutre de ses coéquipiers ?

— Mon bien-être ? répète l'un des défenseurs, celui que j'éviscérerai en premier. Où sont tes renforts ?

— Écoute, dis-je en russe, les yeux toujours rivés sur Medvedev. Je n'avais rien à voir avec la perte de ton poste. C'était la décision du coach, je le jure.

Non pas que j'étais en désaccord avec cette décision, mais je ne l'ai pas aidé à la prendre, ce n'est donc pas un mensonge.

— Il vient de dire un truc à propos de ma mère ? lâche le même défenseur qui n'a plus beaucoup de temps à passer dans ce monde. Je vais…

— La ferme, l'interrompt Misha dans un anglais parfait, dénué d'accent.

Sa voix grondante véhicule une telle menace que son coéquipier ravale le reste de sa phrase. Puis il reporte son attention sur moi et demande en russe :

— Qu'est-ce que j'ai à y gagner ?

Ma mâchoire se contracte.

— Mis à part que tu éviteras un séjour à l'hôpital, tu veux dire ?

Il retrousse la lèvre supérieure.

— Tu sais très bien que je pourrais t'affronter en un contre un, si je le souhaitais.

— Si tu le demandais au génie de la lampe, peut-être.

Il grogne – ce qui doit passer pour un gloussement amusé, chez lui.

— Et si on faisait un marché ? propose-t-il en repassant à l'anglais.

Je hausse un sourcil et serre le poing, juste au cas où.

— Un match entre nos deux équipes, continue Misha. Pas dans le cadre de ces conneries de la ligue. Juste pour nous.

Hmm.

— Un match amical ?

Il hoche la tête.

— Très bien. Ça fera un bon entraînement à mon équipe.

Non pas qu'on risque de s'améliorer beaucoup en jouant contre ces piètres joueurs floridiens. Se battre contre des alligators n'apprend pas à faire avancer le palet sur la glace. Donner des coups de poing à des requins non plus.

— Écartez-vous, lance Misha à ses coéquipiers.

Ils s'écartent de mon chemin et je me précipite à l'endroit où j'ai vu Sophia.

Sauf qu'à mon arrivée, il n'y a plus aucun signe d'elle.

Ce n'était peut-être pas elle ? Je scrute le terminal de long en large, mais elle n'est nulle part en vue.

Merde.

Sur mon téléphone, j'ouvre le dernier compte rendu de Max pour voir quand elle est censée prendre l'avion pour New York.

OK. Contrairement à moi, qui ai affrété un vol, elle prend l'avion en première classe à Orlando dans deux heures. Ce qui veut dire que je peux encore l'intercepter.

Le cœur cognant dans ma poitrine, je saute dans un taxi et soudoie le chauffeur pour qu'il mette les gaz. Il s'exécute et les quarante minutes suivantes ressemblent à une scène de course-poursuite de *Mission impossible...* jusqu'à ce qu'on se retrouve dans un bouchon, en tout cas.

Double merde.

Je tapote l'épaule du chauffeur.

— Vous ne pouvez pas faire quelque chose ?

Il hausse les épaules.

— Cette voiture ne vole pas. Désolé.

Je suis si exaspéré que j'ai envie de retourner au port pour tabasser tous les joueurs de l'équipe des Florida Bears, en commençant par Misha. Hélas, le bouchon m'empêche d'avancer ou de reculer, et nous progressons à la vitesse de l'une des tortues de Sophia. Ses tortues terrestres. Peu importe.

Il s'avère que la cause du bouchon est le genre de truc qui ne peut arriver qu'à Orlando : un Mickey Mouse en repos a embouti sa Volkswagen Coccinelle cabossée dans une BMW.

Le chauffeur se racle la gorge.

— Je croyais que les employés de Disney n'avaient pas le droit de sortir du parc avec leur costume, encore moins de les porter en dehors des heures de travail.

— Je suppose que quelqu'un va se faire virer aujourd'hui, dis-je avec un soupir.

Une fois que nous avons dépassé ce charmant spectacle, nous arrivons à l'aéroport très vite, pour ce que ça vaut. Malgré tout, juste au cas où Sophia serait en retard pour son vol, je sors et parcours l'aéroport des yeux à sa recherche.

Non. Elle n'est pas là.

Merde et remerde.

Je prends un autre taxi jusqu'à mon avion privé et une fois dans le ciel, je me divertis en m'imaginant des scénarios violents incluant tous les membres des Florida Bears, ainsi que des types habillés en Mickey Mouse.

Quand j'atterris, je décide que je ne peux pas rentrer chez moi.

Non. Je vais me rendre au manoir de Sophia.

Je saute dans la limousine qui m'attend et informe le chauffeur du changement de destination. Pendant qu'on affronte un autre bouchon, je me répète toutes sortes de conversations dans ma tête. Ce n'est qu'arrivé devant son portail que je commence à douter de ce que je suis en train de faire.

Après tout, ce qu'elle me reprochait le plus, c'était de la harceler, et voilà que je recommence.

D'un autre côté, il faut qu'on parle et qu'on résolve la situation.

Je ne peux pas la laisser partir comme ça.

Attendez une seconde.

En parlant de harcèlement, un type est assis par terre, hors du champ de vision de la caméra de l'interphone de Sophia. Quand je le vois, je pense à l'expression « donner des boutons ». En d'autres termes, il me fait éprouver du dégoût et de la colère.

Oh, et sa position a quelque chose de furtif. De sournois.

Je serre les dents et sors de la voiture.

Le type me repère et un éclat passe dans ses yeux de fouine, comme s'il m'avait reconnu.

— Qui êtes-vous ? demandé-je. Et qu'est-ce que vous foutez ici ?

Je me fiche que ce ne soit pas devant chez moi qu'il traîne. C'est devant chez Sophia, alors ce connard a plutôt intérêt à avoir une réponse convaincante.

— Vous êtes le joueur de hockey, dit le type en sautant sur ses pieds et en tendant la main. Je suis Rupert.

Je regarde l'appendice qu'il me tend comme s'il s'agissait d'une flaque de vomi de poisson.

— Je ne reposerai la question qu'une fois. Qu'est-ce que vous faites ici ?

Il recule.

— Je suis venu voir Sophia.

— Pourquoi ?

Si un regard pouvait castrer, le mien le ferait chanter en contralto.

Il bat de ses cils pâles, l'air innocent.

— Elle n'a pas parlé de moi ?

— Pourquoi elle l'aurait fait ?

C'est qui, putain ? Elle n'a jamais mentionné de frère et elle m'a dit ne jamais avoir eu de relation sérieuse.

Le type bombe le torse, ce qui le fait ressembler à un poisson-globe.

— Je suis l'amour de la vie de Sophia.

Je me fige, et pour la deuxième fois aujourd'hui, je me demande si je vis un cauchemar. Devrais-je me pincer ? Non. La brûlure dans mes articulations quand elles entreront en collision avec ce connard devrait suffire.

— Tu ne me crois pas ?

Il sort son téléphone et pianote dessus.

— Regarde. C'est notre fête de fiançailles.

J'ai soudain l'impression que c'est lui qui m'a frappé, et je ne peux m'empêcher de regarder l'image sur l'écran.

Merde. Ils sont là, souriants, bien trop proches l'un de l'autre, et bordel de merde ! Sophia porte une bague dotée d'un cube de zircon microscopique au doigt.

Non seulement elle est dans une relation sérieuse, mais c'est avec cette petite merde et… *ils sont fiancés.*

— Il y a d'autres photos, continue-t-il en faisant défiler l'écran. Par exemple…

J'attrape le téléphone et l'écrase dans mon poing, jusqu'à ce que l'écran se fendille.

— Je te donne une seconde pour déguerpir, articulé-je.

Pour ponctuer ces mots, je lance le téléphone au sol.

Il le regarde d'un air incrédule, avant de relever les yeux vers moi.

— Qu'est-ce qui te prend ? Ce téléphone était...

Avec un bruit sourd satisfaisant, mon poing droit entre en collision avec ce qui lui sert de mâchoire.

Il décolle d'au moins deux centimètres avant de s'écrouler dans l'herbe.

Merde.

Est-ce que je viens d'assassiner l'ex de Sophia ?

À supposer qu'il soit un ex. Ils sortent peut-être encore ensemble, et ce qui s'est passé durant la croisière n'était...

Le connard gémit, je suppose donc qu'il est vivant.

— Tu es prêt à déguerpir, maintenant ? grogné-je.

Les jambes tremblantes, il se remet sur ses pieds et commence à s'éloigner en titubant, en silence, prouvant qu'il n'est pas aussi suicidaire qu'il en avait l'air au départ.

Quand je ne le vois plus, je me retourne – et me retrouve face à face avec Sophia.

Chapitre 32

Sophia

Quand Effie m'a dit que Mason était devant l'interphone, il m'a fallu environ cinq secondes avant de décider de le rejoindre – oui, je suis faible.

Lorsque j'accours à sa rencontre, je n'ai aucune idée de ce que je vais lui dire, mais rien que de le voir sera…

J'aperçois Rupert et mon sang se transforme en granité.

Qu'est-ce qu'il fout ici ? J'ai une ordonnance de protection contre lui – sans parler du fait qu'il empiète sur une propriété privée.

Mon cœur fait un saut périlleux quand je me rends compte qu'il est en train de parler à Mason. Ça a un rapport avec son téléphone.

Et puis boum, Mason lui assène un coup de poing et c'est comme si mon plus grand fantasme s'était réalisé, même si je prétends être une pacifiste.

— Tu es prêt à déguerpir, maintenant ? demande

Mason d'un ton si glacial qu'une partie de moi a envie de fuir aussi.

Rupert n'est pas un homme courageux et, bien évidemment, il décampe – quelque chose me dit que mon souhait va enfin se réaliser et que je ne le reverrai plus jamais, après ce jour.

Mason se tourne vers moi et au début, ses yeux s'illuminent comme ils le faisaient tous les matins, durant la croisière, puis son expression s'assombrit.

— C'est vrai, ce qu'il a dit ?

Merde. Rupert a dit quelque chose ?

— Qu'est-ce qui est vrai ?

Que ce connard m'a menée par le bout du nez ? Que je croyais être amoureuse et que j'ai signé tout ce qu'il voulait que je signe ? Que je croyais qu'on allait se marier et vivre heureux pour toujours, avant que la réalité me heurte en pleine face, un peu comme le poing de Mason avec Rupert ?

Mason pointe un doigt accusateur vers la pile de morceaux de téléphone qui jonchent le sol.

— Vous étiez fiancés ?

Quelque chose cède au fond de moi.

— On dirait que tu devrais te faire rembourser par celui qui a constitué ce dossier sur moi. Il a oublié un gros chapitre.

Mason pince les lèvres en une ligne aussi fine qu'une lame de rasoir.

— Tu ne considères pas des fiançailles comme une relation sérieuse ?

Je sens une pression s'accumuler derrière mes yeux,

mais je mobilise toute ma volonté – qui ne semble pas être une illusion, à cet instant – pour réprimer l'envie de pleurer.

— Tu m'as grillée. Et maintenant ?

— Je t'ai parlé de mes parents, dit-il.

Il y a tant de peine dans sa voix que je fais un pas en arrière.

— Et tu sais combien la confiance est importante pour moi, continue-t-il. Mais tu ne m'as pas parlé de ça.

— Pour quoi faire, pour que tu saches à quel point je suis naïve ? rétorqué-je en dilatant les narines. J'ai quitté la croisière en étant presque prête à te vendre ta précieuse équipe. Ce n'était pas le but ?

— Tu t'es enfuie de la croisière, tu veux dire ? réplique-t-il, son regard devenant glacial. Depuis le jour de notre rencontre, tu as toujours pensé le pire de moi, et pourtant je ne t'ai jamais menti, moi.

Il secoue la tête.

— Je croyais qu'il y avait quelque chose entre nous. Quelque chose de réel. De spécial.

Je fais un pas en arrière.

— Comment je pouvais être sûre que tu n'étais pas avec moi parce que tu voulais l'équipe ?

Je nous pose cette question à tous les deux... peut-être plus à moi-même qu'à lui.

Les traits de Mason deviennent orageux.

— Si j'étais aussi mauvais que tu l'as toujours supposé, et si j'avais *autant* eu envie de l'équipe, j'aurais pu me contenter de te dire : « Vends-la-moi ou ton amie n'obtiendra pas le boulot de ses rêves. »

Je recule en titubant, à peu près sûre de savoir ce que Rupert a ressenti il y a une minute.

— C'est une menace ?

Il tourne les talons.

— Prends ça comme tu voudras.

Sur ces mots, il se dirige à grands pas vers sa limousine, claque la portière si fort qu'elle aura besoin d'être réparée, puis disparaît dans un crissement de pneus.

Chapitre 33

Sophia

Je ne me souviens pas comment je suis rentrée au manoir.

L'esprit en plein désarroi, j'avance en traînant des pieds pour aller rendre visite à Donatello et April, dans l'espoir que les regarder brouter apaise mes pensées.

Mauvaise idée. Ils sont en train de se monter, ce qui est un rappel douloureux de mon activité favorite avec Mason.

— Tout va bien ? demande le Dr Kelpcon.

Waouh. Je dois vraiment avoir mauvaise mine pour que le bon docteur arrive à se concentrer sur moi au lieu de ses pensionnaires préférés en plein coït.

— Je vais bien, dis-je, et c'est le mensonge du siècle. Je vais rentrer.

C'est ce que je fais, avant d'arpenter le manoir comme une prisonnière, tout en repensant à l'intégralité de la croisière et ma dernière rencontre avec Mason dans une boucle douloureuse.

« Je croyais qu'il y avait quelque chose entre nous », a-t-il dit. « Quelque chose de réel. De spécial. »

Quand il a prononcé ces mots, je ne l'écoutais pas vraiment, mais maintenant, je ne pense plus qu'à ça, parce que ça semblait si sincère.

Ce qui s'est passé entre nous semblait plus profond qu'un type tentant d'obtenir quelque chose de moi.

Ça semblait réel.

Ça ressemblait à de l'amour… pour moi, en tout cas.

Mais c'est bien le problème. Je croyais aussi aimer Rupert, et regardez ce qui s'est passé.

Avec le recul, je ne crois pas que ce que j'éprouvais pour Rupert était de l'amour. J'étais juste en manque d'amour après la trahison de ma mère et j'ai bêtement cru qu'il pourrait m'en procurer. Au mieux, ce qu'il y avait entre Rupert et moi était de l'amitié, avec un petit coup de cœur de mon côté.

Avec Mason, c'est complètement différent. Ça l'est depuis qu'on s'est rencontrés. C'est peut-être pour ça que j'ai ressenti autant d'hostilité envers lui. Ce n'était pas seulement à cause de la brève conversation que j'ai surprise. C'était lui. J'ai senti qu'il était une menace pour mon cœur, et j'ai dressé mes boucliers. Des boucliers qui n'ont pas tenu.

Malgré tout le soin que j'ai pris à entretenir mes défenses, Mason a réussi à les pénétrer – et j'aurais dû me douter qu'il y arriverait.

Il est très doué pour ce qui est de la pénétration, de manière générale.

Je me fige net.

Est-ce que je viens d'admettre à moi-même que je suis amoureuse de Mason ?

Oui. Tout à fait. Parce que c'est le cas, même s'il a menacé le job d'Abigail.

Non. Pas malgré ça. Je ne crois pas qu'il serait capable de faire ça.

Mais s'il le faisait ?

Je devrais au moins prévenir Abigail de cette possibilité.

Je sors mon téléphone et essaie de l'appeler, avant de me rendre compte que je suis encore en mode avion.

Zut.

Dès que je le désactive, un flot d'appels manqués, de messages et d'e-mails arrive : la majeure partie de la part de Mason, concernant mon départ soudain en croisière.

Oh, et de manière révélatrice, il n'a pas essayé de me contacter une seule fois après la conversation qu'on vient d'avoir.

L'estomac noué, j'appelle Abigail.

— Salut, dit-elle. Tu es rentrée ? J'essayais de te joindre.

— Oui. Je viens de rentrer. Je voulais…

— Non, moi d'abord, lance-t-elle d'un ton surexcité. J'ai obtenu le boulot. Merci ! Merci ! Merci !

Ma poitrine se serre. Abigail a déjà obtenu le job. Et Mason devait le savoir, mais il n'a pas tiré profit de cette information, tout comme il ne m'a jamais dit qu'il avait retardé le départ du bateau quand j'ai eu le mal de mer.

— Tu es là ? demande Abigail.

— Oui. Je suis contente pour toi, dis-je. C'est juste que… je crois que j'ai merdé. Et pas qu'un peu.

— Qu'est-ce qui s'est passé ?

Je lui explique, et lorsque je termine, elle me confirme ce que je pensais déjà : Mason devait savoir qu'elle avait décroché ce job depuis au moins deux jours, par le biais de son ami. Autrement dit, ce que j'ai interprété comme une menace n'était qu'un argument que Mason tentait d'émettre.

— Il ne peut pas te faire virer ? demandé-je, mais je n'y crois plus.

— C'est très peu probable, répond-elle. Pour commencer, quand on rejoint Octothorpe, on obtient des parts de l'entreprise en guise de bonus à la signature du contrat, et elles coûtent une fortune. Si on me virait sans aucune raison, je pourrais garder ces parts. En plus…

— Je dois arranger ça, dis-je, plus pour moi-même que pour elle.

— Oui, c'est sûr, acquiesce-t-elle d'un ton sévère. Va t'en occuper, maintenant. On parlera après.

Je raccroche et compose le numéro de M. Cohen pour prendre les mesures nécessaires avant de demander à Richard de préparer ma voiture la plus rapide.

Je vais chez Mason, et je vais tout arranger.

Chapitre 34

Mason

Quand j'entre dans mon appartement en trombes, Spike et la gardienne de chat que j'ai embauchée pour veiller sur lui m'examinent avec la même expression inquiète.

Je paie la femme et la relève de ses fonctions, avant de caresser la fourrure de Spike d'un geste apaisant – plus apaisant pour moi que pour lui. Au bout d'un moment, ma colère s'est assez calmée pour me donner envie de retourner expliquer à Sophia que jamais je ne torpillerais la carrière de son amie, ce qui n'est même plus possible, maintenant qu'elle a été embauchée.

Mais non.

Sophia ne m'ouvrirait même pas le portail. Elle ne voudra sûrement plus jamais me parler.

Bordel de merde. J'étais si jaloux après avoir rencontré son ex que je n'ai pas pu tenir ma langue.

D'un autre côté, je me fiche qu'elle refuse d'ouvrir le

portail. Je vais y retourner. Si je ne mets pas les choses au clair, je...

Mon téléphone sonne.

C'est Cohen.

Je n'ai pas le temps de parler à un avocat maintenant, alors je l'ignore... sauf qu'il rappelle. Et rappelle.

— Quoi ? aboyé-je dans le téléphone.

Il m'informe que Sophia va me vendre l'équipe, et pour une bouchée de pain.

— Non, dis-je. Pas si ça signifie qu'on ne se reverra plus jamais.

Il se racle la gorge.

— Le jour où je commencerai à donner des conseils relationnels à mes clients est celui où je brûlerai mon diplôme de droit.

— Je n'étais pas... laissez tomber. Je dois y aller.

Je raccroche et me précipite dehors pour héler un taxi.

Soudain, une Bugatti Bolide s'arrête dans un crissement de pneus contre le trottoir.

Bouche bée, je regarde Sophia en sortir et river ses yeux marron sur moi.

— Salut, dis-je bêtement.

— Salut, répond-elle.

— Je suis désolé, dis-je en même temps qu'elle.

Nous restons plantés là à nous dévisager.

Mon cœur cogne tellement dans ma poitrine qu'on croirait que j'ai traversé toute la patinoire sans respirer pour marquer un but. À quoi pense Sophia ? Ses pensées sont-elles autant en ébullition que les miennes ?

Je me racle la gorge.

— Les dames d'abord ? À moins que ce soit plus gentleman de ma part de m'expliquer en premier ?

Elle déglutit.

— Je ne sais même pas par où commencer.

— Eh bien, moi oui, dis-je en prenant une grande inspiration. Je suis désolé si je t'ai donné l'impression de menacer le boulot de rêve d'Abigail. Jamais je ne ferais ça, quoi qu'il arrive à l'équipe ou entre nous.

Sophia se mord la lèvre.

— Je suis désolée pour ça aussi. Je ne pensais pas que tu le ferais… après y avoir réfléchi à deux fois, en tout cas. Ça ne te ressemble pas.

— Merci.

Je ne suis même pas sûr d'être d'accord avec elle et que récupérer mon équipe « quoi qu'il en coûte » ne me ressemble pas. Mais jamais je ne ferais un truc pareil si Sophia était impliquée de quelque manière que ce soit.

— De rien, répond-elle en se rapprochant d'un pas. Je n'aurais pas dû m'enfuir du bateau de croisière. Et j'aurais dû te parler de Rupert… ou au moins te dire « j'ai eu une relation à long terme merdique et je n'ai pas envie d'en parler ».

Quand j'entends le nom de ce connard, je crispe et décrispe les poings, et elle s'en rend compte, à en juger par la façon dont ses yeux se posent sur mes mains.

Je fais mon possible pour les détendre.

— Je comprends pourquoi tu ne l'as pas fait.

Je *crois* comprendre, en tout cas.

— Il t'a blessée.

— Il n'y a pas que ça. J'ai été bête. Et naïve. Je me suis laissée manipuler et…

Je pose les mains sur ses épaules.

— Tu n'es pas obligée de m'en parler maintenant, si tu n'as pas envie, dis-je d'une voix douce. Tu pourras m'expliquer quand tu seras prête. Ou jamais. C'est à toi de voir.

Ce qu'elle me dira ou ne me dira pas déterminera le nombre d'os de ce connard que je briserai. Mais c'est une décision pour plus tard.

Ses yeux se mettent à pétiller.

— OK. Mais encore une fois, je suis désolée. Et je n'aurais pas dû penser le pire de…

Je l'interromps d'un baiser. Il se prolonge dans l'ascenseur jusqu'à mon appartement et culmine en une longue séance d'ébats torrides dans ma chambre.

Nous sommes encore enveloppés l'un autour de l'autre lorsqu'une créature de la jungle bondit sur mes pieds et me mordille les orteils.

— Spike ! m'exclamé-je d'une voix sévère.

Je me démêle de Sophia pour m'asseoir et lancer un regard noir au chat.

Il me regarde d'un air innocent et marche sur les couvertures en direction de Sophia pour se frotter contre son menton – le compliment ultime, de la part d'un félin.

Elle sourit et le caresse. Un flot d'émotions chaleureux me submerge à cette vue.

Ça me paraît si normal qu'elle soit ici, chez moi, en train de jouer avec mon chat dans mon lit. C'est là qu'est sa place… avec moi. Pour toujours.

Sophia est encore en train de caresser Spike quand elle me regarde dans les yeux avec une expression incertaine.

— Donc… tu as dit un truc en Jamaïque et je voulais t'en parler… ça, et quand tu as dit qu'il y avait quelque chose entre nous. Quelque chose de réel. De spécial.

Mon rythme cardiaque accélère à nouveau.

— Tu parles de quand je t'ai dit ce que je ressentais pour toi ?

Elle prend une brusque inspiration.

— Alors… c'est à *moi* que tu parlais ?

Je la dévisage.

— À qui d'autre ?

Elle hausse les épaules. Socrate et Platon rebondissent de manière si tentante qu'un nouveau flot de sang afflue dans Uber.

— Tu avais communiqué par télépathie avec un dauphin plus tôt ce jour-là.

Vraiment ? Oh, merde. Je suppose que oui. Comme cette idée merveilleuse que j'ai eue ce jour-là, ma télépathie avec le dauphin m'était totalement sortie de l'esprit. Mais pas ma déclaration à Sophia.

Ça, je ne l'oublierai jamais.

— C'est bien à toi que je parlais, assuré-je.

Spike perd tout intérêt pour nous et décide de faire

ses griffes sur mon oreiller. Des morceaux de mousse à mémoire de forme sont projetés dans ma direction, mais je les ignore, parce que les yeux de Sophia se mettent à briller encore plus à mes mots.

— Alors ce n'était pas le cannabis qui parlait ? insiste-t-elle.

— Pas du tout.

Elle se mord la lèvre, me tentant à nouveau.

— Et maintenant que l'équipe est à toi, tu éprouves la même chose ?

Je prends ses mains dans les miennes.

— Oui, Coccinelle. Je t'aime. Je t'aime un peu plus chaque jour. Je t'aime plus que je ne pourrais jamais aimer un dauphin. Ou une orque, qui est en fait un type dc dauphin d'après un documentaire animalier que j'ai vu récemment.

Elle sourit.

— Moi aussi. Je t'aime, je veux dire. Et aucun dauphin n'arrivera jamais à ta hauteur. Pas même un dauphin philosophe. Ni un Viking. Par contre, si un jour je rencontre un dauphin viking philosophe, alors...

Je la réduis au silence d'un autre baiser.

Épilogue

Sophia

Je regarde Donatello et April descendre du bateau pour rejoindre ce qui a récemment été renommé l'île TMNT, au moins jusqu'à ce qu'une lettre de mise en demeure oblige son nouveau propriétaire à lui donner un nom qui ne soit pas une marque déposée.

— Vous croyez qu'ils savent à quel point ce moment est historique ? demandé-je sans m'adresser à personne en particulier.

En réponse, April mastique l'herbe des dunes, ignorant le reste de la sublime plage naturelle devant elle.

— J'en doute, répond Mason.

Il enfile son sac à dos et s'avance sur la plage comme si elle lui appartenait – ce qui est le cas, depuis peu. La plage et tout le reste de l'île.

— Bien sûr qu'ils savent que c'est un grand jour, réplique le Dr Kelpcon. Ils s'apprêtent à rejoindre la progéniture qu'ils ont créée de manière si diligente, en tant que sauveurs de leur espèce.

Donatello ignore l'herbe et prend une position qui n'est que trop familière derrière April.

— Hmm, dis-je. J'ai l'impression que Don pense que l'espèce n'a pas encore été assez sauvée.

Lorsque le coït commence, le Dr Kelpcon ne peut résister à l'envie de donner ses conseils habituels aux tortues, et comme à la maison, Mason et moi la laissons seule, pour aller explorer le reste de l'île, dans ce cas précis.

— Tu veux aller voir le lagon de Splinter ? propose Mason. Ou le golfe de Shredder ?

Je soupire.

— Le propriétaire de la licence des *Tortues Ninjas* va t'obliger à renommer tous ces points de repère, tu le sais, hein ?

Il hausse les épaules.

— Le lagon est nommé comme ça en référence aux échardes qu'on risque d'avoir si on ose escalader les palmiers, et pas en référence au rat Sensei avisé qui a entraîné certaines tortues.[1]

Je lève les yeux au ciel.

— Et Shredder, alors ?

— J'ai dématérialisé tous mes documents il y a peu, et ce golfe est un hommage au départ en retraite de ma déchiqueteuse préférée.

— Laisse-moi deviner, dis-je. En réalité, TMNT ne

---

1. *Splinter* signifie « échardes » en anglais.

signifie pas *Teenage Mutant Ninja Turtles*, mais *Troupe Merveilleuse Nocturne et Truculente* ?

— Ouais, acquiesce-t-il. Le meilleur spectacle burlesque du monde.

Je secoue la tête.

— C'est bizarre si je suis jalouse d'une performance fictionnelle dans laquelle tu risques de voir des femmes peu vêtues ?

Il renifle.

— Je n'ai jamais dit que le spectacle burlesque inclurait des femmes.

— Ah, qu'est-ce que je raconte ? Il n'y aura sûrement que des tortues sexy.

— Bingo, répond-il. Maintenant… le lagon ?

— Allons-y.

Nous nous dirigeons vers l'endroit en question, puis nous asseyons sur un banc face à l'océan tandis que l'un des enfants de Donatello croise notre route.

OK. Je ferais mieux d'expliquer ce qui se passe à Mason. Mais comment réagira-t-il ? Je suppose qu'il n'y a qu'un seul moyen de le découvrir.

Je prends une inspiration d'air salé pour me donner du courage.

— Je voulais te parler de quelque chose.

Mason se détourne de la vue et me regarde dans les yeux, ce qui ne manque jamais d'agiter les coccinelles dans mon ventre.

— Qu'est-ce qui se passe ? Un problème avec ton année sabbatique ?

— Non. L'école a trouvé quelqu'un pour me

remplacer, dis-je avant de prendre une autre inspiration. Ce que je veux te dire, à l'instar de tout ce voyage, a un rapport avec la préservation d'une espèce. Dans ce cas précis, elle est tout sauf éteinte, mais…

— Tu es enceinte ? s'exclame-t-il en sautant sur ses pieds.

Merde. Il est en colère ? Sinon, pourquoi aurait-il…

Il me fait me lever et m'enveloppe dans une étreinte d'ours musclé.

— C'est merveilleux ! s'écrie-t-il dans mon oreille.

Puis il me lâche et pose la question à laquelle j'ai dû moi aussi trouver une réponse, quand j'ai remarqué que je n'avais pas eu mes ragnagnas.

— Comment ?

— Il s'avère que les antibiotiques et les pilules de contraception ne font pas bon ménage, expliqué-je.

Non, je ne le savais pas, alors que je sais ce que signifie le mot « acosisme ». Ça prouve bien toute l'utilité d'un diplôme de philosophie, en pratique.

Mason me regarde d'un air rayonnant.

— Tu sais si c'est un garçon ou une fille ?

Est-il possible de le savoir aussi tôt ? Je suppose que je ne suis pas la seule à ignorer les principes de base de la procréation humaine.

— La ligne sur le bâton sur lequel j'ai pissé ressemblait un peu à une crosse de hockey. Alors… c'est peut-être un garçon ?

La seule autre fois où j'ai vu une expression aussi émerveillée sur le visage de Mason, c'est quand il regarde son documentaire animalier préféré.

— Les filles peuvent jouer au hockey aussi. Quoi qu'il en soit, c'est incroyable.

— Ouais.

Ça va vraiment être incroyable.

— Eh bien, je dois te parler d'un truc, moi aussi.

Il fouille dans son sac à dos jusqu'à en sortir une petite boîte noire.

J'écarquille les yeux.

— C'est… ?

Il se laisse tomber sur un genou.

— Au départ, le plan était de faire ça sur les falaises de Møns Klint, durant notre voyage au Danemark, mais si le hockey m'a bien appris une chose, c'est qu'il faut savoir s'adapter.

Sans voix, je le regarde et me contente de hocher la tête.

— Coccinelle, continue Mason, ses yeux gris pétillants. Tu es l'amour de ma vie, et tu vas devenir la mère de mon enfant. Acceptes-tu de me faire le grand honneur de m'épouser ?

Il ouvre la boîte, révélant un énorme diamant incrusté dans un anneau qui ressemble à une épée.

Je retrouve en partie l'usage de la parole et parviens à demander en indiquant la bague :

— Pourquoi elle est aussi pointue ?

Mason m'adresse un large sourire.

— Les Vikings échangeaient des épées lors des cérémonies de mariage, alors je me suis dit que je pourrais en utiliser une pour nos fiançailles, moi aussi.

— Waouh !

Le Danemark et des rites de mariage de Vikings ? Cet homme a toute une thématique en tête. Je suis à deux doigts de couiner de joie, mais je parviens à modérer ma réaction.

— Merci ! C'est merveilleux.

Mason plisse les yeux.

— Tu n'oublies pas une petite formalité ?

— Ah, c'est vrai.

Je prends la bague et la mets à mon annulaire.

— Oui, Mason, j'accepte de t'épouser… à une condition.

— Je t'écoute, répond-il d'un ton solennel.

Je suis si étourdie d'excitation que j'en ai les genoux qui tremblent.

— Je veux conserver mon nom de jeune fille.

— Ah ?

Je lui adresse un grand sourire.

— Je m'amuse beaucoup trop à regarder l'inconfort de mes élèves quand ils essaient de s'adresser à moi en tant que professeur Papachristodoulopoulou.

Mason rit et se redresse.

— Marché conclu.

Il regarde mon ventre et penche la tête.

— Et pour le bébé ? Je doute que ce soit très drôle, de grandir avec ton nom de famille.

— Tu marques un point, admets-je. Raison pour laquelle notre enfant sera un Tugev.

— Ça marche, acquiesce-t-il en me serrant la main. Maintenant, on doit fêter ça.

Hmm.

— La dernière fois qu'on a fait la fête, tu m'as mise enceinte.

— Ce qui veut dire que tu ne peux pas tomber *plus* enceinte que ça.

Mason m'attire à lui pour un baiser qui annonce le début d'une célébration qui durera le restant de la journée – et de la nuit.

Ainsi que tout le reste de notre vie.

Extraits en Avant-Première

Merci de participer à l'aventure de Sophia et Mason ! Pour ne rater aucune parution, inscrivez-vous à la newsletter sur <u>mishabell.com/fr</u>.

Pour en savoir plus sur Misha Bell, tournez la page et découvrez un aperçu de nos comédies hilarantes !

Extrait de Qui va à la chasse... au trésor

Une mère célibataire new-yorkaise surmenée. Un surfer milliardaire de Floride. Le flux et le reflux de la marée pourront-ils les rapprocher ?

Brooklyn

Enfin des vacances ! Mon fils est en colo. J'ai laissé toutes mes angoisses en ville. Je peux donc me détendre, et... engager une violente dispute avec mon hôte d'Airbnb ? En parlant de violence, est-ce le soleil implacable de Floride qui me fait tourner la tête, ou l'homme beau comme un dieu qui se tient devant moi ?

Mes amies m'avaient bien dit que j'avais besoin de vitamine D...

Mais ma vie est compliquée et les chasses au trésor pleines d'aventures, les séances de roulage de pelles torrides ou les conversations aussi profondes que l'océan ne suffiront pas à me convaincre que notre liaison de plage a une chance de durer. Encore moins quand Evan aura appris mon secret.

Evan

Je suis riche sur le papier, mais je ne mène pas ma vie comme un milliardaire typique. Je ne sors pas non plus avec les touristes. Encore moins celles qui me prennent pour un plombier et qui mangent mon petit-déjeuner avant même que j'aie eu le temps d'apaiser mon agressivité due à la faim.

Brooklyn est querelleuse, malpolie, bornée, belle, intelligente, drôle... OK, disons que je l'aime bien. Ça ne change rien au fait qu'elle n'est là que pour une semaine... et que je lui ai caché une information importante à mon sujet.
Mais si le surf m'a bien appris une chose, c'est qu'il faut profiter de l'instant avant qu'il soit trop tard. Et si je n'avais pas envie de la laisser partir ?

———

Durant le vol pour Jacksonville, Reagan joue à un jeu vidéo pendant que je fais de mon mieux pour me retenir de lui crier dessus ou de m'en prendre à des passants innocents. Grâce à ma poisse habituelle, mes règles ont débuté quelques heures plus tôt, me provoquant des crampes qui seraient contraires à la Convention de Genève, si on les faisait subir à un prisonnier de guerre.

Merci, mon corps. C'était trop demander, un trajet en avion relaxant ?

Je lance un regard noir à mon poignet, où se trouve mon cadeau d'anniversaire de l'année dernière. C'est un Octothorpe Glorp, un bracelet connecté censé me prévenir quand les Anglais vont débarquer. J'imagine souvent ce gadget me répondre d'une voix entre celle de Richard Simmons[1] et celle de Gollum :

Ma chère Précieuse, si je pouvais, je conserverais tous les tampons que tu as utilisés dans ta vie dans un sanctuaire et je les collerais aux sourires que je découpe sur mes photos préférées de toi. Hélas, s'agissant des fonctionnalités que tu mentionnes, j'effectue juste un suivi de tes cycles, je ne les prédis pas.

J'endure le reste du vol en restant aussi stoïque que possible. Une fois qu'on a atterri, je loue une voiture et emmène directement Reagan à sa colonie de vacances – un établissement détendu avec une plage, qui joue du Jimmy Buffett[2] en boucle.

— OK, salut, lance Reagan sans une seconde d'hésitation avant de courir visiter les lieux.

J'attends d'être sûre qu'il ne va pas revenir en courant pour me dire qu'il n'aime pas ce qu'il voit. Non. Il croit sûrement que je suis déjà partie, ou bien il a oublié que j'existe.

— Il aura accès à un téléphone, me dit d'un ton rassurant l'animateur le plus proche, qui ressemble à un boy-scout. Et nous avons votre numéro dans nos

---

1. Célèbre coach de fitness américain apparu dans de nombreuses émissions télévisées.
2. Chanteur américain de musique country, rock et pop.

dossiers. Dès qu'il se sera installé, il vous passera un coup de fil. Vous pouvez y aller.

Avec un soupir, je retourne à la voiture et démarre.

J'étais déjà de mauvaise humeur, mais là je suis encore plus grincheuse qu'un hippopotame stressé, en manque de sommeil et infesté de tiques. La nature verdoyante et idyllique autour de moi me donne l'impression que le lieu où je vis est pitoyable, tout comme les routes qui s'avèrent bien mieux entretenues et les rues plus propres que chez moi. C'est alors que je manque de rouler sur un authentique alligator, ce qui me rassure un peu concernant la différence entre le quartier portant mon homonyme à New York et Palm Islet, Floride, l'illustre petite ville où je vais passer mes vacances. Pareil lorsqu'un cerf tente de se suicider sous mes roues quelques minutes plus tard, et lorsque la femme dans la voiture devant moi s'arrête pour secourir une tortue – et se fait pisser dessus pour sa peine.

J'adore la Floride.

Mon Airbnb s'avère être situé dans un quartier résidentiel fermé, et l'agente de sécurité à l'entrée est aussi minutieuse qu'un agent de sécurité d'aéroport. Une fois s'être assurée que tous mes papiers sont en ordre, elle plisse le nez et marmonne que, normalement, l'association de copropriétaires interdit les locations Airbnb, et que la mienne est une rare exception à la règle. Elle m'informe également que d'ordinaire l'association de copropriétaires exige une taxe de séjour, mais que le propriétaire de *mon* Airbnb est exempté de « toutes les règles ».

Oh, l'humanité ! Comment font les pauvres membres de l'association de copropriétaires pour dormir la nuit ? Je recommence à rouler en faisant un gros effort pour me retenir de demander si AC signifie Association des Connards, dans ce cas précis.

En traversant le quartier résidentiel, je remarque que les maisons sont un mélange charmant de styles espagnols, méditerranéens et caribéens, et qu'elles disposent toutes de pelouses impeccables – sûrement grâce à cette fameuse AC, qui règne avec une main de fer. Mais lorsque je m'engage dans le cul-de-sac où est situé mon Airbnb, ce schéma monotone est rompu. Les maisons numéro quatre et cinq sur Gatorview Drive sont jumelles. Elles ont toutes deux des angles aigus, elles sont couvertes de surfaces réfléchissantes et de tonnes de chrome, me rappelant le genre de truc qu'on trouverait dans un musée d'art moderne.

Puisque l'une de ces maisons est la mienne, je suppose que les deux appartiennent au même propriétaire exempté de respecter les règles de l'AC.

Mon humeur s'améliore un peu quand je remarque le lac adjacent aux deux maisons, avec une nature sauvage sur la rive opposée. La vue doit être spectaculaire, depuis mon Airbnb, bien qu'un peu moins que depuis la maison voisine.

Je regarde l'heure sur ma montre connectée.

Ma très chère Précieuse devrait envisager de faire plus de pas, pour raffermir ces cuisses succulentes que je prends plaisir à reluquer... admirer, je veux dire.*

Zut. Je suis en avance pour récupérer les clefs, et il commence à faire chaud. D'après Evan, qui m'envoie des messages taciturnes pour le compte de cet Airbnb, le code du garage ne peut être utilisé qu'après onze heures trente, mais je serai peut-être morte d'insolation, d'ici là.

Et puis, j'ai envie d'entamer mes vacances, et la relaxation associée.

Et si je testais ledit code tout de suite ?

Je m'avance vers le garage, entre le code et la porte s'ouvre. Bingo ! Entre ça et l'absence de voiture garée dans l'allée ou le garage, je suis à peu près sûre de pouvoir entrer dans la maison.

Après m'être garée dans le garage, j'ouvre la porte de la maison – qui, selon Evan, est l'entrée que j'emprunterai pour mes allées et venues.

La porte donne directement sur une cuisine ultramoderne de la taille de mon appartement, et sur l'îlot de granit se trouve un festin de délicieuses tapas.

Ça, c'est un bel accueil. Je repère un petit morceau de saumon grillé, un haricot géant, du riz, un assortiment de cornichons, une tonne de petites assiettes de légumes et un truc qui ressemble et a l'odeur de la soupe miso.

Des tapas japonaises ?

Je hausse les épaules et prends le saumon tout en admirant la vue sur le lac à travers la baie vitrée.

Voilà que je redeviens jalouse des habitants de

Floride. À New York, il faudrait être milliardaire pour posséder quelque chose de semblable à cette maison, avec ce genre de vue.

Le poisson est divin, alors je goûte chaque légume, qui sont tout aussi incroyables. Même le haricot est délicieux, et la soupe miso est la meilleure que j'aie jamais goûtée, à la fois sucrée et savoureuse.

Soudain, j'entends un bruissement de l'autre côté de l'îlot.

Qu'est-ce que c'est que ça ?

L'îlot me bloque la vue, alors je fais un pas prudent vers l'endroit d'où provenait le bruit – un évier que je n'avais pas remarqué jusqu'alors.

Ma respiration se bloque.

Un homme est en train de se redresser. À en croire les outils éparpillés par terre, je suppose que ce doit être un plombier, venu réparer ledit évier.

Je dois admettre que, jusqu'à aujourd'hui, quand j'imaginais un plombier, il (c'est sexiste ?) ressemblait à Super Mario, avec une moustache de dessin animé, une salopette et à peu près autant de sex-appeal qu'un blobfish.

Ce plombier-là doit être l'homme le plus sexy que j'aie jamais vu.

Ses yeux sont du même bleu clair que ceux d'un husky de Sibérie, ses cheveux d'une teinte décolorée par le soleil qui rappelle le pelage d'un golden retriever, et ses traits faciaux anguleux sont divins, sans analogie de chien possible. Hélas, ses oreilles sont couvertes par un casque audio, mais je parie qu'elles sont sexy aussi.

Oh, et son torse nu est couvert d'une armée de muscles luisants, tablettes de chocolat comprises. En plus, ses tétons sont durs.

Correction, ce sont *mes* tétons qui sont durs.

Lorsqu'il me remarque, il fronce les sourcils, mais même son air grincheux est beau à voir. Il baisse ensuite la tête vers ce qu'il reste des tapas et ses yeux me lancent des éclairs.

— Qui êtes-vous ? demande-t-il dans un grognement grave qui parvient lui aussi à être sexy. Et pourquoi vous avez mangé mon petit-déjeuner, putain ?

———

Si vous souhaitez en savoir plus, veuillez consulter le site internet de Misha Bell: www.mishabell.com/fr.

Extrait de Qui ne tente rien

C'est un milliardaire... et un débauché.

Oui, je sais qu'on n'est plus dans les années 1800. Je suis juste un peu obsédée par les romances historiques, c'est tout. Et par les livres en général, raison pour laquelle je m'apprête à passer un entretien pour le job de mes rêves à la bibliothèque. Jusqu'à ce que le chien aux allures de mouton d'Adrian Westfield me bouscule et me fasse tomber dans la boue. Je suis donc en retard, sale, et je loupe complètement mon entretien – avant de recevoir la proposition de ma vie.

Pour obtenir la garde de sa fille, Adrian Westfield veut faire de moi sa fausse femme.

———

— Pourquoi ne pas attendre à la bibliothèque ? m'interroge ma mère.

Même si nous sommes au téléphone, je perçois l'inquiétude sur son gentil visage.

— Je croyais que cet entretien était important.

C'est un euphémisme. Ce boulot de bibliothécaire est l'Anneau Unique, et je suis Gollum.

Je serre le téléphone plus fort et regarde le paysage pittoresque de Central Park autour de moi.

— Je savais que ça me rendrait nerveuse si je restais dans la salle d'attente, alors je suis sortie musarder.

Même si ça ne m'a pas fait tellement de bien. Ma mère émet un hoquet bien audible.

— C'est comme ça que les jeunes surnomment la prise de Xanax, de nos jours ? « Musarder » ?

Je manque de faire tomber mon téléphone dans les eaux sereines du lac.

— Musarder, c'est faire une balade tranquille dans un lieu public. Désolée... encore un de ces mots tirés d'une romance historique.

— Ah.

Ma mère semble bien trop soulagée, sachant que je n'ai jamais pris de drogue.

— N'oublie pas de leur dire que tu apprécies tous ces livres.

Hmm. Dire que *j'apprécie* la romance historique reviendrait à dire que le personnage de Glenn Close en pinçait un peu pour Michaël Douglas dans *Les Liaisons Dangereuses.* Ou qu'Hannibal Lecter avait un petit faible pour les foies humains accompagnés de fèves dans *Le Silence des Agneaux.*

L'alarme de mon téléphone se déclenche et mon rythme cardiaque accélère.

— Il est temps que j'y aille, annoncé-je à ma mère. Mon entretien commence dans dix minutes et j'ai un trajet de cinq minutes à faire.

— Vas-y, alors, répond ma mère. Dépêche-toi. Je suis sûre que tu vas assurer.

— Merci.

Je raccroche, lisse la jupe de mon costume acheté avec l'argent qu'il me restait – une tenue que je devrai rapporter si je n'obtiens pas ce boulot.

Mais je vais l'obtenir, bien sûr. Cette bibliothèque contient la plus belle collection de romances historiques du monde, et je suis la plus fervente lectrice de romances historiques de l'univers. Nous sommes autant faits l'un pour l'autre qu'un couple de l'Angleterre victorienne.

Miss Miller resserre son corset étouffant, rajuste sa coiffe et lève le menton. Durant les périodes difficiles comme celle-là, une dame doit conserver son flegme.

Oui, c'est mieux. Quand je veux me calmer ou m'encourager, je me projette souvent dans le rôle d'une dame du dix-neuvième siècle nommée Miss Jane Miller. C'est la fille d'un baron ayant mis sa mère enceinte hors mariage, avant de mourir sur un bateau parti chasser le cachalot. D'après les survivants, le bon baron s'est fait agresser par le sexe de deux mètres quarante de la bête majestueuse – à mes yeux, c'est un coup du sort ironique, pour un donneur de sperme inutile.

Pour me détendre un peu plus, je mets mes écouteurs et lance le générique de la série Netflix *Bridgerton*.

Une ombre blanche et menaçante apparaît à la périphérie de ma vision.

Je me retourne et mon cœur qui battait déjà la chamade manque de me remonter dans la gorge. Je me fige sur place et une douzaine de questions s'accumulent dans ma tête.

C'est un mouton ? Si oui, qu'est-ce qu'il fabrique à Manhattan ? Pourquoi est-ce qu'il me fonce dessus ? Est-ce qu'il remue la queue ? Est-ce qu'on peut se faire tuer par un…

Je sors brusquement de mon hébétude et tente de m'écarter du passage du ruminant, mais c'est trop tard. La bête énorme est déjà sur moi. Elle se dresse sur ses sabots arrière diaboliques et laisse retomber ses pattes avant sur mes épaules avec la force du marteau de Thor.

Je suis propulsée en arrière.

Je heurte le sol de plein fouet.

Tout l'air s'échappe de mes poumons et j'ai du mal à respirer.

Je sens un liquide épais tout autour de moi.

Du sang ? De la cervelle ?

Non, c'est pire que ça.

C'est de la boue. Elle m'a sûrement empêchée de me blesser, mais elle a anéanti tous mes espoirs d'avoir l'air présentable.

Je prends une brusque inspiration. Dieu merci, je

suis encore en vie. Dans le genre mort embarrassante, se faire tuer par un mouton est au même niveau que se faire attaquer par un hamster ou lécher à mort par un chaton. Cerise sur le gâteau de merde sur plusieurs couches, je mourrais à vingt-trois ans, et encore vierge.

Le mouton est désormais collé à mon visage. S'apprête-t-il à me dévorer les paupières ? Ou à mâchonner les lunettes qui, par miracle, sont encore sur mon nez ?

Non. Il me lèche la joue.

Il a une haleine de poulet et de patates douces.

Qu'est-ce qui se passe ?

Une seconde. La fourrure de ce mouton a une odeur suspecte de chien mouillé. Presque comme si...

— Je suis vraiment désolé, dit le mouton d'une voix grave, aussi riche et onctueuse que du chocolat fondu. La laisse m'a échappé des mains.

— Tu es un chien ? demandai-je au mouton, l'esprit encore embrouillé.

— Non, répond-il. Je suis Adrian. Le chien s'appelle Léo, et il parle comme ça...

La voix monte d'une octave et accélère, comme si la personne avait mangé un écureuil dopé à la caféine.

— Tu sens bon. La boue, c'est drôle. Désolé de t'avoir fait tomber. Parfois, j'oublie que je ne suis plus un chiot.

Le chien qui n'est pas un mouton – Léo – s'écarte de mon champ de vision et j'aperçois enfin la personne qui a parlé.

À cette vue, le peu d'air que j'avais retrouvé s'évapore.

Le visage de cet homme – Adrian – est parfaitement proportionné, avec un nez aristocratique, un menton puissant et des yeux argentés qui pétillent de malice. Oui, de malice. Avec ses larges épaules et ses cheveux sombres, balayés par le vent et qui lui arrivent au-dessous des oreilles, il pourrait être copié-collé sur une couverture de romance historique ; il suffirait d'ajouter des vêtements de la bonne période avec Photoshop.

Conquise par le duc, s'appellerait cette romance. Ou *La mariée réticente du marquis. Votre nom est Earl. La maîtresse vierge du baron. La giroflée du vicomte scélérat...*

Il s'agenouille à côté de moi.

Ce sont mes lunettes qui sont embuées, ou mes rétines ? Une beauté aussi absolue devrait être assortie d'un avertissement.

— Vous allez bien ? demande-t-il.

Est-ce que je vais bien ? Je suis anxieuse, secouée, et trop excitée compte tenu de ma situation fâcheuse, mais surtout, j'ai l'impression d'oublier quelque chose d'extrêmement important.

Puis je me souviens.

L'entretien ! Comment ai-je pu oublier ça, ne serait-ce qu'un instant ? Est-ce que j'ai des moulins à vent dans la tête ?

— Je suis en retard, annonçai-je en essayant de m'asseoir.

Vingt dieux. Mes bras s'agitent et projettent de la

boue dans toutes les directions – y compris vers Léo, qui s'empresse de la lécher, et Adrian, qui encaisse avec stoïcisme.

— Vous êtes sûre d'être prête à vous lever ? demande Adrian en tendant la main vers moi.

— Peu importe que je sois prête ou pas.

Je lui prends la main, avant de manquer de retomber par terre dans un accès de vapeurs.

Sa peau est aussi chaude qu'un fourneau furieux, et cette chaleur imprègne tout mon corps, faisant tout fondre sur son passage.

Oh oh. Mlle Miller éprouve un désir ardent dans son intimité la plus secrète. Un chatouillis presque inélégant qui...

— Je ne crois pas que vous soyez remise, dit Adrian en m'aidant à me remettre sur mes pieds. Laissez-moi vous faire asseoir sur ce banc, là-bas.

— Je ne peux pas, haletai-je en ôtant ma main de la sienne avant d'entrer en combustion. Je dois filer.

Son expression se durcit.

— Vous avez peut-être un traumatisme crânien.

— La faute à qui ? rétorqué-je en plissant les yeux. Je suis en retard pour un entretien. Pour le boulot de mes rêves. Vous voulez bien arrêter de vous mettre sur mon chemin ?

— Un entretien ? répète-t-il en me parcourant de la tête aux pieds. Dans cet état ?

Je baisse les yeux, et le regrette aussitôt.

— Oh non. Je suis plus crasseuse qu'un cochon.

— Les cochons ne sont pas crasseux, en réalité,

répond Adrian. Ils utilisent la boue pour se rafraîchir, en guise de crème solaire et de répulsif à insectes.

Mlle Miller lutte contre l'envie d'asséner une gifle à ce scélérat aux pommettes hautes.

— Une leçon d'élevage bien utile, merci, rétorqué-je en sortant de la boue.

Au début, j'ai les genoux qui tremblent, mais à chaque pas que je fais, je me sens un peu plus moi-même – mais en beaucoup plus sale.

— Attendez, me rappelle-t-il. Laissez-moi au moins vous aider.

Je n'attends pas, mais il me rattrape et me retient par le coude – comme si on s'apprêtait à partir flâner avant l'heure du thé.

Une fois de plus, mon corps perfide réagit à ce contact avec une intensité des plus inappropriées.

Pfiou. Si par miracle, j'obtiens ce boulot, je devrais faire passer le Projet Grand Dépucelage tout en haut de ma liste de trucs à faire. Ça fait si longtemps que je suis abstinente que de toute évidence, ça m'a transformée en poudrière hormonale, prête à exploser au premier inconnu que je rencontre.

Mlle Miller trouve cette dernière pensée inconvenante.

— Est-ce qu'ils accepteraient de reporter l'entretien ? demande Adrian sans lâcher mon coude.

— J'en doute, dis-je. Je ne le ferais pas, à leur place.

— C'est juste que je vis de l'autre côté de la rue, explique-t-il. On pourrait avoir lavé vos vêtements d'ici une heure.

Je rougis comme la pucelle que je suis.

— Vous essayez de me mettre toute nue ?

Il esquisse un sourire insolent.

— Faites-le ou ne le faites pas. Il n'y a pas d'essai.

Je dégage mon bras du sien.

— Gardez Yoda dans votre pantalon.

Un vrai débauché. J'aurais dû m'en douter.

J'accélère et le laisse en arrière – pendant une seconde, en tout cas.

— Attendez.

Il me rattrape, Léo haletant sur ses talons.

— Je parlais de ma proposition de laver vos habits.

— Et *moi,* je vous réponds que même si je n'étais pas pressée, la réponse serait quand même « hors de question ».

Il soupire.

— Est-ce que je peux au moins…

— C'est ma destination, lâché-je, essoufflée, en m'arrêtant à côté de la bibliothèque. Ce n'était pas un plaisir de vous rencontrer.

Il sourit d'un air rusé.

— Toute l'absence de plaisir était pour moi.

———

Si vous souhaitez en savoir plus, veuillez consulter le site internet de Misha Bell: www.mishabell.com/fr.